secession

Gabi Martínez

Wahrer Wandel

Gabi Martínez

Wahrer Wandel

Eine Rückkehr zum Ursprung im Hirtenland

EIN BERICHT

Aus dem Spanischen
übersetzt von Steven Uhly

Die Beauftragte der Bundesregierung für Kultur und Medien

Deutscher Übersetzerfonds

Die Arbeit des Übersetzers am vorliegenden Text wurde vom Deutschen Übersetzerfonds gefördert im Rahmen des Programms »NEUSTART KULTUR« der Beauftragten der Bundesregierung für Kultur und Medien.

Kofinanziert von der Europäischen Union

Kofinanziert von der Europäischen Union. Die geäußerten Ansichten und Meinungen sind jedoch ausschließlich die der Autorin und spiegeln nicht unbedingt die der Europäischen Union wider. Weder die Europäische Union noch die Bewilligungsbehörde können für diese verantwortlich gemacht werden.

Die Originalausgabe erschien unter dem Titel *Un cambio de verdad*

Erste Auflage

Übersetzung: Steven Uhly
Lektorat: Christian Ruzicska
Korrektorat: Peter Natter
www.secession-verlag.com
Foto, Gestaltung und Satz: Eva Mutter, Barcelona
Herstellung: Daniel Klotz, Berlin
Druck und buchbinderische Verarbeitung: Friedrich Pustet, Regensburg
Papier Innenteil: 90 /m^2 Werkdruck holzfrei
Papier Überzug: 115 g/m^2 Surbalin glatt
Papier Vor- und Nachsatz: 115 g/m^2 Surbalin glatt
Gesetzt aus Petrona
Printed in Germany
ISBN 978-3-96639-056-9

Für Edu und Cris, Erben dieser Kraft

Und wenn nun in der Pause und nicht
im Pfiff die Bedeutung der Botschaft läge?
Wenn die Amseln in der Stille zueinander sprächen?

Herr Palomar, ITALO CALVINO

Es gibt nur ein wahres Ereignis,
und wir nennen es *Schönheit*.

(Ein Körper) sein oder nicht sein, SANTIAGO ALBA RICO

Ich hatte viel Zeit draußen verbracht,
so dass ich einen schönen Stapel Briefe
abschicken musste, bevor ich mich
darauf einstellen konnte, die Arbeit
des Nachmittags meines Lebens anzugehen,
die Aufgabe, eine neue Ordnung zu errichten.

Leben auf dem Land, SUE HUBBELL

Wenn die Augen ins Licht blicken, leiden sie ein wenig.

LEONARDO DA VINCI

Die Voraussetzungen

Als ich in Extremadura eintraf, um Hirtenlehrling zu werden, sanken die Temperaturen nachts unter null Grad und nach drei fast regenlosen Jahren ängstigte die Dürre Viehzüchter und Bauern. Meine Aufgabe bestand darin, eine Herde von über vierhundert Schafen auf dem Gut eines Freundes eines Freundes eines entfernten Verwandten zu hüten, der sie mir zur Verfügung stellte, nachdem er gehört hatte, ich wolle versuchen, eine Zeit lang so zu leben, wie meine Mutter es als Kind getan hatte.

Ich hätte es früher, viel früher versuchen können, doch als ich mit zwanzig Jahren, während ich in der Stadt lebte, die Gelegenheit zu reisen bekam, zog ich es vor, mich aus der scheinbar vertrauten Umgebung zu entfernen und stattdessen außerhalb Spaniens auf Entdeckungstour zu gehen. Mehr als ein Jahrzehnt lang nutzte ich die wirtschaftlich gesehen goldene Zeit des Journalismus und der Literatur, um vom Nil bis nach Australien alles zu bereisen. 2008 änderte sich das Panorama.

In jenem Jahr schien die globale Gemeinschaft immer empfänglicher für die zunehmenden Warnungen vor dem Klimawandel zu werden. Von Zeit zu Zeit tauchten Debatten über das Thema auf und es wurde eifrig über die Frage berichtet, welche furchteinflößenden und unmittelbar bevorstehenden Folgen die Beschleunigung haben würde, die wir der Erde aufgezwungen hatten. Politiker, Schauspieler und einflussreiche Musiker präsentierten Dokumentarfilme, organisierten Konzerte, reisten an Orte, die von der Umweltzerstörung bedroht oder bereits stark mitgenommen waren, damit wir uns für den Gedanken erwärmten, ein Sandkorn im Kampf gegen den Klimawandel beizusteuern. Sie deuteten den Versuch an, das, was Thomas Berry »das große Zwiegespräch« zwischen der menschlichen Rasse und der Natur genannt hatte, wiederaufzunehmen. Und dann »platzte die Blase«, wie die Analysten sagen, und leitete eine weltweite Wirtschaftskrise ein.

Die erste Maßnahme der spanischen Regierung bestand darin, die Zuschüsse für erneuerbare Energien zu streichen. Das scheinbar entscheidende Problem des Klimawandels verschwand an einem einzigen Tag aus Nachrichten und Politik. Das Desaster offenbarte schon bald Täuschungen und Fiktionen, die typisch für jede Art von Blase sind, und selbstorganisierte Menschengruppen, unter denen sich auch meine Eltern befanden, begannen aus unterschiedlichen Gründen, auf der Straße zu protestieren, obwohl natürlich fast niemand für die Kontrolle der Kohlendioxidemissionen oder den Schutz des Braunbären demonstrierte. Man konnte wirklich meinen, es gebe inmitten derartiger Notstände keine Zeit, darüber nachzudenken, was geschehen würde, falls die Stauseen im Sommer austrockneten.

Die Welt füllte sich noch weiter mit Zahlen, Statistiken, Grafiken, die laut Analysten und Wissenschaftlern Wege zur »Erholung« wiesen. Es gelte, effizienter, pragmatischer zu sein und sich ohne Zögern auf das Nützliche zu konzentrieren, denn nur so, erzählten sie uns, würden wir vorankommen. Die Natur wurde erneut so sehr dazu degradiert, unsere dringendsten Bedürfnisse zu bedienen, dass jeder, der die Exzesse gegen sie beklagte, unberührte Gebiete verteidigte, oder versuchte, Tiere zu retten, unweigerlich als Snob, Träumer oder übernächtiger Romantiker dastand. Manche wurden als Dichter bezeichnet. Was nützt es, das Kraut, den Auerhahn oder die Sonne zu besingen? Dichter. Im Bunde mit dem Nutzlosen.

Als jedoch Tausende Konsumenten damit begannen, sich nach kostengünstigeren Lebensweisen umzuschauen, entdeckten viele, dass einige derer, die nicht nur die lyrischen Qualitäten der Sonne predigten, sich mithilfe von Solarzellen selbst versorgten.

Am 9. November 2015 belastete die spanische Regierung die Nutzer dieser Solarzellen mit der sogenannten Sonnensteuer. Ein Katalog für die Eintreibung von Geldern je nach konsumierter Sonne. Es beeindruckt und verwirrt, dass jemand es wagt, den Marktwert des Sterns zu bestimmen, der uns Leben spendet, und zugleich bringt es die Beziehung, die unsere Spezies derzeit zur Natur unterhält, auf den Punkt. Die Besteuerung der Sonne ist das surreale i-Tüpfelchen einer Krise, die den Gierigen freie Hand gewährte, um weiterhin Schmutz zu produzieren, Urwälder zu zerstören, noch schneller Monokulturen aus der Erde zu stampfen, stets mit dem Argument, sie täten es für uns, für die Menschen. Eine kleine Gruppe einflussreicher Leute verbreitete geschickt die Idee, es gehe darum, alles Mögliche zu tun, um die Krise zu *surfen*, und wenn für unsere »Rettung« ein weiterer Wald ausgebeutet oder ein Resort am letzten unberührten Strand gebaut werden musste, dann war eben nichts zu machen.

Millionen Menschen nahmen diese Erzählung einfach hin.

Heutzutage werden Zahlen und Statistiken genauso gelesen wie früher die Bibel, wobei auf erstaunliche Weise vergessen wird, welche Folgen es hatte, so religiös an etwas zu glauben.

Und meine Frage lautete: Wie sind wir hier gelandet? Wie kommt es, dass jemand es wagt, eine Steuer auf die Sonne zu erheben? Warum wird nicht mehr über den Luchs gesprochen?

Eben darum: wegen der Erzählung.

Diese Antwort gab ich mir selbst. Die Blase, jede Blase, ist eine Geschichte, die in voller Lautstärke erzählt wird, damit du keiner anderen deine Aufmerksamkeit schenkst. Die Blase scheint alles besetzt zu halten. Wenn du dich nicht in eine stille Ecke zurückziehst, wirst du nichts anderes mehr hören. Wenn die Intuition dich nicht warnt, wirst du nichts anderes mehr hören. Und vielleicht willst du auch gar nichts anderes hören, denn man muss anerkennen, dass es eine gut erzählte Geschichte ist. Sie ist so gut, dass du nicht einmal wahrnimmst, dass es sich um eine Geschichte handelt. So gut, dass, wenn die Geschichte *Ende* sagt, du auch das glaubst, obwohl es eigentlich nicht vorbei ist. Und die Geschichte, die alle Geschichten enthält, die wir uns erzählt haben, um bis hierher zu gelangen, ist die größte Blase von allen: die Erzählung.

Wenn die üblichen Mikrofone melden, die Blase sei 2008 geplatzt, sprechen sie nur von der Wirtschaft, ohne die narrative Blase zu erwähnen, entweder, weil sie sie nicht wahrnehmen, oder weil es nicht opportun erscheint. Sie besteht jedoch nicht aus Wasser. Die Erzählung der Zahlen, der Wissenschaft und der Beschleunigung hält unsere Vorstellungskraft gefangen. Irgendjemandem ist es gelungen, zu erzählen, die Technologie sei unsere ideale Verbündete, und Zweifel beantworte man mit Zahlen. Dieser Jemand hat es verstanden, die Emotion der Taste und des Schalters gegen die des Windes und der großen Räume durchzusetzen. Und während wir den Flötenspielern der Taste, den begeisterten Verfechtern der schwindelerregenden Komposition zuhörten, trennten wir uns allmählich von der Erde und ihrem natürlichen Rhythmus ab.

Wenn man etwas erzählt, erschafft man es. Die Zukunft wird aufgrund der Geschichten, die wir uns erzählen, erbaut, ob sie nun von Robotern oder von Störchen handeln. Sie müssten gar nicht miteinander konkurrieren, Geschichten können von beiden sprechen, doch die Roboter tilgen seit Jahren die Störche aus unseren

Erzählungen. Während des letzten Jahrhunderts hielt sich der Storch mehr oder weniger in der Phantasie, vor allem dank jener Fabel, die davon erzählte, dieser Vogel bringe die Babys im Direktflug aus (der großen Stadt) Paris. Aber welches Gespräch handelt heutzutage, da man den wissenschaftlich informierten Kindern diese Geschichte nicht mehr erzählt, noch von Störchen? Welche Art von Gefühl erzeugt ihre Erwähnung? Das ist eine Schlüsselfrage, denn genau da wird die Zukunft riskiert. Im Gefühl. Auch die narrative Blase füllt sich damit.

Das Reden über Zahlen und Roboter macht uns mit ihrer künstlichen Welt vertraut und erzeugt einen emotionalen Rahmen, der Gefühle entstehen lässt. Und diese Gefühle laden uns dazu ein, diese binäre und metallische Welt zu erforschen, uns tiefer und tiefer in die Lieblingsgeschichten von Leuten zu begeben, die nicht an Dichter glauben.

Sag mir, wovon du sprichst, und ich sage dir, wohin du gehst. Sagt dein Mund *Storch*, so wirst du dich möglicherweise eines Tages auf die Suche nach ihm machen. Und dies wird nicht durch Tastendruck erfolgen. Du wirst eine wirkliche Reise unternehmen. Erzählst du Geschichten von Adlern, so wird der Adler eines Tages über dich hinwegfliegen. Wenn du hörst, wie ein Freund die Maulwurfsgrille imitiert, wünschst du dir herauszufinden, ob er ihr Kreischen übertreibt. Und es wäre nicht ungewöhnlich, wenn du nach deiner Erfahrung eine Geschichte darüber erzählen würdest. Es wird eine Geschichte des Wandels sein, denn Geschichten sprechen vom Wandel. Am wichtigsten ist jetzt die Frage, welchen Wandel wir uns erzählen wollen.

Bis hierher führte mich das Nachdenken über die Sonnensteuer.

Ich glaubte, dass wir alle uns gegenseitig eine Geschichte erzählt hatten, die es uns nicht nur erlaubte, Realitäten zu verwirklichen, die ohne Zweifel wahnsinnig sind, sondern diese auch noch zu tolerieren. Versunken in unserer angeblichen Überlegenheit, sind wir Menschen in die Logik des Künstlichen mit der Annahme eingetreten, die Natur schulde uns Mautgebühren, und erteilen uns selbst deshalb die Erlaubnis, Exzesse und Fehler anzuhäufen. Die Straflosigkeit hat viele dazu ermuntert, die Erde zu zerstören, obwohl sie sie doch so sehr lieben, wie sie nicht müde werden zu behaupten. In Spanien sind vierundachtzig Prozent der einheimischen Rinderrassen heute vom Aussterben bedroht. Während die Politiker Fahnen schwenken und ihre Liebe zu diesem Land verkünden, beuten sie seine lebenswichtige Natur aus und offenbaren Tag für Tag Haltungen und Werte, die denen meiner Eltern, einer Manchega mit Wurzeln in der Extremadura, und eines Katalanen, diametral entgegengesetzt sind.

Ich wurde in Barcelona geboren und wuchs dort auf, ich bin viel durch Spanien gereist, worüber ich auch geschrieben habe, doch dabei spürte ich stets, dass ich es hinauszögerte, jenen Streifzug zu unternehmen, der es mir erlauben würde, die allzu ungewissen Wurzeln meiner Mutter zu erforschen. Vielleicht, weil ich ahnte, dass diese Erfahrung wichtige Fragen würde klären können, und weil ich darauf vorbereitet sein, über einen gewissen weltlichen Kontext verfügen wollte, bevor ich die Reise ins Innere unserer Heimat antrat. Wenn ich mich also endlich dazu entschloss, die Dehesas[1] und Steppen ihrer Kindheit kennenzulernen, so tat ich es vielleicht aus dem Wunsch heraus, zumindest eine ehrliche Antwort zu erhalten, weit weg von den Stadtzentren, die so verseucht sind, dass es krank macht, wo die Luftverschmutzung, die Ungerechtigkeit und die Heuchelei miteinander wetteifern, um uns vergessen zu lassen, dass es ein natürliches Gleichgewicht gibt.

---

1. Dt. ›Weideland‹. Ich verwende den spanischen Begriff, um irreführende Analogien mit deutschem Weideland zu vermeiden. (Diese und alle weiteren Anmerkungen vom Übersetzer.)

Ich glaubte, zugegebenermaßen ein wenig romantisch, die Natur würde mir etwas saubere Luft verschaffen, ich sah die Lücke zum Atmen und stellte mir vor, dass ich, indem ich Schafe hütete, mich den Ursprüngen dieses Teils der Familie nähern könnte, und dass ich mich in ihre Geschichte und in unsere Verbindung vertiefen würde, indem ich beobachtete, wie andere Mütter mit ihren Jungtieren umgingen.

Jetzt, da meine Haut dunkel geworden ist, mein Bart länger als üblich und meine Hände braun und so kräftig, dass ich selbst sie noch vor einem halben Jahr einem anderen Menschen zugeordnet hätte, hat sich die natürliche Sprache wie immer gegen die lyrische Phantasie durchgesetzt und mich zu einer steppenartigen Schafhürde geführt, die von Trappen und Grashüpfern umzingelt ist. Wandel über Wandel über Wandel und Wandel. Dies ist die Wirklichkeit.

Es ist bereits Sommer, die Dehesas haben die Farbe gewechselt, doch ich denke noch immer jeden Tag über das Licht nach. Über die Auswirkungen seiner Herrschaft und über seine Abwesenheit. Es gibt gute Gründe und eine Herde, um ein derartiges Fieber zu erklären. Nur Zentimeter von meinen nackten Füßen entfernt fällt senkrecht das Sonnenlicht auf die Erde, während ich mich daran erinnere, wie das Licht mich vor Monaten blendete, doch erst jetzt verstehe ich, dass dieses Staunen mit meiner Mutter begann. Sie war diejenige, die mir beibrachte, dass es so viele Farben gibt, wie du sehen kannst. Dass die Suche nach der Alternative eine Wahl ist. Ich hatte mich lange danach gesehnt, ein Stück der Natur, die ihr Leben inspiriert hat, wiederzugewinnen, und im Laufe der Jahre ist eine Notwendigkeit daraus geworden, als läge in der Art und Weise, wie sie aufgewachsen war und sich mit der Welt in Verbindung gesetzt hatte, jene elementare Antwort, die ich in Wahrheit kannte, die wir alle kennen, und die ich dennoch allmählich aus den Augen verlor.

Sanjuanilla

Stille gibt es nicht, die Farbe Schwarz dagegen schon. An solche Dinge denkt man bei drei Grad unter null, während man bis über die Ohren zugedeckt in einer Schäferhütte liegt. Die Glut knistert im Kamin, ein Fenster ist angelehnt, um die Ansammlung von Kohlendioxid zu vermeiden, wie meine Mutter und andere Schäfer mir empfohlen haben. Draußen bellt die Mastiffhündin. Auf dem mit Steinen befestigten Zinkdach bewegt sich etwas. Die Stille ist voller Geräusche, sogar inmitten dieser Dehesa, sechs Kilometer vom nächsten Dorf entfernt.

Drei Wochen zuvor habe ich die Gegend durchquert, um eine passende Hütte für mein Leben mit Schafen zu finden, und vielleicht meine Mutter etwas besser zu verstehen. Ihr ganzes Leben lang hat sie über Wölfe, Bäche, Steineichen geredet. Über gestohlene Feigen, Zwergtrappen, Gewitter. Und über Schafe. Einmal hatte ich sie in die Region begleitet, aus der sie stammte, doch damals war ich ein dreizehnjähriger Junge, und das einzige, woran ich mich erinnere, ist ein Stier, der über eine riesige grüne Graslandschaft trottete, gefolgt von einem Viehtreiber[1]. Das Bild hat drei Jahrzehnte überdauert, wie eine Forderung nach mehr Hintergrund, der ich nun endlich nachkomme.

Die Nachnamen meiner Großeltern sind außerhalb der Region ebenso selten, wie sie unter den hiesigen Familien gewöhnlich sind. Kaum hatte ich verlauten lassen, dass ich eine Bleibe suche, tauchten unbekannte Verwandte auf, die mehr oder wenig freundlich waren und ein paar Geschichten zu erzählen hatten. Manche boten mir ein Zimmer oder sogar ein kälteisoliertes Haus an, denn ich hatte vor, im Winter umzuziehen. Sie

---

1. Hunde wie etwa (in Deutschland) Rottweiler, die ursprünglich als Bullentreiber gezüchtet wurden.

sagen, ich hätte die schlimmste Zeit gewählt. Genau so wollte ich es.

Das Haus in Sanjuanilla steht in einer mit Steineichen bestandenen Senke fünfzig Meter von dem Teich entfernt, an dem die drei Schafherden getränkt werden, die sich das Gut von Andrés Rodríguez, dem Besitzer, teilen. Doch Andrés lebt in einer entfernten Stadt und der Hirte, der auf dem Gut arbeitet und mich den Beruf lehren wird, heißt Juan Alfredo. Hinter der Viehtränke erhebt sich eine umzäunte Hügelkette, auf der Kühe weiden, die einem anderen Mann gehören. Das Haus steht auf leicht abfallendem Gelände, und der Weg nach unten führt zu einem Brunnen mit trinkbarem Wasser. Was das Licht betrifft – vorgestern verlegten die Elektriker ein paar Kabel, die drei Glühbirnen an den Generator im Stall anschließen. Ich habe nicht vor, ihn allzu oft zu benutzen, denn er läuft mit Benzin, die nächste Tankstelle liegt zwanzig Kilometer entfernt, und ich besitze kein Auto. Mein Plan ist, ihn nachts ein paar Stunden lang laufen zu lassen, wenn ich koche – auf meinem tragbaren Öfchen mit drei Kochstellen, die an eine Flasche mit Butangas angeschlossen sind.

Bei meinem ersten Besuch waren die Herden von zwei Hündinnen bewacht worden, doch Maya, die Hütehündin, starb plötzlich. Deshalb beginnen Siria und ich zu zweit. An dem Morgen, als wir uns zum ersten Mal begegneten, leckte sie sich die Schnauze, nachdem sie die Plazenta eines neugeborenen Lamms verschlungen hatte. Ihre traurigen Augen täuschen über die sehnigen Muskelpakete hinweg, die sich unter ihrem Fell wölben, wenn sie spielt oder rennt. Ein sieben Monate alter Mastiff ist reine Kraft in Aktion. Sie bellt schon seit einer Weile.

Ich bin so pleite wie immer, doch mein Bruder wird in meiner Wohnung in Barcelona wohnen und die Miete zahlen, bis ich zurückkomme. Zusammen mit meinem Ersparten sind so sechs Monate finanziell abgedeckt. Die kostenlose Unterkunft, die ich gefunden habe, ist hilfreich, und auch die Garantie, dass die Kosten in dieser Zeit minimal sein werden, weil ich vorhabe, sie mit Grundnahrungsmitteln und dem, was der Boden hergibt, zu bestreiten. Man hat mir versichert, ich könne schon im Frühling damit beginnen, wenn ich wolle und wisse, wie das geht.

Meine Mutter heißt Eloísa, und bevor ich herkam, gab sie mir eine Spur, der ich folgen werde: »Ich erinnere mich daran, dass ich arm war, aber immer in der Natur.« Während sie das sagte, lächelte sie mit einem Strahlen, das ich jetzt in der schwarzen Nacht sehe.

Mich zum Ursprung meiner Mutter zu begeben, bedeutet auch, eine Reise zu etwas Älterem als sie anzutreten. Es hat mit Samen und Wurzeln zu tun. Woher nahm sie ihre Widerstandskraft? Das ist mein Anliegen: Die Quelle ihrer Kraft zu erahnen.

La Siberia

Dies ist *La Siberia*, ein Landkreis im Nordosten von Extremadura, der früher *Die Berge und Die Seen* – Los Montes y los Lagos – hieß, bevor ein spanischer Botschafter in Russland ihn durchquerte und eine Ähnlichkeit mit Sibirien feststellte, die die Runde machte. Als der Zivilgouverneur sah, dass der Name sich durchsetzte, erließ er ein Verbot, ihn öffentlich zu verwenden. Doch diese Leute haben Charakter. Es wird am Klima liegen. Zwischen Raureif und fünfzig Grad ziehen sich die Steine zusammen und dehnen sich aus, bis sie bersten, auch wenn die Sonne immer mehr Land gewinnt und La Siberia nun schon seit drei Jahren in Folge Durst hat. Im vergangenen Jahr reihte sich alle achtzehn Tage eine Hitzewelle an die nächste. Mit rund sieben Bewohnern je Quadratkilometer liegt die Bevölkerungsdichte so niedrig, dass sie Teil einer Region ist, die als »spanisches Lappland« bezeichnet wird. Anscheinend verpasst man hier unbewohnten Gegenden nordische

Namen. Steppen, Dehesas und Pinienwälder wechseln einander ab, außerdem gibt es hier Eukalyptusschonungen, die während der Franco-Diktatur gepflanzt wurden. Damals entstanden auch die Stauseen, durch die diese Region zum nationalen Wasserreservoir wurde. Auf der gesamten iberischen Halbinsel gibt es keinen Ort mit mehr Binnenuferkilometern, doch da das meiste künstlich ist, mussten sich Flora, Fauna und die Menschen in den letzten Jahren allmählich an die dadurch ausgelösten Veränderungen anpassen. Hunderttausende Zikaden und Grillen zogen es vor, abzuwandern, wie auch ein paar Reiherkolonien, die von der Raupe des Prozessionsspinners bedrängt wurden. Man sieht auch kaum noch Raben. Prächtig gedeihen dagegen Meloncillos[1], Flusskrebse und Kraniche, die man überall auf den Feldern dabei beobachten kann, wie sie Eicheln verschlucken, obwohl es viele von ihnen inzwischen zu den neuen bewässerten Feldern für Reis und Mais im Osten der Region gezogen hat.

Meine Mutter wuchs in Agudo auf, dem Mancha-Dorf, wo ich mich im Supermarkt mit Lebensmitteln versorgt habe, die nicht im Kühlschrank aufbewahrt werden müssen. Von Agudo aus muss man nur auf der von Dehesas flankierten Landstraße weiterfahren, um nach Extremadura und La Siberia zu gelangen, wobei man durch Tamurejo kommt – die Wiege meiner Großmutter. Der nächste Ort ist Garbayuela, Heimatdorf meines als Hirte lebenden Großvaters, den ich nie kennenlernte und um den sich Legenden ranken. Von ihm lernte meine Mutter, mit Schafen umzugehen. Während meine Großmutter und meine Tante die Kirche putzten, nahm Eloy seine kleine Tochter auf die Dehesa mit, um ihr das beizubringen, was ich lernen will.

Ich komme spät, ich bin Städter. Doch die Natur ist noch da.

---

1. Einzige in Europa heimische Raubtierart aus der Familie der Mangusten.

Garbayuela liegt sechs Kilometer von dem Ort entfernt, wo ich versuche, in einen Sack gehüllt und mit Socken an den Füßen zu schlafen. Meine Mission besteht darin, die Schafherden täglichzu überwachen, Juan Alfredo über jede Neuigkeit zu unterrichten und achtzugeben, dass Siria nicht abhaut, abgesehen davon, dass ich sie ernähren muss. Juan Alfredo sagt, die Mastiffhündin schlüpfe bei jeder Gelegenheit unter dem Drahtzaun der Koppeln hindurch, und um ihre Ausflüge zu verhindern, bindet er ihr einen Holzstück in Form eines Y an den Hals, was sie aussehen lässt wie eine Sklavenhündin auf der Galeere.

»Ich komme morgen kurz nach sieben«, sagte er, bevor er ging. »Du bist seit dreißig Jahren der erste Mensch, der hier übernachtet.«

Die Hündin hat aufgehört zu bellen. Vielleicht ist etwas passiert? Ist es besser, wenn sie bellt, oder wenn sie nicht bellt? Auf dem Dach bewegt sich etwas. Starke Eisenstäbe schützen Tür und Fenster. Vor einiger Zeit öffnete ich die Augen und war mir nicht sicher, ob ich es wirklich getan hatte, denn die Dunkelheit war gleich oder sogar noch hermetischer. Ich suchte nach Rissen in der Schwärze, indem ich mit den Augen zwinkerte, um die Tränendrüsen zu befeuchten und besser zu sehen, doch dieses Schwarz ist kompakt. Außer den Rabenvögeln und den Insekten mit Chitinpanzer gibt es in La Siberia auch Geier und Störche in dieser Farbe. Ich öffne die Augen, um mich mit Schwarz zu füllen, das unbestreitbarer ist als die Stille.

Um sieben Uhr zwanzig in der Früh verlassen mehr als zweihundert Schafe ihren Unterstand und kommen den Hang herunter. Ihre dunklen Silhouetten zeichnen sich auf dem Hügel ab. Die Sonne schickt ein erstes Licht voraus. Ein paar Kuhglocken und das Blöken der Lämmer begleiten das Geräusch der Hufe auf der trockenen, gefrorenen Erde. Die Schattenherde zieht zehn Meter an meiner Haustür vorbei. Nur wenige Tiere wenden den Kopf und schauen den Eindringling an, dessen Haupt von einer Mütze aus einem anderen Sibirien bedeckt wird – ich hatte sie im Norden Chinas gekauft. Die Kälte nagt an dem kleinen unbedeckten Teil meines Kopfes und lässt schnell die Nase taub werden.

»Hallo, guten Morgen«, murmele ich und spüre, dass meine Lippen von der Kälte trocken geworden sind. »Wie geht es euch?«

Vier oder fünf Schafe beschleunigen ihren Schritt, als sie meine Stimme hören, und ziehen die anderen mit. Sie galoppieren noch, als die Reifen des Pickups über den steinigen Abhang herunterrollen. Juan Alfredo bringt mir einen Korb mit zwanzig Eiern von seinen Hühnern mit und ein riesiges Glas frischen Bienenhonig. Die Schafe warten still vor dem Gitter, das Zugang zum Pferch gewährt, während ich Juan Alfredo versichere, dass ich durchgeschlafen habe. Die Kälte erwähne ich nicht. Auf meinem Nasenbein spüre ich einen unangenehmen Druck, ein Stechen in meinen Augenlidern und ein taubes Gefühl von Frost auf den Brauen. Meine Nasenflügel sind feucht geworden, ich merke, wie sich dort Flüssigkeit ansammelt. Ein ziehender Schmerz, der von der Schädelmitte ausgeht, macht mich leicht schwindelig.

Auf der Schulter trägt Juan Alfredo einen großen Futtersack, den er in die Fresströge entleert, bevor er die Schafe hereinlässt. Sie stürzen sich auf die Futterballe, einige springen auf ihre Gefährten und stellen sich dabei auf die Hinterhufe, während sie mit ihren Vorderbeinen auf die Rücken und Schnauzen der anderen einschlagen. Mehrere Lämmer laufen ziellos herum, ohne in Reichweite des Futters zu gelangen. Die Sonne ist noch nicht hinter dem Hügel aufgetaucht, doch es ist bereits so hell, dass man das schmutzige Weiß der Schafe sieht, die so eng zusammengedrängt stehen, dass sie ein Meer aus Wolle bilden, auf dem man sich niederlassen möchte. Drei Minuten später ist in den Fresströgen kein einziges Futterknäuel mehr, und die Schafe ziehen Richtung Südosten, bis sie hinter einem kleinen Hügel verschwinden.

»Das Wasser ist knapp«, sagt Juan Alfredo. »Ohne Regen gibt es kein Gras und sie müssen mit Pressfutter ernährt werden.«

Er zeigt mir, wie ich Wasser aus dem Brunnen ziehen kann, indem ich das Seil an einen Eimer binde. Ich könnte die Winde benutzen, den Eimer nach und nach herunterlassen und ihn zur Seite neigen, wenn er die Wasseroberfläche erreicht hat, doch Juan Alfredo wirft das Seil aus dem Handgelenk so, dass es in Schlangenlinien nach unten fällt. Der Eimer neigt sich bereits in der Luft, versinkt im Wasser und füllt sich sofort.

»Komm, jetzt du.«

Ich versuche es mehrere Male. Jedes Mal fällt der Eimer gerade aufs Wasser und füllt sich nur zu einem Viertel, so dass Juan Alfredo den Wurf wiederholt und mich anweist, darauf zu achten, wie er den Arm bewegt, nämlich so, als wäre er eine Verlängerung des Seils. Erneut versenkt er den Eimer bis auf den Grund. Ich bin an der Reihe. Nach fünf Versuchen gelingt es mir, ihn zu zwei Dritteln zu füllen. Für heute ist es genug. Ich werde viel Zeit zum Üben haben.

Wir ziehen los und gehen über die Felder, um die Gitter abzulaufen, die die verschiedenen Herden voneinander trennen. Jede verfügt über ihre eigenen Dehesas, genügend Hektar, um in Ruhe zu grasen. Während er geht, lässt Juan Alfredo die Arme baumeln, sodass ich unwillkürlich an die Evolutionskette denke. Er erklärt mir, wie sehr er sich um die Gesundheit seines Viehs sorgt, und wie wenig ihm eine kürzlich ausgestrahlte Fernsehreportage gefiel, die das furchtbare Innenleben eines Bauernhofs offenlegte. Er ist davon überzeugt, dass alles davon abhängt, wohin der Reporter die Kamera hält und nennt als Beispiel eines seiner Weibchen, das hinkt und bei bester Gesundheit ist. Aber wenn so ein Schwachkopf jetzt daherkäme und genau dieses Schaf filmen würde, oder die Plazentas, die manchmal auf dem Boden auslaufen, oder den Hintern eines Tieres, das von einer Mücke gestochen worden ist …

»Damit spielt man nicht«, sagt er. »Ein Hirte ist seine Schafe. Die Leute sehen uns durch sie. Was für einen Sinn soll es haben, sie schlecht zu behandeln?«

Juan Alfredo ist ein moderner Hirte. Um die dreißig Jahre, attraktiv, das Gesicht vom Leben auf dem Land gegerbt, die Statur eines Apolls. Das Haar rabenschwarz, starke Arme und die angenehme, feste Stimme eines höfischen Beraters – jemand, dem man vertrauen kann.

Er bleibt nur kurz, denn in dieser Jahreszeit müssen die Olivenbäume beschnitten und das angefallene Astwerk verbrannt werden. Vier Rauchsäulen steigen von den Villares auf, der Gebirgskette, die man von der Senke aus im Norden erblickt.

Meine Zuflucht ist ein kleines Rechteck, das in drei Kammern unterteilt ist. Die zwei Betten mit schmiedeeisernem Kopfende stehen in dem Raum, der zu den Villares hinausgeht und dessen Wände noch stärker von der Feuchtigkeit verwittert sind als der Rest des Hauses. Deshalb brachte ich gestern Abend eine der Matratzen ins südliche Zimmer und legte meinen Schlafsack darauf. In diesem Raum befindet sich ein kleiner Schrank, dessen Türchen und Schublädchen sich schlecht öffnen oder schließen lassen. Zwischen beiden Zimmern gibt es eine winzige Diele, die auch als Wohnraum dient. Dort steht ein verrosteter Schaukelstuhl neben dem Schornstein. Ich habe den Schaukelstuhl mit der Decke gefüttert, die mir den besten Eindruck machte. Als ich mich darin wiegte, stellte ich fest, dass er nicht einmal quietscht, sondern in sehr gutem Zustand ist. Das übrige Mobiliar besteht aus zwei niedrigen Tischen und fünf Baststühlchen. Wenn ich mich auf sie setze, kann ich mein Kinn auf die Knie legen. Weder Bad noch Toilette.

Siria liegt auf der kalten, sonnigen Veranda und beobachtet meinen Aufbruch.

»Komm!«

Die Hündin erhebt sich und wir gehen los, um Schafe zu suchen. Sie geht an meiner Seite. Manchmal trottet sie ein Stück voraus, oder sie bleibt zurück, um an einem Felsen oder an Exkrementen zu schnüffeln, doch es dauert nie lange, bis sie zu mir zurückkommt.

Als die Schafe eine Bewegung wahrnehmen, wenden sie uns geschlossen die Köpfe zu, als wären sie keine Feiglinge, doch sobald wir uns ihnen weiter nähern, flüchten sie im Galopp.

Ich verbringe den Morgen damit, diejenige Herde zu begutachten, der Juan Alfredo eine einheitliche Merino-Identität verleihen will, um die »Urrasse des Landes« zurückzugewinnen. Seit Jahrzehnten haben die siberianischen Hirten Churras mit Merinas oder auch mit Manchegas, Castellanas, Charoleras, Limousinas oder Île de France vermischt, was zu einem Ungleichgewicht unter den Viehzüchtern geführt hat. Seit zwanzig Millionen Jahren grasen diese Pflanzenfresser auf der Iberischen Halbinsel, und die Mehrheit der Hirten stimmt darin überein, dass das Merino-Schaf am besten im Tal des Guadiana und auf den Dehesas von La Siberia gedeiht, weil es sich an die Umgebung angepasst hat. Die Frage ist, wie man Merino-Herden zurückgewinnt, denn man schätzt, dass von den sechzehn Millionen Schafen, die es in Spanien gibt, etwa hundertachtzigtausend »Merinos, die man wirklich Merinos nennen kann«, übrig sind.

»Ich kaufe ausschließlich reine Merino-Böcke«, sagt Juan Alfredo, der fremdrassige Schafe verkauft, um seinen Bestand so schnell wie möglich zu vereinheitlichen.

Um drei Uhr nachmittags mache ich mich auf den Weg nach Süden zum Dorf. Wenn die Schafe einmal gefressen haben, brauchen sie in der Regel niemanden mehr, und falls es zu einem Notfall kommt, wird Siria ihnen nützlicher sein als ich.

Die Steineichen sehen aus wie einsame Spaziergänger in einem Meer aus Hügeln. Hier eine, dort eine, man könnte fast meinen, ohne Sinn und Zweck. Doch es gibt einen Plan. Die Anarchie des Steineichenbestands ist trügerisch, ihre Unordnung ein Ergebnis menschlicher Kontrolle und Pflege. Die riesigen, scheinbar chaotischen Felder spenden Schatten, Humus und Eicheln, wie diejenigen, um die sich gerade drei Schafe und zwei Kraniche streiten, die plötzlich abheben und sich einer Linie von Gefährten anschließen, die sich zweihundert Meter am Himmel entlangzieht.

In der Ferne höre ich eine Motorsäge und denke, dass ich keine Axt besitze. An der Hütte gibt es einen Stapel Feuerholz, doch eine Axt zu haben, ist immer gut. Enric lieh mir seine nicht, weil er befürchtete, man werde sie mir bei der Passagierkontrolle im Zug abnehmen, und wir vermuteten, dass es in Sanjuanilla eine solche Kontrolle geben würde. Enric ist der Vater meiner Freundin, ein Outdoor-Crack, der dem israelischen Heer Filter abkauft, um die Sonne durch das gigantische Teleskop zu beobachten, das er in seiner Keramikwerkstatt aufgestellt hat, und der zahllose Nistkästen in den Gärten des Landhauses angebracht hat, in dem er wohnt. Als er erfuhr, dass ich nach La Siberia reisen würde, besorgte er mir ein hervorragendes Fernglas, ein Kampfmesser, das scharf genug ist, um Knochen zu durchtrennen, und verschiedene andere Gadgets zum Überleben. Anschließend wiederholte er mehrmals, wie wenig die Dehesa geschätzt werde und dass es notwendig sei, dies einzufordern.

Oft wird die Dehesa als allzu stark manipulierte Kulturlandschaft angesehen, obwohl sie vielleicht der realistischste Naturraum ist, einer, der am meisten Zukunft hat. Ohne über die mythischen Eigenschaften der Wildnis zu verfügen, erlaubt sie die Vermehrung von Tieren in Freiheit – auch von wilden. Kein anderes vom Menschen beeinflusstes Natursystem hat so viel Effizienz und Gleichgewicht erreicht wie die mediterrane Dehesa. Ein

Quadratmeter Boden enthält bis zu sechzig verschiedene Pflanzenarten und Millionen Mikroorganismen, die in alle Richtungen Leben verströmen. Ein jeder würde erkennen, dass dies nachahmungswürdig ist, ein alternatives Ökosystem, wo das Wilde und das Menschliche sich im Dialog miteinander befinden, und vielleicht liegt darin der Grund für seine Unauffälligkeit in einer Welt, die mehr zu epischen Extremen neigt als zu Kompromisslösungen.

Durch die Dehesa zu spazieren, ist ein schlichtes Vergnügen.

In der weiten Landschaft geht man aus sich selbst heraus. Jede Landschaft hat diese Wirkung auf die eine oder andere Weise. Das Gebirge zwingt einen dazu, über es nachzudenken, während die Ebene alles zulässt. Das Gebirge ist mehr Hauptdarsteller, seine Risiken sind offensichtlicher und augenscheinlich unmittelbarer, wohingegen die Herausforderung der Dehesa, der Steppe, der Wüste sich an eine gewisse Gleichförmigkeit anpasst. Sieh dir das an. Die Steineichen sind nicht sehr hoch, die Schafe blöken in aller Ruhe, mittelgroße Libellen suchen vergeblich nach Gras, auf dem sie sich niederlassen könnten – ihr Flügelschlag fächert einem Kaninchen Luft zu, das nicht einmal beim Anblick eines Wildschweins die Flucht ergreift. Diese Mischlandschaft wiegt sich in ewiger Namenlosigkeit, und deshalb gibt es Leute, für die die Ebene der Dehesa ein Ort der Ergebung und des Verzichts ist. Aber für die Hirten ist sie alles.

Vielleicht bilde ich mir das nur ein, doch ich habe den Eindruck, dass die Wüsten und die Ebenen seit Jahren nicht mehr so besungen werden wie früher, während die Leute Schlange stehen, um den Mount Everest zu besteigen. Die Gier nach Adrenalin und Spektakel hat die Berge in den Himmel gehoben, aber wer besingt die Dehesa? Vielleicht ist dies der Beginn einer Art Lied. Eine *Songline* aus der Extremadura. Die australischen Aborigines sind keine Hirten, aber mit ihren *Songlines* haben sie die Natur besungen wie sonst niemand. Man kann Australien durchqueren, indem man dem Faden dieser Lieder folgt, die ebenso einem Felsen gewidmet sind wie einem Wallaby. Kann man mehr tun, als mit der eigenen Stimme das zu ehren, was man liebt?

Dass La Siberia so heißt, erfuhr ich erst wenige Wochen vor meiner Anreise, und auch meine Mutter erfuhr auf diese Weise, dass sie sibirische Eltern hatte. Anfangs konnte Eloísa den pseudorussischen Namen dieser Felder ohne Mammuts nicht glauben. Es gibt keine Hinweise, anhand derer man der Spur dieser Landschaft folgen könnte, höchstens ein paar Bücher, die sich mit Jargons beschäftigen, einige Blättchen zur Geschichte, das Liederbuch eines Dorfs, die Märchen eines weiteren. Der Rest sind institutionelle Schriften und Publikationen, deren Adjektive weder das Wachstum von Reh oder Zistrose berühren, noch das Leben der Menschen. Zwischen der Schlucht des Guadiana und dem Stausee La Serena erstreckt sich ein riesiges Gebiet, das noch viele Geheimnisse birgt.

Die zahllosen Weideplätze erinnern mich an James Rebanks, einen englischen Hirten aus dem Lake District, der die Schafe und das Gras verehrt, das sie fressen. Rebanks sieht die Gegend, in der er lebt, wie die Mehrheit seiner Nachbarn, und deshalb war er sprachlos, als er einen Schriftsteller namens Wainwright entdeckte, der »seinen« Distrikt berühmt machte, indem er einen Blick darauf verbreitete, der nichts mit der Sicht der Leute gemein hatte, die ihn bewohnten.

»Es ärgerte mich«, schreibt er, »dass anscheinend bis jetzt niemand von außerhalb gedacht hat, dieser Ort sei wunderschön oder wert, besucht zu werden.« Gleichzeitig fand er es eigenartig, dass man seine Landschaft aus Gründen lieben konnte, die ihm selbst gar nicht bewusst gewesen waren.

Nicht dass ich hierhergekommen bin, um den Wainwright zu

machen, doch es ist offensichtlich, dass niemand La Siberia besondere Aufmerksamkeit geschenkt hat, auch nicht den Schafen und den Hirten, die hier leben. Außerhalb von Extremadura gibt es nicht einmal eine Vorstellung von dieser Gegend.

Den Feldweg nach Garbayuela säumen Büsche, Kräuter und Tiere, die ich noch nicht benennen kann. Irgendwann in meinem Leben begann ich zu reisen, um über Orte zu schreiben, und nachdem ich einige ausländische Wirklichkeiten miteinander verglichen habe und besser meine eigene erkenne, verfüge ich über ein lückenhaftes Wissen über die Natur der Welt. Ich könnte detailliert über den Dingo und den Baobab sprechen, oder über die Olive und den Feigenkaktus, aber ich habe keine Ahnung, wie etwa diese Pflanze hier mit den gelben Blütenblättern heißt. Deshalb vertraue ich auf die Bücher über Flora und Fauna, die ich im Rucksack habe, und auf meine Mutter, die ich ab und zu anrufe, um mit ihr über ihr Dorf zu sprechen und Anleitung zu suchen.

In Garbayuela habe ich Faustina besucht, mit der ich entfernt verwandt bin, und nun weiß ich, dass meine beiden hiesigen *Urgroßeltern* wegen Diabetes erblindet waren, bevor sie starben. Meine Mutter hat mir deren Geschichte nie erzählt, vielleicht kennt sie sie gar nicht. *Urgroßeltern* wird ab jetzt ein Synonym für eine noch tiefere Finsternis sein. Jedenfalls ist es ein neuer Begriff. Wie viele Dinge sehen und wissen wir nicht! Die Welt beginnt mit den Großeltern, alles davor ist Legende. Urgroßeltern? Es wäre ein Luxus gewesen, zwei Fabeln aus Fleisch und Blut zu kennen und sie zu fragen, wie man die Natur ohne Licht sieht.

In einem Geschäft, wo der Besitzer und zwei Kunden sich über eine Herde schwarzer Schafe unterhalten, kaufe ich Batterien für meine Stirnlampe.

Als ich um sieben Uhr nach Sanjuanilla zurückkomme, setzt die Abenddämmerung ein. Die Pforte sitzt so fest, dass ich mich fast eine Minute lang abmühe, bevor ich sie öffnen kann. Sie zu schließen, ist noch schwieriger. Mir fehlt die Kraft, um den Drahtring über den Haken zu ziehen, der als Schloss dient. Nach fast fünf Minuten verzweifelter Verrenkungen, in denen ich unentwegt an Juan Alfredo und seine Bizeps denke, weil er die Pforte öffnet und schließt, als wäre nichts dabei, gelingt es mir, den Ring über den Zapfen zu ziehen. Ich schwitze, obwohl die Temperatur bald unter null sinken wird.

Siria tänzelt um mich herum, springt gegen meine Oberschenkel und versetzt mir ein paar ordentliche Schläge gegen die Waden mit ihrem Y aus Steineiche.

Zweimal mit der Karre hin und her, einmal, um fünf dicke Holzstücke von dem Stapel zu holen, der sich an der Rückseite des Hauses befindet, und einmal für Astwerk. Beim zweiten Mal gelingt es mir, Feuer zu machen.

Mithilfe meiner Stirnlampe und einer Stablampe, die dünn wie ein Reiherbein ist, finde ich den Weg zum Stall und öffne die Tür, die fürchterlich quietscht. Dahinter liegt ein großer Raum, dessen Boden aus festgestampfter Erde besteht. Hier liegen Taue, Haken und Futtersäcke für Hunde herum, außerdem der Benzinkanister. Dreimal muss ich am Starterseil ziehen, um den Generator anzuwerfen. Zurück in meinem Wohnzimmer, rücke ich den Schaukelstuhl ans Feuer und beginne, mir ein paar Tierbücher anzuschauen.

Aus Mangel an siberianischer Lektüre oder Büchern über die Dehesas, habe ich mir ein paar Klassiker mitgebracht, die sich mit der Meseta[1] beschäftigen. Außerdem Ansichten über die Jagd von

---

1. Die Iberische Meseta ist die zentrale Hochebene Spaniens (ca. 200.000 km^2). Die Extremadura ist Teil dieser geologischen Formation.

Miguel Delibes[1], Werke von Hirten aus aller Welt – von ihnen selbst geschrieben oder mit ihnen als Hauptfiguren –, und willkürlich ausgewählte Schriften über die Natur, darunter zwei wissenschaftliche Bände. Ohne diese vierzehn Bücher hätte der Rucksack nur die Hälfte gewogen.

Die Pferdehändler und -züchter antiker europäischer Kulturen verfügten über dreizehn chromatische Begriffe aus dem Latein, um ihre Tiere zu unterscheiden. Die Kirgisen der Steppen unterschieden fast doppelt so viele Fellfarben wie die Reiter in Westrussland. Das hängt damit zusammen, dass der größte Teil der chromatischen Lexik, die wir benutzen, aus nichteuropäischen Kulturen stammt. Nur in Freiheit kann ein Distelfink die Farbe des Erdbeerbaums annehmen.

Ich lese nicht mehr lange weiter, denn meine Augen werden vom Ultraviolett des Feuers angezogen. So lebhaft, wie es flackert, wird jede längere Lektüre ohnehin zur Herausforderung, und heute kapituliere ich. Das Holz wärmt die Hütte und meinen Stolz. Fasziniert beobachte ich, wie die Scheite brennen, die ich selbst gesammelt habe.

Die wohlfeile Angst

Nachdem er vier Lämmer auf den Kipper des Kleinlasters geladen hat, sagt Juan Alfredo:

»Du bist dran«, und reicht mir den Greifer. Es handelt sich um eine kleine Eisenstange, die in einen Haken ohne Spitze ausläuft. Dicht aneinander gedrängt bewegen sich die Schafe hin und her und drücken sich dabei an die Türgitter des Pferchs. Ich werfe den Haken und verfehle mein Ziel. Man muss ihn um das Gelenk eines Hinterlaufs schlingen, ihn hochziehen und das Tier ergreifen.

---

1. Miguel Delibes Setién (1920 - 2010) war ein spanischer Schriftsteller aus Valladolid.

Beim dritten Mal gelingt es mir. Anfangs strampelt das Schaf ein wenig, doch als es meine Umarmung spürt, hält es still und ich kann mich darauf konzentrieren, seine Wolle aus wenigen Zentimetern zu riechen. Juan Alfredo öffnet die Lade des Kippers, damit ich es zu den anderen Lämmern schupse. Wir sammeln noch vier weitere ein, bevor wir den Anhänger zur Tränke von Garbayuela fahren, wo ein Dutzend Kleinlaster mit Kippern voller Schafe um einen Lkw stehen, der tausend Tiere fasst.

Der Donnerstags-Laster sammelt eine Auswahl Lämmer um die fünfundzwanzig Kilo ein, die bereits in der Lage sind, Futter ohne die Hilfe der Mutter zu fressen, denn ihr Bestimmungsort ist eine Mastweide in Murcia, wo man sie sofort wieder verlädt, zurückschickt und die Erstattung des Geldes verlangt, wenn sie nicht fähig sind, aus eigener Kraft zu schlucken. Ein Hirte sagt, man müsse aufpassen, wie sie an Gewicht zulegen:

»Sie kennen kein Maß, wenn du sie lässt, platzen sie.« Juan Alfredo bekommt fünfzig Euro für jedes der Tiere, die man nach der Mast in Länder wie Marokko, Dubai oder Saudi-Arabien schicken wird, wo sie mit einer Hingabe verzehrt werden, die Spaniern fremd ist. Hier gehört das Lamm nach dem Kaninchen zu dem am wenigsten gegessenen Fleisch, das lässt aufhorchen, wenn man bedenkt, dass die Phönizier dieses Land *I-spn-ya* nannten: »Land der Kaninchen.«

Immer mehr Ladungen Schafe werden auf der Rampe in den dreigeschossigen Laster gehievt, während die Viehzüchter und Hirten mich fragen, ob ich keine Angst hätte, in Sanjuanilla zu wohnen, obwohl niemanden die Kälte interessiert, die dort herrschen kann.

»Wovor muss ich denn Angst haben?«, frage ich.

»Keine Ahnung, so ganz allein dort …«

Was für eine Überraschung aus dem Mund von Profis! Haben wir etwa jetzt alle diese allzu wohlfeile Angst, auch die Hirten?

»Es gibt Flüchtige«, sagt einer. »Es passieren Sachen.«

Gegen die Furcht kann ich nur den Riegel vorschieben und den Schlüssel zweimal herumdrehen, aber weil ich es vorziehe, nicht die Geister zu rufen, zeige ich ihnen meine rußverschmutzten Finger, um zu demonstrieren, wie ich die Kälte bekämpfe. Gestern Nacht verbrachte ich eine ganze Weile damit, Zweige im Kamin hin und her zu schieben, damit sie besser brennen. Ich versuche, sie nach ihrem Leben zu befragen, doch sie fragen mehr, zum Beispiel, warum mich ihr Land interessiert, das hat doch damit nichts zu tun. Als ich sage, dass ich Tabla Corta besuchen werde, antworten sie:

»Du wirst enttäuscht sein. Mirabueno? Blick auf die Felder und ab und zu ein Geier. Siehst du die Flecken in dem Felsen dort?«

Mirabueno ist das Gebirge, das parallel zum Dorf verläuft, man ist schnell dort. Es handelt sich um eine Quarzformation, dicht unter dem Gipfel ragt eine Steilwand empor, die gräulich-weiß gesprenkelt ist mit getrockneten Exkrementen von Geiern. Scheiße, Kriminelle und Enttäuschung. Was für eine Art, Werbung für eine so schöne Gegend zu machen!

Nachdem die Lämmer im Lkw verladen sind, begleite ich Juan Alfredo und helfe ihm, die Äste der dreitausend Olivenbäume zu verbrennen, die er in den letzten Tagen beschnitten hat. Als er den zwei Meter hohen Scheiterhaufen in Brand setzt, bildet sich ein Tornado aus Rauch und Flammen, der sechs Meter Höhe erreicht. Der Hang ist paradoxerweise mit einem frischen Parfum geschwängert, während die Hitze mich entspannt, weil sie mir die Kälte, an die ich mich noch gewöhnen muss, aus dem Körper treibt. Gleichzeitig suche ich nach Argumenten gegen das Gefühl der Desillusionierung, das mir diese Leute gerade vermittelt haben. Allerdings schien die ihre eine routinierte Desillusion zu sein, geäußert mit der Gleichgültigkeit einer Willkommenszeremonie, als bestünde das Ziel darin, den Besucher zu demoralisieren, damit er sich aus dem Staub macht oder die Konsequenzen trägt. Diese Haltung ist gar nicht so schlecht, denn sie scheint eine Herausforderung zu enthalten: Wenn du die Schicht entmutigender Worte überwindest, öffnet sich dir das, was nicht erzählt wird. Am besten, ich sehe es so. Wenn so viele Menschen gleichzeitig wiederholen, dass du dich an einem bedauernswerten Ort aufhältst, kannst du dich einerseits fragen, ob es Sinn hat, weiterzumachen, und andererseits, welches die Ursachen des Traumas sind. Oder ob sie nur so tun.

Dusche

Da der Rückweg lang ist, beschleunige ich meinen Schritt. Als ich in der Hütte ankomme, nutze ich meine Körpertemperatur, um ein Bad zu nehmen, wenn man es so nennen kann. Ich fülle zwei große Kochtöpfe mit Wasser und stelle sie aufs Feuer. Dann karre ich mehrere große Scheite und frisches Reisig herbei, bevor ich die Töpfe vom Feuer nehme und mich bei sechs Grad ausziehe. Das mag für manchen eine annehmbare Temperatur sein, doch ich bin ein Mittelmeerbewohner, bin dünn und komme gerade erst aus der Stadt. Ein paar Schafe und Kühe schauen ab und an zu dem Mann herüber, der da unter den Steineichen steht, Hawaianas an den Füßen trägt und schnauft, während er sich mit dampfendem Wasser überschüttet. Am Ende bläst ein leichter, eisiger Wind, den ich in Empfang nehme, indem ich meine Lungen aufblähe und brülle.

Die Ebene in Katia

Nach weniger als einer Woche habe ich mich den Schafen angepasst und erwache jeden Morgen wenige Minuten bevor die Glöckchen ertönen, die ihre Prozession zum Trog verkünden. Während ich mich ankleide, atme ich Gebirge von Dampf aus, die ich in der Finsternis sehe, und als ich die Tür öffne, die Mütze fest über den

Kopf gezogen, defilieren die Schafe bereits blökend vor dem Tor entlang – in den ersten Tagen hatten sie das noch schweigend getan. Manche bleiben einen Meter vor der Tür stehen, um mit ihren länglichen Pupillen nach mir Ausschau zu halten, und so sage ich ihnen guten Tag und verkünde, dass ich heute nach Mirabueno hinaufgehen werde.

Zwischen den Olivenhainen und am Rande steiniger Abgründe führt ein steiler Pfad hindurch, überwuchert von Ilex und Geißklee. Weiter oben steht eine keltische Burg und erklärt die Jahrhunderte alte Pflasterung, die zwar keinen zusammenhängenden Weg mehr bildet, aber noch immer festen Tritt bietet. Das Moos allerdings macht sie rutschig. Wilde Ölbäume, Steineichen und Korkeichen stehen alt und bedeckt von grünem Bewuchs neben Unterständen aus Stein, die von den Hirten nicht mehr gebraucht werden, weil sie lieber die Weiden weiter unten nutzen, die leichter mit dem Auto zu erreichen sind. Vom Gipfel aus hat man einen kilometerweiten Rundblick über Tausende von augenscheinlich zufällig herumstehenden Steineichen zwischen soldatisch anmutenden Reihen von Olivenbäumen, über Bäche, die wie Bänder zwischen ihnen verlaufen, und weit entfernte Stauseen.

Von diesem Gipfel aus offenbart La Siberia die Regelmäßigkeit eines riesigen flimmernden Plateaus, ohne wirklich eben zu sein. Wie beschreibt man das Flache, das Regelmäßige? Manche sagen, dies sei »nichts«. Einförmige und offene Landschaften sind schwer zu beschreiben, aber das Gedächtnis behält sie als einzigartige Erfahrung.

Peitschenhiebe

Während des Nachmittagsspaziergangs entdecken Siria und ich ein totes Schaf mit einer klaffenden Wunde im Oberschenkel.

Fleisch und Sehnen bilden eine Masse von mindestens fünfzehn Zentimetern Tiefe. Die vollkommen runde Form könnte das Werk eines harten Stoßes mit dem Schnabel sein. Siria beschnüffelt den Kadaver kurz, bevor sie sich auf die Suche nach der Herde macht. Juan Alfredo ist mit seiner Freundin in einem Kurort, er hatte seit fast einem Jahr keinen Urlaub mehr gemacht, und an diesem Wochenende war es soweit. Deshalb werde ich bis Montag warten müssen, um die Reste zu beseitigen. Ich könnte das Tier begraben, doch ich glaube nicht, dass das angemessen ist.

Ich war in die Hocke gegangen, um die Wunde zu untersuchen, aus der nun Würmer herauskommen. Plötzlich spüre ich Nadelstiche in der Nierengegend, die mich in halb aufgerichteter Stellung erstarren lassen. Siria hat sich aufgerichtet, als sie mein Zusammenzucken bemerkt. Die winzigen Rohrstühle, der Herd auf der Höhe der Oberschenkel, Wasser aus dem Brunnen hochziehen und den Kübel bis zum Haus schleppen, das Geschirr in Schüsseln spülen, die ich nur auf den Boden stellen kann, Feuerholz holen, Feuer anzünden ... Mit der Hand am Rücken und halb zusammengekrümmt ist es leichter, die Millionen Mütter und Großmütter zu verstehen.

Mit Mühe richte ich mich auf und erreiche die Hütte, als es dunkel wird – ohne Siria. Ich schalte den Generator ein, verzichte darauf, Feuer zu machen und schneide ein paar Käsestücke ab, die ich auf Toastbrot lege. Dann schleppe ich mich zum Schaukelstuhl. An der Viehtränke hatte jemand von einem Ort gesprochen, wo die toten Tiere abgelegt werden, doch ich weiß nicht, wo er sich befindet, und außerdem: Wie sollte ich ein Schaf bis dorthin schleifen? In der Ferne höre ich Hundegebell.

Es ist zu kalt, um so sitzenzubleiben, deshalb richte ich mich langsam auf, setze mir die Stirnlampe auf, stelle den Generator im Stall ab, und weil es eine sternenklare Nacht ist, schalte ich die Lampe aus, bevor ich hinter meiner Bezugssteineiche uriniere.

Es gibt hier Hunderte Bäume oder Winkel, wo ich mich hinstellen könnte, doch nachdem ich vier ausprobiert hatte, erschien mir diese Steineiche gemütlich. Sie steht an einer versteckten Stelle – nicht, dass Juan Alfredo plötzlich auftaucht –, und die Dicke und Neigung des Stamms erlauben es, sich mit einer Hand abzustützen, falls es mal notwendig ist, ohne das Gleichgewicht zu verlieren.

Ich habe vier oder fünf Schritte zurück zur Hütte gemacht, als ich eine Gegenwart in meinem Rücken spüre. Zuerst denke ich, Siria sei zurück. Doch sie ist es nicht. Ein riesiger weißer Hund trottet langsam am Teich entlang, seine Augen leuchten in diesem elektrischen Infrarotblau. Zum zweiten Mal innerhalb einer Stunde fühle ich ein Stechen, diesmal allerdings sind es die Nerven. Langsam und ohne den Hund aus den Augen zu lassen, weiche ich zurück, während er im selben Tempo weiterläuft und sich in der Weide verliert.

In der Nacht träume ich von dem weißen Hund, als ich plötzlich in meinen Schlafsack wach werde und die Augen in die hermetische Schwärze hinein öffne.

Leuchtender Wandteppich

»Siria! Siria!«

Vor vier Tagen hat die Hündin Sanjuanilla verlassen. Juan Alfredo sagt, solche Ausflüge seien normal, gewöhnlich findet er sie, oder sie kommt nach ein paar Tagen zurück, doch diesmal dauert es zu lange.

Seit Montag, als der Hirte aus dem Kurort zurückkehrte, ist sie fort. Zu dem Zeitpunkt hatte das Loch im toten Schaf die Größe eines Balls, ein Bein fehlte, und eine Spur aus Wolle deutete an, dass es wahrscheinlich von demselben Tier über den Boden geschleift worden war, das es auf den Rücken geworfen und ihm den Kopf verdreht hatte. Vielleicht dasselbe, das es angefressen hatte, und das kein Geier war, denn das hätte mehr Aasfresser angelockt, so dass inzwischen nur noch Knochen übrig wären. Wir legten den Kadaver auf den Kipplader und bevor Juan Alfredo ging, löste er das Y von Sirias Nacken. Er vertraute darauf, dass meine Begleitung sie an ein häuslicheres Leben gewöhnt hätte.

In jener Nacht gingen wir aufs Feld, ich mit der Stirnlampe, während sie freudig herumsprang, befreit von dem Holzstück an ihrem Hals. Alles untersuchte sie mit ihren Augen, die so elektrisch waren wie die des weißen Hundes, die schillernden Zellen ihrer Irismembranen leuchteten grün-blau und dienten mir über eine Stunde lang als Leuchttürme, immer voraus, bis die Lampe das Haus anstrahlte. Da schaute sie mich einige Sekunden lang an, bevor sie in die Dunkelheit zurückkehrte. Seitdem habe ich sie nicht mehr gesehen.

Mastiff

Morgens verflüchtigt sich der Raureif sehr schnell, nicht einmal im Februar hält er dem Ansturm der Sonne länger als ein paar Minuten stand. Wäre meine Mutter ein paar Jahrzehnte später geboren worden, hätte sie sich lange Wartezeiten erspart, denn eine ihrer morgendlichen Aufgaben bestand darin, die Schafe solange eingesperrt zu lassen, bis das Gras aufgetaut war, um zu verhindern, dass sie es gefroren fraßen und womöglich krank wurden. Die Kälte war so anders damals, dass meine Familia die Schafe nachts ans Feuer im Haus holte, damit sie nicht unterkühlten, denn unter drei Grad können ihre Lebensfunktionen vollkommen aussetzen und einen Kollaps verursachen.

Dieser zarte gefrorene Morgentau zeigt genauso wie die seit drei Jahren andauernde Dürre die meteorologischen Veränderungen, die Siria gute Gründe liefern könnten, um wegzulaufen, denn mit dem Klima ändert sich das Licht, und das Licht schädigt den

Instinkt. Wie viele andere Tiere, wird Siria insofern durch die Augen erregt, als die Zunahme an Sonnenlicht dazu führt, dass ihre Nasenschleimhaut wie verrückt Hormone ausschüttet, während den Rüden und den Schafböcken die Hoden anschwellen und alle beginnen, nach dem zu suchen, was der Körper von ihnen verlangt. Ein anderer zwingender Reiz, wegzulaufen, könnte das Verlangen sein, ihre schlafenden Fähigkeiten auszuloten und sich mit ihrem alten Rivalen zu messen: dem Wolf.

»Siria!«

Seit Jahrhunderten waren die siberianischen Mastiffs so schwarz wie die Schafe, die sie hüteten. So schwarz, dass man ihnen Glöckchen umhängte, um sie nachts von den Wildschweinen unterscheiden zu können. Deshalb gab man ihnen Namen wie Moro, Carbonero, Tizón[1]. Manchmal war das schwarze Fell von feuerfarbenen Streifen gezeichnet, und weil es in Tibet solche Hunde gab, schufen die Abenteuererzähler eine Verbindung zwischen dem spanischen und dem asiatischen Mastiff.

»Siria!«

Man sagt, der Wolf sei das erste Tier gewesen, das mit dem Homo sapiens zusammenlebte. Die Kunst der Altsteinzeit zeigt Bilder von domestizierten Wölfen, die menschliche Behausungen verteidigen. Der Mastiff erscheint also als Beispiel einer erfolgreichen Zusammenarbeit. Seitdem zwängen sich die Hunde in die Herde, um sie besser zu beschützen.

Neulich sah ich einen zwei Tage alten Mastiff in der Ecke eines Stalls voller Schafe. Der Welpe war allein und zusammengekauert. Er beobachtete. In ein paar Wochen wird der Hirte ihn dazu ermuntern, sich unter die Herde zu mischen, die ihn als einen der ihren aufnehmen wird, denn die alten Schafe erinnern sich noch daran, wie die Mutter dieses Mastiffwelpen ihnen jahrelang dabei

---

1. Dt. »Mohr, Köhler, Kohle«.

half, ihre Jungen nach der Geburt zu säubern. Die Mastiffhündin, die eintägige Lämmer ableckt, sichert ihren eigenen zukünftigen Jungen einen Platz in der Herde. Freilich muss sie sich schon nach zwei Monaten von ihnen trennen, denn es gehört zu einer alten Abrichtungsmethode, die Welpen von der Mutter zu trennen, um sie den Schafen auszusetzen.

Ich habe gesehen, wie Mastiffs mitten aus ihrer Herde herausstürmten, während sie eine unsichtbare Gefahr anbellten, denn in keinem Fall gab es andere Tiere in der Umgebung, auch keine Wölfe, die bis vor zwei Jahrzehnten die traditionelle Bedrohung darstellten. Verwilderte Hunde und der eine oder andere verirrte Fuchs gehören nun zu den größten Unannehmlichkeiten dieser Mastiffs, die sich den Instinkt trotz des Verschwindens ihres natürlichen Widersachers bewahrt haben.

Anscheinend beschützt man das, was einem nahe ist, ganz gleich wovor, sogar vor fremden Arten. Hunde, die Schafe hüten. Katzen, die auf Schildkröten reiten. Adler, die Störche adoptieren. Deshalb würde ich sagen, das behütende Talent meiner Mutter stammt in gewisser Weise aus einer Kindheit zwischen Mastiffhunden, die sie selbst beschützte.

Der Tag, an dem die kleine Eloísa sah, wie ein verwilderter Hund ihren Palomo zerreißen wollte, ist ein Familienklassiker. Das Mädchen rannte zu seinem Welpen, einem weißen Mastiff, nahm ihn hoch und drückte ihn an die Brust, während der andere sie anknurrte. Mein Großvater und der Kuhhirte kamen gerade noch rechtzeitig, sodass ich dies heute überhaupt schreiben kann.

Da ihre Kindheit voller Wölfe war, sind Estrella und Palomo ständig in unseren Gesprächen gegenwärtig gewesen. Mein Großvater Eloy hütete eine Herde von mehr als hundert Schafen, von denen er fünfunddreißig sein Eigentum nannte – der Rest gehörte dem Besitzer des Landes, auf dem sie in Begleitung der beiden Mastiffs weideten. Die Wölfe griffen oft die Pferche an, doch nur manchmal veranstalteten sie eine Schwarze Nacht. Meine Mutter erinnert sich vor allem an die der Kühe und Schafe.

Schwarze Nacht

Stell dir ein großes Wolfsrudel vor, das sich in verschiedene Kommandos aufteilt. Wolfskommando Eins droht anzugreifen, Estrella und Palomo verfolgen die Eindringlinge und entfernen sich von den Gattern, die auf der einen Seite die Kühe von einem Nachbarn fernhalten und auf der anderen Seite die etwas über hundert Schafe schützen. Die Mastiffs, deren Hälse von Stachelhalsbändern geschützt sind, kämpfen auf Leben und Tod gegen das Wolfskommando Eins, dabei sind sie so weit entfernt, dass sie nicht bemerken, wie einige Mitglieder von Wolfskommando Zwei über den Zaun zu den Kühen springen, während die übrigen Wölfe dieser Gruppe draußen bleiben. Wolfskommando Drei kopiert das Manöver von Zwei, indem ein paar Angreifer in den Pferch der Schafe dringen, während die anderen außerhalb patrouillieren.

Etwa dreißig Wölfe töten Kühe und Schafe, ohne dass die Familie, die aus dem Hirten, seiner Frau und zwei Mädchen besteht, sich aus dem Haus wagt, denn die Patrouillen der Raubtiere bewachen die Zwischenräume. Meine Mutter sagt:

»Es machte mehr Angst, zu hören, als zu sehen«. Sie erinnert sich daran, dass sie mit offenem Mund im Halbdunkel sitzt und den Bissen und Hieben zwischen Knurren, Blöken und Schlägen von Körpern lauschte, die gegen Steine, Eisen, Holz schlugen. In der Ferne hört sie die Mastiffs kämpfen. Der Nachbar der Kühe schläft in einem weit entfernten Haus, auf ihn können sie nicht zählen. Wenige Meter von ihr entfernt, öffnet ihr Vater ohne Eile die Schublade mit den Knallern. Er lässt zu, dass die Wölfe ein Schaf aus dem Pferch schleppen, denn er vertraut darauf, dass dieser Fang die Angreifer zufriedenstellen wird, so dass sie abziehen. Niemand weiß, wie sie das tote Schaf so schnell herausschaffen, aber als drei der Wölfe es bereits viele Meter weit weg fortschleifen, lässt mein Großvater die Knaller hochgehen, was den Rest des Rudels verscheucht. Explosionen, Heulen, Schüsse. Fünf tote Kühe. Unter den Schafen zwei Kadaver und sieben Verletzte.

Für Siria ist es ein Problem, einer Zeit ohne Wölfe anzugehören. Wie viele andere Hirten hat Juan Alfredo das Training der Mastiffs abgespeckt, weil er sie nicht mehr mitten in der Herde benötigt. Sie sollen nur das Land bewachen. Deshalb ist Siria nie mit den Schafen verschmolzen. Sie bringt weder die Farbe noch die Empathie auf, die dieses Vieh erfordert, doch ihr Beschützerinstinkt ist noch intakt – besonders nachts spielt er verrückt, in der ersten Stunde, nachdem das Licht gelöscht wurde. Dann bellt sie am meisten. Ihre Aufregung raubte mir anfangs die Ruhe, doch inzwischen dient sie mir als Schlaflied. Oder diente mir, denn diese Nächte ohne Gebell füllen sich mit neuen Geräuschen, die ich vom Schlafsack aus zu dechiffrieren versuche. Ich vermisse Sirias Lärm.

Sie selbst vermisse ich.

Obwohl sie sich nicht an diese Epoche angepasst hat, besitzt sie alles, was ein Mastiff haben muss. Zwei Wolfskrallen, einen starken Biss, hartes und glattes Fell, das sie dem iberischen Wolf ähnlichsehen lässt, Mut. Ich mache mir keine Sorgen um ihr Überleben, nur wenige Hunderassen sind anpassungsfähiger, doch Siria scheint etwas zu fehlen, und ich würde sagen, ihr fehlt ein richtiger Wolf. Vielleicht ist sie auf der Suche nach einem.

Mit Wölfen sprechen

Im Norden der Halbinsel sind Wölfe gesichtet worden, und es gibt Gerüchte, sie seien auf dem Weg nach Süden. Es ist unwahrscheinlich, dass sie wieder hier auftauchen, aber kürzlich sagte mir ein Mann, falls ich einem begegne, solle ich »die Uhr machen«. Er ist Naturforscher und kommt nicht aus der Region. Die Busfahrt von Madrid nach Valdecaballeros hat ihn etwas mitgenommen.

»Irgendwann während der Fahrt wurde mir schwindelig, ganz komisch, ich konnte es gar nicht erklären. Ich fragte, wo wir gerade waren, und man sagte mir, wir wären soeben nach Extremadura gekommen.« Es klingt seltsam, über den Ruf von La Siberia zu reden, obwohl der Mann so etwas andeutet. Er glaubt an den Instinkt und an unstoffliche Einflüsse. Wenn die Vögel in der Lage sind, Magnetfelder zu sehen, warum dann nicht auch er?

Wenn die Bäume mithilfe ihrer Wurzeln kommunizieren, indem sie verschiedene Wellen aussenden, wie ein kanadischer Forscher behauptet, dann können wir auch akzeptieren, dass diesen Mann die Frage interessiert, »ob Tiere sprechen«. Er würde Ja sagen. Einmal sprach er zwanzig Minuten lang mit einer Wölfin. Und zwar aufgrund jenes Fehlers, den man niemals bei Säugetieren begehen soll: sich zwischen eine Mutter und ihre Jungen zu stellen. Er hatte eine Wolfshöhle mit Jungen geortet, ohne dass die Mutter zu sehen war, und er versank in der Betrachtung der Kleinen, bis er etwas wahrnahm, das weder wie Thymian noch wie Heidekraut roch. Er drehte sich um, und da stand sie. Die Wölfin mit gesträubtem Fell, den Kopf gesenkt, im Maul ein Kaninchen, das noch zappelte, denn Wölfe bieten ihren Jungen die Beute noch lebend an, damit sie lernen, sie zu töten. Der Mann beschloss, »die Uhr zu machen«. Das funktioniert so: Man bleibt still und spricht in ruhigem Ton, während man sich auf der Stelle um die eigene Achse zur Seite dreht, um klarzumachen, dass man keinen Kampf möchte. Mit jedem Schritt, den die Wölfin in seine Richtung machte, drehte er sich ein wenig mehr und wich zurück. Alles ultralangsam.

Als er am nächsten Tag zurückkehrte, um die Wolfshöhle aus vernünftiger Entfernung zu beobachten, waren die Tiere fort.

Anpassung

»Wenn du Richtung Dorf gehst, versuch, den oberen Weg zu nehmen, und dann ruf sie, vielleicht taucht sie auf«, hat Juan Alfredo mir geraten, denn die Hündin hat die Angewohnheit, die Landstraße zu überqueren, um den Berg zu durchstreifen.

Ich stehe also dort, rufe nach Siria von meinem Fahrrad aus, das Juan Alfredo einem Chinesen abgekauft und mir vorgestern vorbeigebracht hat. »Damit du dich ein bisschen bewegen kannst«, sagte er, »ich besitze es seit Ewigkeiten, aber ich benutze es nie.«

»Siria!«

Nach welcher Farbe suche ich? Sirias getigertes Fell besteht aus graubraunen und schwarzen Streifen, aber heute macht es der ständige Wechsel von Sonne und Wolken unmöglich, Farbtöne zu erkennen. Alpenkrähen, der eine oder andere Spatz und zahlreiche Blauelstern[1] sausen in der stürmischen Nachmittagsluft haarscharf aneinander vorbei. Es heißt, die Blauelster mit ihrem maskenhaften Gesicht sei direkt aus Asien eingewandert, anderswo findet man sie kaum. Sie sticht durch ihre Strategien hervor, und hier hat sie entschieden, die alte chinesische Taktik der Eroberung durch Überschwemmung anzuwenden.

Die Blauelstern verleihen dem Himmel mehr Farbe mit ihren Köpfchen, die in diesem schwarzen Helm stecken, der dort aufhört, wo das weiße Halsband beginnt. Es leuchtet regelrecht, wenn sie mit ihren langen blauen Flügeln, die ihnen ihren Namen eingebracht haben, durch die Lüfte steuern. Ich müsste am Boden nach Bewegung suchen, doch eigentlich bewegen sich nur der

---

1. Der spanische Name der Blauelster lautet »rabilargo« (›Langschwanz‹).

Himmel und die Vögel, die dort gleiten, und die so aktiv sind, dass sie mich ablenken. Schwalben und Mauersegler kurven mit ihren gegabelten Schwänzen in halsbrecherischer Geschwindigkeit über den Punk-Federkamm einer Haubenlerche hinweg, die auf einem Draht sitzt, der zwei Landgüter trennt, und die ihnen dabei zusieht.

»Siria!«

Am Abend gehe ich sie mit einer Pfeife suchen, falls Wildschweine oder ein Hirsch auftauchen. Außerdem habe ich ein Kampfmesser dabei, das allerdings in einem wirklichen Notfall wenig mehr als Schmuck wäre. Immer wieder spreche ich laut vor mich hin oder singe, damit alle wissen, dass ich ein Mensch bin und es keinen Sinn hat, sich zu nähern. Die Wolken sind abgezogen, und ich kann ohne Stirnlampe gehen, geleitet von den hellen Flecken der Schafe. Ich atme die Dehesa mit offenem Mund ein. Ich höre das Schuhu eines Waldkauzes ganz in der Nähe. Sterne kann ich über Lichtjahre hinweg sehen, aber einen Waldkauz erkenne ich nicht einmal auf zehn Metern.

»Siria!«

Eines Nachts brachte Siria mir ein Rebhuhn. Ich weiß nicht, ob Mastiffs jagen, aber Siria tut es. Wer weiß, mit ein wenig Evolution könnte sie vielleicht in der Liga der Raben und Ratten spielen, jenen Tieren, die auf nichts spezialisiert sind, sich aber auf alles verstehen, was sich gerade ergibt.

Ich würde sagen, Siria kommt viel besser zurecht als andere Mastiffs, denn sie sieht schmaler aus als die meisten, und zu ihrer Kraft kommt noch die Wendigkeit. Vielleicht ist diese elastische Physis die Belohnung dafür, dass sie es sich in keiner Herde bequem gemacht hat. Eine unspezifische körperliche Struktur erlaubt die Anpassung an viel mehr Situationen, der Rabe demonstriert es. Der Rabe wählt in jeder Lage das Angemessene, und das bedeutet, dass er mit dem auskommt, was da ist, wenn man seine Umgebung ändert.

Es ist nicht ganz klar, warum eine Tierart überlebt und die andere nicht, aber ein Grund dürfte ihr Verhältnis zu den Menschen sein, und an diesem Punkt entstehen zwei Linien: die Linie derer, die sich unseren Gesetzen anpassen, und die Linie derer, die dies nicht tun. Die Mastiffs hatten sich in das Hirtenleben eingefügt, und da man die Regeln, nach denen sie lebten, in kürzester Zeit geändert hat, nehmen sie wahr, dass ihr Instinkt nicht mehr stimmt. Siria ist dabei, sich erneut anzupassen, obwohl sie darauf verzichten könnte. Sie ist jung und stark, und wer weiß, wie viel Wolf noch in ihr steckt.

Die Wette des Spatzen

Meine Arme sind steif geworden, nachdem ich Siria mehrere Stunden lang mit dem Fernglas gesucht habe, als ich in einem dichten Steineichenwald voller Disteln und wilden Rüben ein Spatzennest entdecke, das sich nur fünfzig Meter vom Horst eines Schlangenadlers befindet. Es handelt sich nicht etwa um einen Kamikaze-Spatz, sondern um einen sehr schlauen, der versucht, eine nachbarschaftliche Verbindung zu einem mächtigen Jäger aufzubauen. Der Spatz ist sichtbarer als jede Beute und bietet dem Adler so eine seltsame und äußert riskante Vertrauensbeziehung an, die im Moment gedeiht.

Die Wette des Spatzes steht mit vielen Vögeln in Verbindung, die in der Nähe menschlicher Siedlungen nisten, die zum Teil voller Jäger sind, weil sie herausgefunden haben, dass diese Nähe ihnen hilft zu überleben. Es gibt wenige Schützen, die in unmittelbarer Umgebung eines Dorfes schießen, und außerdem jagen die Raubvögel dort nicht. Die Unsichtbarkeit ist von einer Alliierten zu einer Feindin der Vögel und der Tiere im Allgemeinen geworden, denn nun sind sie darauf angewiesen, dass die Menschheit sie schützt. In einer Welt, die dem neuen Prinzip gehorcht, dass »sein heißt, gesehen zu werden«, fällt die Ausrottung eines Tieres, das man nicht sieht, leichter, und man könnte sagen: Einige haben das begriffen. Als wäre den Tieren die tyrannische neue Macht des Bildes selbst aufgefallen und auch, wie sehr ihr Überleben davon abhängt.

Kürzlich sah ich einen Habicht auf einem Telefonmast am Dorfeingang von Garbayuela, außerdem Störche, Tauben, Turteltauben, Stare und viele andere Vögel, die üblicherweise um den Kirchturm fliegen. Es sind schon Eulennester und Adlerhorste ganz in der Nähe gesichtet worden, und in der Umgebung unzähliger Dörfer und Städte ist die Gegenwart von Füchsen, Eichhörnchen oder Wildscheinen längst normal. Der Habichtsadler hält seine Stellung immer häufiger angesichts der menschlichen Gegenwart. Ein Beispiel dafür bietet ein kürzlich veranstaltetes Radrennen. Obwohl eine Gruppe von zweihundert Fahrern in fünfzehn Metern Entfernung von der Stange, auf der er saß, vorbeifuhr, rührte er sich nicht.

Die Mehrheit der Arten ist allerdings weiterhin dem Instinkt des Versteckens verhaftet. Tiere, die in Wäldern, Höhlen, Grotten oder am Grund des Meeres leben, werden sich nicht ohne weiteres zeigen, und deshalb gibt es Menschen, die gegen sie vorgehen, weil sie wissen, dass sie sie ausrotten könnten, ohne zur Rechenschaft gezogen zu werden – wer sollte Erklärungen dafür verlangen, dass sie etwas vernichtet haben, was niemand sieht? In dieser Epoche der Statistiken zählt ein Tier in der Dunkelheit nicht. Als gäbe es hinter der Schwärze nichts. Aus diesem Grund gibt es Tierarten, die immer weniger existieren. Mental und im wörtlichen Sinne. Unser Bilderbuch der Tierwelt wird immer kürzer, je nachdem, was die Kamera einfangen kann.

Eine Alternative bestünde darin, die Vorstellung zu bemühen.

Sich etwas vorzustellen bedeutet in gewisser Weise, es gesehen zu haben. Um also über den Luchs, den rosa Delfin oder den Schneeleoparden zu wachen, können wir uns die Zeit nehmen, sie uns vorzustellen und, indem wir ihre Landschaften, ihre Gewohnheiten und ihr alltägliches Leben erzählen, sie mit einer Gegenwart ausstatten, die es schwieriger macht, sie zu töten.

Seit fünfzehn Jahren suche ich unsichtbare Tiere gemeinsam mit Jordi Serrallonga, meinem großartigen Archäologenfreund. Wir sind nach Tansania, nach Korea, Australien, Bolivien, auf die Gálapagos gereist ... stets bereit, das Objekt unserer Begierde nicht zu sehen zu bekommen, was diese Übung auf so stimulierende Weise widersprüchlich macht, dass es schwer ist, auf sie zu verzichten. Im Zeitalter des Bildes verfolgten wir jedes Tier mit der Parole »Lieber sähe ich es nicht«, während wir auf den Spuren von Geschichten wandelten, die uns diejenigen erzählten, die wissen, dass es da ist, auch wenn sie ihm noch nie begegnet sind. Einem unsichtbaren Tier zu folgen aktualisiert die Vorstellung, das Wichtige sei der Weg und das Ziel oft nur ein Teil davon.

Demjenigen Leben zu verleihen, was man nicht sieht, ist immer noch möglich, ganz ungeachtet irgendwelcher Götter, doch man muss auf die Farbe Schwarz vertrauen. Um dies zu tun, genügt es, die Feder eines Schwarzstorchs zu betrachten, wie diejenige, die mir kürzlich Jesús Manuel geschenkt hat, ein junger Naturforscher aus dem Dorf. An dieser Feder sehe ich drei Schwarztöne, doch van Gogh würde mehr erkennen – im Werk von Frans Hals machte er siebenundzwanzig aus. Siebenundzwanzig! Man könnte fast sagen, Schwarz fragt dich, wie weit du sehen kannst. Es ist ein Prüfstein. Das getrocknete Blut des gefressenen Schafs in Sanjuanilla weist eine andere Pigmentierung auf als die Flügel der lebenden Amseln oder die toten Stoppeln meines Federkiels. Und alle diese Substanzen beschwören Goya herauf, jenen Maler, der die bis dahin herrschende Vorstellung von Schwarz änderte. Goya litt unter einer durch den Krieg und seine Folgen verrohten Gesellschaft, deshalb sprengte er die alte Vorstellung von Schönheit und stellte eine Kunst vor, die versuchte, Freiheit zum Ausdruck zu bringen: die des Schöpfers, der eines Tages beschließt, auf den Farbfächer zu verzichten, um zu zeigen, dass die Schönheit nicht genügt, dass es Dinge gibt, die wichtiger sind, und die man ohne Glanz und Glitzer erzählen kann, ja, muss.

Das ist nicht freiwillig geschehen – ich kam, um Schafe zu hüten, während ich an Mütter dachte, doch die Geier, die Störche, die Mythen, die Trauer, die Schafe, über die im Lebensmittelgeschäft gesprochen wird ..., die Farbe Schwarz greift um sich wie ein Fieber, das dem Wachstum einen Schub verleiht, während es die siberianische Natur aus einem Blickwinkel bloßlegt, der so verwirrend ist wie ein Lichtschalter, der beim Ausschalten das Licht anzündet.

RRRRRRRR!

Ich öffne die Hand wie einen Mützenschirm. Die Nachmittagssonne steht dicht über dem Horizont auf Höhe der Netzhaut, als Miguel den Konsonanten ausruft, der am typischsten für die hiesigen Hirten ist:

»Rrrrrrrr!«

Etwa zweihundertfünfzig Schafe zeichnen sich vor der beginnenden Dämmerung ab, doch so sehr sie sich nähern, ihre Farbe ändert sich nicht. Die Sonnenstrahlen nuancieren die Farbtöne der schwarzen Wolle, über die erst kürzlich die Kunden des Lebensmittelgeschäfts gesprochen haben. Die Herde glänzt violett und gelb zwischen orangefarbenen Lichtbündeln – wie eine echte Erscheinung. Niemals hätte ich ein solches Blendwerk erwartet.

»Wie findest du das?«

Wie soll ich das finden, wenn ich sogar seinen hellgrünen Augen den Rücken zugekehrt habe, obwohl Miguel Cabello mir deutlich zu verstehen gegeben hat, dass er angeschaut werden will, wenn er spricht.

»Na? Was hältst du davon?«

Bevor Miguel Viehzüchter wurde, war er Maler – »mit dickem Pinsel«. Er hat es mir im Auto erzählt, nachdem er mich in Garbayuela abgeholt hat, weil er gehört hatte, dass ein Auswärtiger seine Herde sehen will. Er besitzt ungefähr tausendfünfhundert schwarze Schafe, die auf vier Gutshöfe verteilt sind. Die ersten zwölf hat er auf einer Messe in Zafra gekauft. Dreißig weitere in der Tiermedizinischen Universität von Extremadura. Es gibt sie, die schwarzen Schafe, doch es sind wenige, man findet sie vereinzelt in den Herden, denn oft werden sie aufgrund des Aberglaubens, diese Art Schaf wehre die Krankheiten und die Gewitter ab, erworben. Die Hirten in Alto Aragón halten stets ein schwarzes Schaf in ihrem Durcheinander als Blitzableiter, und an verschiedenen Orten nennen sie sie San Antonio, wegen Sankt Antonius von Padua, Schutzheiliger der Tiere.

»Schau dir dieses Lamm an«, sagt Miguel, während er zu einer Gruppe von Tieren geht, die ihm entgegenkommt.

Das Kleine hat eine kräftige große Kruppe, seine Wolle ist noch nicht besonders lang und wächst in krausen Strähnen. Der Körperbau lässt die Kraft eines großartigen zukünftigen Zuchttiers erahnen. Dieses Lamm und die anderen sind viel schwärzer als die erwachsenen Tiere, weil die Sonne ihre Wolle noch nicht ausgebleicht hat.

»Das ist ein Spitzentier«, versichert Miguel, doch gleich darauf verbessert er sich. »Nein, das darf ich nicht sagen. Man kann ein Tier nicht so nennen oder es liebgewinnen, denn später stirbt es aus irgendeinem Grund, und was dann?«

Weitere hundert schwarze erstand er von einer guten Herde aus Ibahernando, und hundertachtzig kamen aus Portugal, wo die Ovelha Preta, wie das schwarze Schaf dort heißt, in den Himmel gehoben wird. Nach und nach, bis er die Herde gebildet hatte, die seinem Leben und dem seiner Familie Sinn verleiht, »denn hier geht es nicht nur um Schafe«. Miguels Augen haben sich erneut auf mich geheftet.

»Warum bist du hergekommen?«

Er versteht sich nicht darauf, um den heißen Brei zu reden.

Ich fasse die Angelegenheit zusammen und schließe meinen Vater in die Geschichte ein – er war Maler in seinem eigenen Stil, außerdem Dekorateur wie mein Onkel und mein Großvater. Da ich ihnen als Kind im Sommer dabei half zu malen, rede ich nun von Pinseln, die Farben vermischen – ein beliebiger Vorwand, um erneut die Besonderheit von Miguels Herde anzusprechen und herauszufinden, dass er ebenso wenig wie meine Vorfahren gebeten worden ist, jemals ein schwarzes Zimmer, eine schwarze Küche oder einen schwarzen Salon zu malen.

»Es gibt Orte, wo das Schwarz keinen Zutritt hat. Aber hier habe ich es eingeführt.«

Die Unterhaltung veranlasst dazu, die eigenen Hände näher zu betrachten. Meine sind rußig, unter den Nägeln sammelt sich der Schmutz, und die Fingerkuppen fühlen sich so rau wie Hornhaut an. Meine Güte! Ich kann dabei zusehen, wie meine Hände sich verändern. Sie sind noch nichts im Vergleich zu den harten Fingern und dicken Handflächen meines Vaters, doch mit ihrer zunehmenden Stärke und Unempfindlichkeit ähneln sie den seinen wie nie zuvor.

Wir unterhalten uns, umgeben von Wegwarten, Klee und Behaarten Spatzenzungen, aber auch von einigen Astern, was ungewöhnlich ist angesichts der Dürre, die auch Siruela austrocknen lässt. Um von diesem Feld zu Miguels Dorf zu gelangen, muss man nur etwa fünfzehn Minuten bis zur königlichen Viehtrift[1] gehen

---

1. »Cañada Real« – Viehtreiberwege, die von Alfons X., dem Weisen, im Jahr 1273 per Edikt festgelegt wurden.

und ihr folgen, wie es die Schafe seit Jahrhunderten tun. Siruela war die Winterhauptstadt der Mesta. Diese verschwundene mittelalterliche Innung spiegelt wider, was die Merinos in Spanien bedeuteten, als Könige, Adlige und Geistliche ihre Weidenwechsel förderten, um das Land den Hirten zur Verfügung zu stellen.

»Die Mutter des Lammes«, ist eine spanische Redewendung, welche die Bedeutung der Schafe in dieser Kultur zum Ausdruck bringt. Sie meint so viel wie »der Ursprung von allem«. Sie wird häufig benutzt, um über Geschäftliches, über Geld zu sprechen, so dass es fast logisch erscheint, dass die Mutter des Lammes dafür verantwortlich war, dass Tausende oder Millionen von Schafen die Farbe wechselten. Das Geschäft. Man erzählt sich, dass der größte Teil der Merinos ursprünglich schwarz war. Doch die Farbe änderte sich, als die Viehhändler erkannten, dass man weiße Wolle beliebig einfärben kann, während die schwarze unveränderlich ist. Es handelt sich um die feinere Wolle ... die man nicht schminken konnte. Jenem Moment entsprang eine der großen chromatischen Bewegungen der Geschichte der Tiere, die darin bestand, die schwarzen Schafe auszulöschen, als handelte es sich um Flecken, während die Pflege und Züchtung der blassen Schafe, die bis dahin in der Minderheit gewesen waren, gefördert wurde. Die Schlussfolgerung lautet: Die große Mutter des weißen Lammes war, ist – und wer wollte daran zweifeln, dass es auch in Zukunft so sein wird – das Geld.

Bis zu seinem sechzehnten Lebensjahr lebte Miguel in einem Priesterseminar. Als er es verließ, kaufte er zuerst ein paar weiße Schafe, heiratete Marisa und begann zu malen. Wenn er vom Priesterseminar spricht, tut er es auf eine Weise, als hätte diese Erfahrung ihn für den Rest seines Lebens gezeichnet, doch er hat mir bereits zweimal geraten, ein Buch über Siruela und seine Heilige Jungfrau zu lesen.

»Glaubst du an Gott oder nicht?«, frage ich ihn.

»Ich glaube an Gott, an die Jungfrau Maria und an die Heiligen, aber nicht an einen Priester, der mir ein Märchen erzählt, das ihn selbst interessiert. Ich bete nicht, falls du danach fragst. Aber ich habe einen Neffen, der bald zum Diakon geweiht wird, und das werden wir groß feiern.«

Er zeigt auf die Astern im Gestrüpp.

»Sie kommen heraus, obwohl es nicht geregnet hat. Das Land bewegt sich, es hat mehr Wasser, als wir glauben. Unglaublich, wie widerstandsfähig es ist. Wie es wächst. Lass die Erde in Ruhe, und du wirst sehen, wie sie gedeiht.«

Ich hatte noch nie jemanden gesehen, der mit so viel Ruhe und Gelassenheit Auto fährt wie Miguel. Klar, wir sind allein auf der Landstraße, doch uns hat ein Hund im Trott überholt. Miguel umklammert das Lenkrad ganz oben und sagt:

»Das Schwarze stört viele, weil es länger braucht, bis es Wolle bekommt.« Er spricht darüber, dass »die Qualität des Weidegrases entscheidend für gute Wolle ist«. Und er beschreibt sein Familienprojekt, das sich darauf konzentriert, einheimische Rassen zurückzugewinnen, denn sie halten unter anderem auch Hühner und Truthähne aus Extremadura, andalusische Esel, schwarze Ziegen ... Er erwähnt seine Familie häufig und nennt beide Nachnamen: Cabello Bravo.

»Mir bleibt nicht mehr viel Zeit, und ich will ihnen etwas hinterlassen, was gut ist.«

Drei Störche fliegen über uns hinweg, als wir auf der Brücke über den Guadalemar fahren, der tief in seinem Bett fließt. La Siberia hat seit drei Jahren praktisch keinen Regen gehabt, im Sommer werden erstaunliche Temperaturen gemessen, und die Zukunft macht Angst.

»Die Zeit ist kaputt«, sagt Miguel.

Schlaflosigkeit

Eine schlaflose Nacht unter Bisons aus Altamira, mittelalterlichen Mastiffs und Großmüttern wie der meinen, die fast ihr gesamtes Leben Trauer trug. Miguels Schafe haben eine Lawine an Assoziationen ausgelöst, die mit La Siberia im Herzen des alten schwarzen Spanien zu tun haben. Die Bezeichnung meint nicht eine bestimmte Region, vielmehr spielt sie auf alle jene ländlichen Orte an, die eher isoliert sind, unter einem hausgemachten Analphabetismus litten, und in denen berühmte Grausamkeiten verübt wurden. Ein Dorf, dem das Zeichen eintätowiert ist, liegt weniger als eine Stunde von Sanjuanilla entfernt: Puerto Hurraco. Dort fand ein Massaker von Männern mit Gewehren statt. Eine andere Gegend – Las Hurdes – liegt etwas mehr als drei Stunden nördlich, aber sie gehört in diesen düsteren Kreis der schlimmsten Kulturlosigkeit, die Luis Buñuel gegen sich aufbrachte, als er einen Film über Las Hurdes[1] drehte und die Kamera dorthin richtete, wo Juan Alfredo es missbilligt. Das Ergebnis war ein Werk, in dem sich ein Elend an das nächste reiht, vom Bienenschwarm, der einen Esel verschlingt, der dessen Stöcke transportiert, bis zur Armut, die der Region die höchste Sterblichkeitsrate Europas einbrachte.

Die Einfälle verknüpfen sich einfach deshalb, weil eine Geschichte zur nächsten führt und sie sich alle die Farbe teilen. Der Ursprung der übelsten Legende ist die Entdeckung Amerikas, die von Gemetzeln und Missbrauch seitens der Eroberer gezeichnet ist. Viele dieser Eroberer stammten ausgerechnet aus Extremadura.

Es gibt Katastrophen, die nicht vergessen werden, und wohlverdiente Stigmata, doch Las Hurdes und Puerto Hurraco sind nicht mehr das, was sie einmal waren, und die Schwarztöne von

1. »Las Hurdes – tierra sin pan« (›Las Hurdes – Land ohne Brot‹), 1933.

La Siberia gemahnen an ein erfrischendes Spanien, das zu sehr seiner schlechten Publicity ausgesetzt ist. Letztendlich ist Schwarz auch nur eine Vorstellung, die sich genau deshalb ändern kann. Heute habe ich gesehen, wie diese Farbe bei den Schafen glänzt, und wenn ich darüber nachdenke, dann sehe ich sie auch bei Störchen, Geiern, der Reihe der Silberpappeln, die entlang des Buschwaldes wächst, der sich in Siruela verzweigt, den Steinlinden, deren Früchte den Zugvögeln als Imbiss dienen. Die Herde leuchtender Schafe war eine dieser Visionen, die Klischees niederreißen und einen anderen Weg andeuten.

Die losgetretene Lawine an Ideen und der Wunsch, die Hündin möge zurückkommen, halten mich seit fast zwei Stunden in meinem Schlafsack wach, deshalb öffne ich den Reißverschluss, streife die Jacke über und gehe in die Nacht hinaus, wobei ich darauf vertraue, dass die Kälte mich anders als sonst entspannt. Ich atme den Steineichenhain ein, der weiter hinten steht und dem die Kälte nichts ausmacht. Keine Spur von Siria. Die Dunkelheit hat etwas Vereinnahmendes in ihrer Undurchdringlichkeit. Wir fürchten uns vor Schwärze, obwohl es doch die Farbe des Himmels ist.

Schlachten mit Fliege

»Deine Großmutter wurde La Mosca – Die Fliege – genannt.«

Der Mann im gelben Regenmantel schlitzt ein frisch abgestochenes Schwein der Länge nach auf, vergräbt seine Arme tief in den Eingeweiden und zieht den Speck heraus, umgeben von einer Gruppe alter Männer, die ihre Gehstöcke heben und Vorschläge machen, wie die Schweinebacke herauszunehmen sei, oder den Krug verschieben, damit das Blut nicht auf den Boden der großen Garage läuft, in der sich halb Tamurejo versammelt hat. Die Eingeweide des Schweins dampfen im eiskalten Morgen. Nachdem sie ihm mit Axthieben den Kopf abgetrennt hatten, verbrannten sie ihm die schwarzen Borsten mit dem Schweißbrenner, rasierten es anschließend mit einem Messer, hängten es an seinen Hinterläufen an eine Umlenkrolle, was das Zerlegen erleichtert.

Ein Gelegenheitsgitarrist schlägt Volksmusik an, während die Männer das Tier zerschneiden und filetieren und nebenbei schlückchenweise vom hausgemachten Branntwein kosten. Die Frauen nehmen sich der Leber, Därme und Fettpfützen an, die am Boden der Schlachtstätte schwimmen, außerdem kümmern sie sich um die Bluteimer und beginnen, Blutwurst mit grüner Minze und Gemüse herzustellen. Die Schinken werden sie vierzig Tage lang mit Salz räuchern. Es gibt Kessel mit heißem, fast kochendem Wasser, in das sie Fleischstücke werfen, damit sich letzte Fettreste lösen.

Am Vormittag sind die Männer mit ihrer Arbeit fertig und gehen hinaus, um eine Runde zu drehen oder setzen sich in die Dorfkneipe, wo sie Torrijas[1] essen und Wein oder Cubalibres trinken. Die Frauen wischen den Boden mit dem Mopp, braten Schmalz, Leber und mehr Torrijas, spülen Töpfe, Pfannen, Schüsseln. Alle sind gebückt oder sitzen auf niedrigen, nierenförmigen Rohrstühlen.

»Die machen sich nicht die Finger schmutzig«, sagt eine der Frauen über die Männer, während sie über einem Bottich voller Blut hockt, das sie mit den Händen in eine gereinigte Darmhaut füllt.

»Willst du mal probieren?«

Die Hände können nichts greifen, wenn sie Schweineblut mit Paprika und Zwiebel oder mit gekochtem Kürbis und Reis in Leinsäckchen schöpfen, und es ist nicht einfach, die Verpackung zu füllen, die mit zunehmendem Gewicht entgleitet. Blutwürste zu verknoten verlangt Technik und wenig Scham, wenn man ein Mann

---

1. Vergleichbar mit Armer Ritter.

ist, und hier ist kein einziger von ihnen damit befasst. Um den Tastsinn zurückzugewinnen, wasche ich mir die Hände dreimal mit heißem Wasser und Seife.

Die meisten Männer kommen zurück, wenn es Migas[1] gibt. Sie sitzen an der langen Tafel, die von einem Ende zum anderen dieser garagenartigen Schlachthalle reicht, und warten auf Teller mit getoastetem Brot in Öl und Knoblauch, Grieben und gebratener Paprika. Die Frauen kredenzen ihnen das Gericht und kehren zum Herd und den Töpfen zurück, um dort im Stehen ihre eigenen Migas zu essen.

»Heute Abend sollen uns die Männer bedienen!«, ruft eine.

Einen Tisch voller Männer zu sehen, die Migas essen, während die Frauen es im Stehen tun, regt dazu an, über Ökologie nachzudenken, jene Wissenschaft, die uns daran erinnert, dass alles Teil ein und derselben Lebenswelt ist. Von meiner in Trauer gekleideten Großmutter bis zu den Genitalien eines Stiers.

»Deine Großmutter wurde La Mosca genannt.«

Das ist die Neuigkeit dieses Essens: Die Fliege summt wieder. Sie erzählen, sie verdankte den Spitznamen ihrem langen kohlschwarzen Haar, von dem ich immer noch einzelne Strähnen gesehen habe. In meiner Erinnerung ist sie eine Frau mit einem Dutt, der so schwarz war wie ihre Kleidung, eine Einheitlichkeit, die sich plötzlich als unstimmig erweist, denn alte Leute ergrauen doch. Oder nicht? Ich hatte nie an dieser Erinnerung gezweifelt, noch war ich zu der einfachen Schlussfolgerung gelangt, die mich jetzt dazu veranlasst, die Haare aller in der Garage Anwesenden zu begutachten, vom reifen Schlachtmeister, der praktisch kahl ist, bis zu den alten Frauen mit ihrem überbordenden Haar, das entweder

---

1. Die Migas extremeñas sind ein Gericht auf der Grundlage von Brot (Brotresten), Knoblauch, Olivenöl, Speck und Paprika aus La Vera.

gefärbt oder weiß ist, aber bei niemandem noch auf natürliche Weise dunkel.

Als ich mit meiner Mutter darüber sprach, bestätigte sie, dass »die Oma das Haar immer so schwarz hatte, und wenn sie ein graues sah, riss sie es aus«. Wie stellte sie das an? Es kommt mir vor, als hätte sie der Genetik ihren Willen aufgezwungen. Als hätte sie es nicht erlaubt, dass irgendetwas die Einförmigkeit einer Trauerkleidung störte, über die ich übrigens auch im Irrtum war, denn nachdem ich sie Jahrzehnte lang auf den Tod meines Großvaters zurückgeführt hatte, entdeckte ich vor kurzem in einem Gespräch, dass sie auf ein Versprechen zurückging, als meine Tante in ihrer Jugend an einem Tumor operiert worden war. Meine Tante ist inzwischen fast achtzig Jahre alt, und sie ist ganz groß darin, Spargel zu ernten. Meine Großmutter dankte für die Gesundheit ihrer Tochter, indem sie ihr Leben lang Schwarz trug.

Es fällt schwer zu glauben, dass eine Operation die Farbe ihres Lebens bestimmt hat, doch so ist der Glaube. Gleichzeitig überrascht mich die Beweglichkeit der Farbe bei meiner Großmutter, die sie gewissermaßen verkehrtherum trug, als Erinnerung an ein gutes Ereignis. Und das Erstaunlichste überhaupt war die Fortsetzung bei meiner Mutter. Aus Respekt vor der Tradition trug Eloísa nach dem Tod ihrer Mutter Trauer. Anfangs wollte sie das nur ein paar Wochen lang beibehalten, vielleicht ein, zwei Monate, doch dann verstrich die Zeit und sie war nicht in der Lage, damit aufzuhören.

»Ich hatte das Gefühl, ich würde sie vergessen, als würde ich selbst sie wegschicken«, sagte meine Mutter. »Ich hatte eine ziemlich schlechte Zeit. Allerdings, seit es mir gelungen ist … Ist dir nicht aufgefallen, dass ich immer nur Helles trage?«

Ich hatte es zwar bemerkt, doch ich hätte nie einen so intensiven Grund dafür vermutet, vielleicht weil ich einer anderen Epoche angehöre und deshalb nicht in der Lage war, die Folgeerscheinungen der jahrhundertealten spanischen Kleiderordnung und ihre Tyrannei einer monochromen Intimität richtig einzuschätzen. Die Tatsache, dass meine Mutter an der Trauerkleidung hängenblieb, offenbart das Wunder einer Farbe, die in der Lage ist, einen Geist zu bannen, während sie gleichzeitig die Gefahr aufzeigt, die darin liegt, sich der Erinnerung und der Gewohnheit zu unterwerfen. Eine Zeitlang bemächtigte sich die Vergangenheit meiner Mutter und zwang sie dazu, ein Leben am Leib zu tragen, das nicht ihres war, und zu denken, sie begehe so etwas wie Verrat, wenn sie andere Kleidung trüge.

Am Abend hängen Dutzende Würste wie lange Ketten über der Feuerstelle, und die Frauen weichen Kichererbsen ein. Die letzte halbe Stunde habe ich mich mit einem Mann unterhalten, der eine Hose mit Tarnfarben trägt und versichert, mit mir verwandt zu sein. Er hat einen Stuhl herangezogen, damit ich mich neben ihn setze.

»Willst du morgen auf die Jagd mitkommen?«

Als er die missbilligenden Blicke der zwei Männer bemerkt, die hinter ihm aufgetaucht sind, räuspert sich mein mutmaßlicher Verwandter und reibt die Hände an den Oberschenkeln. Morgen ist der letzte Tag der Jagdsaison, danach wird es sechs Monate lang verboten sein. Doch sein Vorschlag ist anders. Und seltsam, denn im Jagdrevier von Tamurejo können nur die Männer des Dorfes oder die Gatten der Tamurejanas jagen. Als die beiden Männer im Innenhof verschwinden, beugt er sich vor und murmelt:

»Das morgen wird heimlich sein.« Wie das von heute auch. Diesen Morgen zog seine Gruppe zur Jagd aus und schoss illegalerweise auf ein Rotwild – seine Lizenz ist auf Niederwild beschränkt.

»Aber wir haben es nicht getroffen. Dass es nicht legal ist, ist eine Sache, was das Land braucht, eine andere. Das Rotwild und die Schweine schleppen die Tuberkulose ein, irgendjemand wird sie jagen müssen. Das Gleiche gilt für die Füchsinnen« – keine Ahnung, warum er die feminine Form wählt, um von diesem Tier zu sprechen. »Sie sind überall, und deshalb findet man weder Hasen noch Kaninchen noch Ringeltauben.«

Er und seine Freunde haben die Erlaubnis, Hasen, Kaninchen, Ringeltauben und Füchse zu schießen. Dieses Jahr bringt ein Fuchsschwanz in Tamurejo fünfzehn Euro ein. Das Bürgermeisteramt hat bereits zweitausendfünfhundert bezahlt.

In Garbayuela erhält man als Bezahlung drei Patronenschachteln.

Als die zwei Männer aus dem Innenhof zurückkommen, grüßen sie uns mit mürrischem Kopfnicken. Nach einer Weile sagt mein mutmaßlicher Verwandter, es sei wohl besser, wenn ich morgen doch nicht mitkäme, da er den Besitzer des Guts nicht von der Anwesenheit eines Gastes unterrichtet habe und er ihn nicht in Verlegenheit bringen wolle.

Als ich wieder in Sanjuanilla bin, ist es Mitternacht, und Siria liegt vor ihrer Hütte mit einer Kette um den Hals. Ich streichle sie und frage sie, wo sie gesteckt habe, während sie sich an mir reibt. Dabei fixiere ich irgendeinen schwarzen Punkt in der Nacht und denke: Eine siberianische Vollmondnacht unter mittelalterlichen Merino-Schafen, gehütet von Hirtinnen in Trauerkleidung, die Blutwurst essen und sich Legenden über die Eroberung Amerikas erzählen, während sie von einem Raben beobachtet werden – das gibt ein schönes, düsteres Bild, das in Spanien immer noch möglich ist.

Im Morgengrauen wache ich plötzlich mit einem steinharten Wadenmuskel auf. Ich versuche, das Bein auszustrecken, doch da ich im Schlafsack stecke, kann ich mich nicht krümmen, um das Bein mithilfe der Hände zu strecken. Der Krampf ist so schmerzhaft, dass mir die Ruhe fehlt, um den Reißverschluss aufzuziehen

– es ist einer von denen, die sich im Stoff verhaken. Ich krümme mich also wie eine Larve in ihrem Kokon. Nach langen Sekunden tauche ich wieder auf. Ich drücke das Bein auf den eiskalten Boden, und während der Wadenmuskel sich entspannt, mache ich den Tag in der Garage für den Krampf verantwortlich, weil ich mich kaum bewegt habe.

Nein

Heute Morgen ist Carlos, ein Tierarzt, der nach eigener Aussage »von einer Wölfin aufgezogen wurde«, nach Sanjuanilla gekommen. Er sprach davon, während er sich einen Gürtel mit Injektionspatronen voller Melatonin umschnallte, gleich neben einem Lamm, das unter seiner Mutter stehend frühstückte. Das Junge war auf die Knie der Vorderpfoten gegangen, hatte den Kopf fast vertikal nach oben gestreckt und zog heftig am Euter, wobei es den Schwanz schnell hin und her bewegte. Ab und zu bockte die Mutter vor Schmerz und entfernte sich ein paar Schritte, doch anschließend wartete sie erneut, dass das Junge saugte, da das Kolostrum, das es in diesen ersten Tagen trank, es mit wichtigen Antikörpern und Nährstoffen versorgen würde.

Die Mutter des Veterinärs war natürlich nicht wirklich eine Wölfin. Sie hatte ein Aneurysma im Gehirn, weshalb sie ihre Arme nicht benutzen konnte, und als Carlos zur Welt kam, ließ sie ein Stoffsäckchen anfertigen, um ihr Baby zu tragen, und so kam es, dass sie diesen Beutel eine ganze Zeitlang mit den Zähnen hochhob, um ihr Kind zu transportieren.

Heute hat Carlos hundertzweiunddreißig Schafen ein Implantat aus achtzehn Milligramm Melatonin in vorgespannter Pulverform unter das Ohr injiziert. Jedes Mal, wenn er ein Tier gestochen hatte, musste man es mit rotem Spray markieren, um es nicht aus Versehen ein zweites Mal zu spritzen. Da das Implantat sich natürlich abbaut, wird es jedes Schaf anderthalb Monate lang mit Melatonin versorgen und ihnen dadurch das Gefühl geben, die Tage seien kürzer, denn auf diese Weise werden sie dazu angeregt, sich zu paaren, obwohl sie das eigentlich nicht tun würden. Es geht darum, das Gehirn dieser Tiere auszutricksen, die unter normalen Umständen seltener kopulieren, je länger die Tage werden. Der Frühling nähert sich, die Nächte haben begonnen, kürzer zu werden, und Juan Alfredo will auch in den heißen Monaten über Lämmer verfügen, die er verkaufen kann. Deshalb hat er dank des Melatonins die gebärfähigen Schafe in drei Schichten eingeteilt. Normalerweise werden sie zwischen Oktober und November trächtig, doch die neuen Rhythmen der Viehzucht haben diese widernatürlichen Trickserei hervorgerufen.

Ein anderer Kunstgriff besteht darin, einen Schwamm vierzehn Tage lang in der Vagina des Weibchens unterzubringen. Wenn sie trocken wird, injiziert man ihr Östrogen und zwei oder drei Tage später lässt man sie zu den Hammeln. Wenn man allerdings die Zeit und die Menge des Östrogens nicht gut kalkuliert, kann das Schaf drei oder vier Lämmer auf einmal werfen, und dann, wie Juan Alfredo sagt, »machst du es fertig«. Ein Weibchen, das mit dem Schwammsystem trächtig wird, bleibt sechs oder sieben Jahre fruchtbar und erzeugt dabei gute Wolle, während eines, das sich an die natürlichen Zyklen hält, bis zu zehn Jahre durchhält. Es gibt alte Hirten, deren Schafe bis zu dreizehn Jahre lang »fit« sind.

Am Ende des Arbeitstages fährt Juan Alfredo zu El Sitio, seiner Lieblingskneipe in Garbayuela. Ein Gläschen Wein kostet dort achtzig Cent, der Whisky fünf Euro. Über dem Spiegel hängt eine Kuhglocke neben mehreren Reihen karamellisierter Sirupstücke. Die Wände sind voller Poster, Schals und Fotos des Sportclubs Pedrusco, des dörflichen Fußballvereins, der vor einigen Jahren von einem nationalen Fernsehkanal zur schlechtesten Mannschaft Spaniens ernannt wurde. Die Hauptstraße des Dorfs trägt den Namen des Mannes, der diese Reportage gemacht hat. An der Theke sagt Carlos, er verstehe, was die Hirten brauchen.

»Es geht darum, die Brunft zu provozieren, um die Geburten zu kontrollieren.« Gesteuerter Eisprung.

Der Tierarzt hat auch in Schottland gearbeitet, er versichert, La Siberia erinnere ihn in vielem an jenen Norden, obwohl die hiesigen Schafe im Vergleich zu den britischen eher afrikanisch anmuteten. Offenbar sind einige schottische Schafe so dick vor lauter Wolle, dass sie hinfallen und regelrecht kullern. Manchmal kommen sie nicht mehr hoch und liegen dann wie Käfer mit strampelnden Beinen auf dem Rücken. Die Schotten ziehen das schwere Lamm vor, während wir Mediterranen es lieber schmal haben, mit wenig Fett, weshalb das rote Fleisch, das aus einer härteren Muskulatur hervorgeht, vorherrscht.

Ein Ziegenhirte, der drei Meter entfernt trinkt, sagt, er habe ein krankes Tier und benötige Antibiotika.

»Ich werde dir keine verschreiben.«

Der Tierarzt und der Ziegenhirte schauen einander in die Augen.

»Warum nicht? Ich brauche sie.«

»Du brauchst sie nicht, deshalb stelle ich dir kein Rezept aus. Und wenn es nach mir ginge, würde ich Medikamente im Futter ganz verbieten. Im 21. Jahrhunderts gibt es vor allem Allergien und Autoimmunkrankheiten. Soll ich dir sagen, warum? Aufgrund von Ernährung und Hygiene. Wir schützen uns so gut vor Bakterien, dass wir dabei unsere Abwehrkräfte verlieren. Kinder, die in den großen Städten leben, sind mit kaum etwas konfrontiert worden und ihr Essen ist nichts als Scheiße mit Zusätzen. Und du, was isst du? Wo isst du? Das sollte man jeden Kranken fragen.«

Der Ziegenhirte führt an, die Ziege werde ihm sterben, sie werde andere anstecken.

»Unsinn! Deine Herde wird abgehärtet.«

Der Veterinär sagt, die Industrie sei für die übermäßige Medikation der Schafe verantwortlich. Das Viehfutter an den Futterstellen enthalte Antibiotika und wachstumsfördernde Substanzen, so dass die Lämmer bis zu siebenhundertfünfzig Gramm täglich an Gewicht zulegen, während ein normales Lamm fünfhundert erreicht. *Und das findest du normal?* Er gibt zu, dass viele Tierärzte Geld dafür bekommen, Prozesse zu koordinieren und zu überwachen, die die Tische der feinsten Restaurants mit gedoptem Fleisch füllen.

»Zumindest«, sagt er, »versuche ich dafür zu sorgen, dass die Schafe ohne Medikation die Weide verlassen. Oder fast ohne. Spanien verzeichnet den höchsten Konsum an Antibiotika für Tiere in Europa. Deutschland verbraucht bei doppeltem Viehbestand nur halb so viel.«

Etwas bewegt sich

Siria läuft mit ihrem Y um den Hals frei herum. Wenn ich herauskomme, um mir die Zähne zu putzen, beginnt sie, mit dem Schwanz zu wedeln. Ich streichle ihr mit der freien Hand über den Rücken, und als sie sich herumdreht, beginnt sie Richtung Weiher zu bellen. Ich spähe in die Dunkelheit, bis ich begreife, dass sie das Dreieck aus Licht anbellt, das aus dem Haus dringt und zu unseren Füßen auf den Boden der Weide fällt. Genauer: Sie bellt die zwei langgezogenen Silhouetten an, die sich manchmal bewegen, ohne zu erkennen, dass diese beiden Schatten sie und ich sind.

D

Ich stehe am Ufer des Guadalemar und warte darauf, dass die Nutria, die hier leben soll, auftaucht, als ein Kormoran vorbeifliegt. Dieser Vogel ist ziemlich neu in der Gegend, und dieses Jahr hat er seine Ankunft sogar vorgezogen. Er kommt aus Galizien, um den Frühling in den Stauseen zu verbringen, die voller Ukeleien sind, ein Fisch aus gemäßigten Gewässern, der hier als Futter für invasive Arten wie den Schwarzbarsch und den Hecht eingeführt wurde. Doch der Ukelei schmeckt auch den Kormoranen, die in großen Gruppen aus dem Norden kommen, um sich die Fischschwärme einzuverleiben.

Vor weniger als einem Jahrhundert hätte man keines dieser vier Tiere hier gefunden, ebenso wenig die Nilgans, oder die Kiefern- und Eukalyptuswälder, die sich über weite Teile der Region erstrecken, seit die Regierung vor vierzig Jahren einen kolossalen Plan zur Trinkwasserversorgung vollendete. Fünf große Stauseen bewässern Tausende Kubikhektometer Land und riesige Aufforstungen, die das regionale Gleichgewicht verändert haben, indem sie neue Arten anlockten und andere vertrieben, die man als einheimisch ansah, bis eine neue Realität geformt wurde, die noch immer im Begriff ist, Fuß zu fassen.

Für die Älteren ist der Anblick dieses Kormorans, der über den Fluss segelt, gleichbedeutend mit dem Vorbeiflug eines intergalaktischen Raumschiffs – genauso verblüffend wie die Tatsache, dass La Siberia zu einem Wasserreservoir geworden ist, das etwa den Kranichen hervorragende Schlafplätze beschert. Natürlich ist die Landschaft nicht mehr das, was sie einmal war. Ebenso wenig die Fauna. Galizische Kormorane, asiatische Blauelstern oder Türkentauben eröffnen eine neue natürliche Ordnung, an die man sich anpassen muss, indem man ein Mindestgleichgewicht sucht. Wir müssen anerkennen, dass wir auch weiterhin zum Handeln gezwungen sind, denn, nachdem wir die Zeit kaputtgemacht haben, dürfen wir nicht wegschauen.

Die Frage ist: Wann, wie und wo muss man beginnen zu handeln. Wie und wann bemerkte der Kormoran, dass er sich nicht am richtigen Ort aufhielt, und irgendwann beschloss, seine Trägheit aufzugeben, um zum ersten Mal La Siberia anzusteuern? Was fühlt ein Tier, wenn es eine Gewohnheit ablegt und die Tradition aufgibt? Siria kriecht unter dem Drahtzaun hindurch, um vor der Herde zu flüchten, die sie hüten sollte, während die Wildschweine zum Fluss herabkommen, um gemeinsam mit den Nutrias Krebse zu fressen, und es gibt Hunderte Störche, die auf Strommasten nisten. Wenn es um Tiere geht, finden wir einfache Argumente. Ihre Handlungen nennen wir *Überleben* oder *Anpassung*, doch bei Menschen, die beschließen, den Strom der Allgemeinheit zu verlassen, erwägen wir oft weniger grundsätzliche Motive und die Terminologie wird kompliziert. Die Leute neigen dazu, das Alternative mit Furcht zu beobachten, und nicht selten wird der Unabhängige zum Rebellen gestempelt. Dissident. Verrückter. Fehlangepasster. Einsiedler. Feindseliger. Manche halten ihn für mutig oder autonom, doch in diese Richtung gibt es weniger Wörter. Jedenfalls laden uns einsame Menschen und andersartige Gruppierungen dazu ein, auf andere Weise über die Möglichkeit des Wandels nachzudenken, denn sie zwingen uns dazu, immer feiner zu weben, bis wir bemerken, dass *Tradición* (Tradition) und *Traición* (Verrat) nur durch ein D unterschieden sind.

Die Meuten

Eine Meute wilder Hunde hat letzte Nacht sieben Schafe einer Herde getötet, die Juan Alfredo in der Nähe von Garbayuela besitzt, und im Dorf hat sich eine Jagdgesellschaft formiert. Acht Gewehre sind heute Nachmittag auf die Suche nach einer Hündin gegangen, die domestiziert war, und ihren fünf Kindern, die jetzt im Rudel jagen. Diese Hündin könnte ein Vorbild für Siria sein, wenn sie irgendwann einmal wirklich wegläuft.

Die Regentropfen beginnen die trockene Erde zu betüpfeln und wirbeln kleine Staubwolken auf, wenn sie auf den Boden klatschen, womit sie eine Vorhersage erfüllen, der wenige Siberianos Glauben geschenkt hatten. Die Regenmeldungen sind viel häufiger als der Regen selbst, und da die Leute es leid sind, enttäuscht zu werden, vertrauen sie nicht allzu sehr auf die Meteorologen.

Nach und nach versammeln sich einige Schafe, andere suchen Schutz unter den Wipfeln von Steineichen und mehrere haben sich im Gras niedergelassen. In Sekundenschnelle nimmt der Regen zu. Ich gehe ins Haus. Der Lärm des Regens auf dem Dach ist ohrenbetäubend. Ich koche Kaffee und mache das Feuer an, schiebe den Schaukelstuhl dicht davor, um zu lesen und das Zwielicht dieses stürmischen Nachmittags zu vertreiben, das Erinnerungen an Gewitter aufkommen lässt, von denen meine Mutter erzählt hat:

»Man hörte das Wasser so laut, dass es klang, als falle es auf einen selbst. Die Überschwemmungen rissen alles mit.« Ich stelle sie mir neben einem etwas größeren Feuer als meinem vor, wie sie heimlich Enteneier isst, denn wenn mein Großvater sie sähe, würde er ihr Vorhaltungen machen:

»Die Eltern wollen bei ihren Kindern sein. Klau nicht noch mal Eier!« Meine Mutter würde nicht darauf antworten, sondern sich denken:

»Ich klaue nicht. Ich nehme sie, um sie zu essen.«

Von diesem Feuer aus ist es einfach, ihre Wirklichkeit zu verstehen, während draußen der Regen heftig niedergeht. Und ich kann es anders verstehen, wenn sie sagt:

»Ich hatte nie Angst und fühlte mich nie einsam, wenn ich allein war.« Sie meint jene Tage, wenn ihr Vater mit den Schafen loszog und sie mit ihren sieben Jahren mehrere Stunden lang in der Hütte wartete, während sie Reis mit Kichererbsen kochte. Sieben Jahre. Ich mag den Gedanken, dass meine Mutter mit Mumm in den Knochen zur Welt kam.

»Würdest du wieder im Dorf leben wollen?«

»Wenn ich zurück müsste, weiß ich nicht, ob ich mich nochmal anpassen würde.«

Eloísa hat sich in Barcelona ein Zuhause eingerichtet, ihre neue Vorstellung von Sicherheit. Sie lernte sie von den essbaren Nestern, die die Schwalben mit ihrem Speichel bauen, von den Wespennestern, die aussehen wie Papiertüten. Sie ist siebzig Jahre alt, sie ist neugierig, sie weiß, dass sie die australischen Ameisen nicht mehr sehen wird, die Blätter miteinander verweben, um ihre Paläste mit Vegetation abzudichten, und auch nicht die ausgeklügelten und vielfarbigen Häuser, die der Hüttengärtner in Papua dicht über dem Boden errichtet. Doch sie liebt die Berichte – fünfundzwanzig Jahre lang leitete sie einen Videoclub –, und von meinen siberianischen Tagen erwartet sie, dass ich ihr das Zuhause, wie es hätte sein können, beschreibe, oder irgendeine Neuigkeit, die ihr bekannt vorkommt, wie zum Beispiel, dass das schwarze Storchenpaar sein Nest gemeinsam baut – das Männchen sucht Material zusammen und übergibt es dem Weibchen, damit sie alles elegant und dauerhaft zusammenfügt. Bestimmt gefällt ihr dieses Bild, ihr Leben war genauso. Letztendlich ist sie die Erbin bestimmter Vorstellungen und Sitten, und deshalb hat sie Rollen gespielt, die sie zu ihrer Zeit als notwendig erachtete. Doch nicht alle.

Am meisten bewundere ich an ihr, dass sie sich nicht weniger als einem ganzen Land entgegengestellt hat, das so sehr vom männlichen Sexualorgan besessen ist, dass es den Stier wegen seiner Hoden inthronisiert. Der Stier ist das Sinnbild der Dehesa, und Millionen Spanier haben versucht, sich symbolisch im Stier wiederzufinden, indem sie seinen Hodensack als wesentlichen Teil eines imperialen Ganzen wählten, das Mut, Würde und Potenz verkörpert. Vor allem die Männer appellieren seit Jahrhunderten an »los huevos« und »los cojones«[1], als ob sie kraft der Anrufung ir-

---

1. Beides bedeutet ›Hoden‹ im Deutschen.

gendwie besitzen könnten. Die Dinge »por huevos« oder »por cojones« – d. h., weil man will – zu tun, ist seit jeher eine Konstante in Spanien.

In Spanien wird der Stier nicht für das, was er ist, geliebt, sondern für jenen Teil, von dem man annimmt, dass sich dort seine Macht konzentriert: in jenen beneidenswerten Drüsen, die die menschliche Überlegenheit herausfordern. Daher wird das Töten des Stiers in den »Corridas«, die tatsächlich Duelle sind, und die das Tier daran erinnern sollen, wer hier der Herr ist, wortwörtlich als Fest betrachtet. Als nationales Fest.

Es gibt Frauen wie meine Mutter, die tief im Hinterland aufgewachsen sind und die den Wert ihres eigenen Geschlechts verstehen. Sie ertrugen unaussprechliche Angriffe, weil sie ihre weibliche Sicht verbreiteten. Als meine Mutter in die Stadt kam, provozierte sie Überraschungen, die mehr Verachtung als Bewunderung auslösten, doch ein Großteil der Bewunderung kam von meinem Vater, und zu wissen, dass er an ihrer Seite war, gab ihr noch mehr Kraft.

Sie heiratete in eine Familie von Stier-Männern. Ihr Schicksal wollte, dass sie den großherzigsten bekam. Deshalb hat das Paar überdauert, denn den tief verwurzelten Grobheiten des Mannes setzte Eloísa die Werte der unanfechtbaren Liebenden entgegen, die über ihr Zuhause wachte, und sie bemühte sich, gemeinsam mit ihm sanftere Formen des Umgangs mit der Welt zu finden. Es gab Reibungen und Auseinandersetzungen und Zeiten des Schweigens, die ich damals erlitt und für die ich heute fast dankbar bin. Ich dachte, das Schweigen zu Hause sei die Art und Weise, wie mein Vater seine Frau bestrafte, doch inzwischen habe ich verstanden, dass den Mund zu halten sein primitives Yoga war, seine besondere, wenn auch undankbare Meditationstechnik, deren Zweck darin bestand, die Wut zu neutralisieren, die er nicht anders handhaben konnte, eine Wut, die aus einer emotional zugeknöpften Erziehung stammte.

Durch den Schornstein dringt das Zwitschern eines Vogels, der den Rauch dem Regen vorzieht. Sein Gesang und das Trommeln der Tropfen vermischen sich mit dem Knistern des Brennholzes. Inzwischen schalte ich das Radio nur noch ab und zu ein, während ich koche oder spüle, denn mir ist aufgefallen, dass es mich aus dem Hier und Jetzt vertreibt, wenn ich ihm zuhöre.

Empathie

Seit Siria zurückgekommen ist, haben die Schafe ihre Gewohnheiten verändert. Jetzt schlafen sie auf einem Hügel im Süden, und wenn ich morgens aufstehe, sind sie nicht da. Die Mastiffhündin hat sich darauf verlegt, sie spielerisch zu verfolgen, doch weil sie manchmal so tut, als wolle sie sie beißen, hat sie die Schafe schließlich verschreckt, so dass sie Reißaus nehmen, sobald sie sie sehen.

»Rrrrrrr!«

Juan Alfredo ruft sie zum dritten Mal. Nichts. Er verteilt Futter auf die Futterstellen, während ich es versuche:

»Rrrrrrr!«

»Diese Hündin taugt nicht mehr«, sagt der Hirte. Es regnet immer noch.

Gestern gelang es ihm und seiner Jagdgesellschaft nicht, das wilde Rudel aufzustöbern. Der Regen erschwerte die Suche. Er hat mir Einzelheiten über den Angriff erzählt. Die Hunde waren in das Gut eingedrungen, hatten die Schafe gegen einen Zaun gedrängt und ihnen mit Bissen und Tatzenhieben Wunden zugefügt. Außerdem waren mehrere Schafe durch die Enge zwischen den zusammengekeilten Tieren erstickt.

»Rrrrrrr!«

Durch den Regen hört man eine Glocke und dann kommt die Herde über eine Bergflanke, die auf den Brunnen zuläuft, herunter. Vielleicht haben sie meine Stimme nicht erkannt, aber Tatsache ist, dass sie da sind. Ich freue mich, denn mir scheint, dass sie mir allmählich vertrauen.

Eine Schafexpertin behauptet, die Tiere ließen sich in »Anführer, Vermittler und Schlusslichter« unterteilen, und diese Stellungen in der Gruppe würden ihren Charakter bestimmen. Ich weiß nicht recht. Bei so viel Wolle ist es schwierig, die Schafe auseinanderzuhalten, doch es gibt zum Beispiel ein kesses, dünnes, kriegerisches, das manchmal die Gruppe anführt, wenn sie sich in Bewegung setzt, sich manchmal einen Platz in der mittleren oder hinteren Zone sucht und sich an seinen Mitschafen reibt, die häufig bereit sind, ihren Rücken herzugeben, damit es seinen Kopf darauf ablegt.

Heulsuse ist ein anderes, das mir aufgefallen ist – den Namen habe ich ihr gegeben. Es handelt sich um ein geduldiges Mutterschaf, das den ganzen Tag damit verbringt, sein Lamm anzublöken und sich nicht um den Ort schert, den es in der Herde einnimmt. Bestimmt würde die Schafexpertin Kriegerin und Heulsuse in eine der drei Gruppen stecken, doch ich habe eher den Eindruck, dass die Schafe innerhalb der Herde ziemlich unabhängig sind.

Heute müssen Ohrmarken und der Chip angebracht werden, damit wir wissen, wer wer ist. Beide Gegenstände tragen bestimmte Nummern, und auf dem Chip befinden sich die grundlegenden Daten über das Tier, eine Art Personalausweis. Wir haben die Schafe in drei getrennten Gruppen in den Stall getrieben. Meine Aufgabe besteht darin, die zwei Arten von Ohrmarken getrennt an Juan Alfredo weiterzureichen. Die eine kommt ans rechte Ohr, und die Marke mit dem Chip wird am linken befestigt.

Dieses Paar Ohrringe sieht nicht sehr schön aus, aber Juan Alfredo zieht es vor, sie auf diese Weise zu markieren, anstatt ihnen den Chip eingebettet in eine Porzellankugel in den Mund zu schießen, denn später, wenn er sie identifizieren will, muss er erst mühsam ihren Bauch mit dem elektronischen Lesegerät absuchen, um die Informationen zu erhalten. Am Ohr geht das schnell.

Als wir fertig sind, regnet es immer noch. Juan Alfredo nimmt sein Handy aus der Tasche und sucht nach der Wettervorhersage.

Fünf Gewitter

Weil er trotz des sintflutartigen Regens zu Fuß gehen will, hat Juan Alfredo mir empfohlen, den Regenmantel zu benutzen, den er in einem Sack aufbewahrt. Der, den ich mitgebracht habe, reicht mir bis zu den Knien, ich hatte nicht mit solchem Regen gerechnet. Die Hirten sagen, es gebe kein schlechtes Wetter, nur schlechte Kleidung. Trocken zu bleiben, ist sehr wichtig. Nachdem ich den Knoten des Sacks gelöst habe, kommen vier alte Regenmäntel der Guardia Civil[1] zum Vorschein, mit denen der Vater meines Gastgebers auf Patrouille gegangen war. Der längste ist ein vollkommen schwarzes Ölzeug, das mir bis zu den Knöcheln reicht und Fledermausärmel hat. Viele der Hirten und Forstbeamte, Veterinäre, Biologen oder Agrarwissenschaftler, denen ich begegnet bin, sind Kinder von Polizisten und Militärs.

Ich streife das Ölzeug über. Es ist sehr schwer. Niemals hätte ich gedacht, dass ich einmal Polizeikleidung tragen würde, am wenigsten die eines Guardia Civil. Immerhin trägt das Ölzeug weder Wappen noch Insignien. Die Macht der Gegenwart lässt alles

1. Spanische Polizeieinheit mit militärischer Organisation, gegründet im 19. Jahrhundert, die während der franquistischen Diktatur eine wichtige Rolle im Kampf gegen Regimegegner spielte.

andere schrumpfen, wichtig ist nur der Kontext, und im Moment brauche ich das Ölzeug.

Der Regen fällt reichlich und senkrecht. Die Erde ist voller Pfützen, überall gibt es kleine Lehmhaufen, auf die sich die Schafe setzen, und wo sie unbeweglich verharren, die Hälse zu den langsam ziehenden Wolken emporgereckt. Einen Moment lang glaube ich, den Kopfhörer des Radios auf den Ohren zu haben, doch das Geräusch rührt vom Rinnsal des Regens, der voller Ästchen, Kräuter, Samen, Kot und winzigen Insektenkadavern ist. Was geschieht unter den Füßen? Meine Gedanken richten sich mit ungewohnter Neugier nach unten, während ich weiter nach oben schaue als je zuvor, wo alle diese Vögel und Wolken und Sterne und der Mond und die Sonne fliegen.

Der Polarwind hat sich gedreht, er treibt einen starken Antizyklon über Grönland hinweg, der die mitteleuropäischen Sturmtiefs nach Süden verlagert hat. Der Zusammenstoß der Luftmassen hat die Wolkenbahnen verkehrt und das Klima derart durcheinandergebracht, dass dies nur das erste von fünf vorhergesagten Gewittern ist. Die Hirten sind von dieser Aussicht begeistert, so anormal sie auch ist. Der Regen lässt die Kräuter wachsen, die Herden werden dicker und vervielfachen den Gewinn. »Im Sommer trocknen die Felder aus, während es regnet«, sagen sie, deshalb her mit der Gewitterkette. »Steht einem die Dürre bis zum Hals, hat man lieber Wasser, als dass man Rebhühner jagt«, sagte ein Jäger. Da auch ich diese Überschwemmungen nicht vorhergesehen hatte, lassen meine halbundurchlässigen Gore-Tex-Stiefel allmählich das Wasser durch, so dass meine Füße nass werden. Zwei Stunden lang bin ich vom Regen eingehüllt, der das Gebirge verschwinden lässt.

Als ich nach Sanjuanilla zurückkomme, steht Siria im Unwetter gegen die Wand der Hütte gedrückt, hinter dem Stapel Brennholz. Ich stelle mich unter eine Steineiche und beobachte sie, als es zu hageln beginnt. Die Hündin bleibt im Freien und senkt leicht die Schnauze. Als der Hagel stärker wird, geht sie langsam zu ihrer Hundehütte und stellt sich unter. Nach weniger als einer Minute ist der Hagel erneut zu Regen geworden. Siria kommt wieder heraus und legt sich zwei Schritte vom Eingang entfernt hin.

Ich komme unter der Steineiche hervor und rufe sie, damit sie sich auf der Veranda vor dem Regen unterstellt, und sie kommt sofort angerannt. Eine Weile bleibt sie bei mir, als wolle sie mir einen Gefallen tun, bevor sie in den Regen zurückkehrt.

Die Versteigerung

»Was für ein Jahr! Was für ein Jahr!«

Miguel fährt euphorisch und so langsam wie immer zu einer Eselversteigerung. Nicht nur regnet es seit sieben Tagen – die Vorhersage verspricht noch ein paar weitere Wochen.

»Gestern ging ich ins Bett und hörte draußen den Regen. Ich rauchte zwei Zigaretten. So Gott will, geht es so weiter. Wasser ist eine Lotterie, und wie es aussieht, haben wir das große Los gezogen. März und April sind der Schlüssel für das ganze Jahr. Weißt du, was zu meinen Lieblingsbeschäftigungen gehört? Bei Regen den Wagen zu nehmen und mit Marisa durch die Dehesas zu fahren. Auch mit meinem Freund José habe ich das oft gemacht, er hat mir alles über das Land beigebracht. Jetzt ist er nicht mehr besonders scharf darauf, aber früher gingen wir los und verbrachten zwei Stunden lang nur damit, dem Regen zuzuschauen. Man hörte nichts als Wasser. Nichts, nicht einmal den Wind. Ich sage das, und es erscheint dir seltsam, aber du weißt nicht, was das heißt. Wasser. Wasser ist das Grünste, was es gibt.«

Da ich kein Auto habe, kommt Miguel ab und zu in Sanjuanilla vorbei und nimmt mich zu seinen Lieblingsorten mit, vor allem nach Sancti-Spíritus, wo ein anderer Teil der schwarzen Herde grast. Außer seinem Vorsitz in einer Vereinigung der Merino-Züchter hat er noch Mitgliedschaften in Gruppierungen, die verschiedene heimische Rassen fördern, und heute wird er den Tag damit verbringen, die Versteigerung andalusischer Esel zu beaufsichtigen und ein paar Dehesa-Truthähne zu kaufen, eine andere Tierart, die er wieder einzuführen versucht.

Ich hatte einen Platz voller Tiere erwartet, doch die Versteigerung findet in einer Amtshalle statt, wo die Esel auf Diapositiven vorbeidefilieren. Es schmerzt, zu hören, wie gesagt wird:

»Posten 1, Posten 2, Posten 3,«, wo es doch offensichtlich um Esel geht, die Pasorolo, Penique oder Quinqui heißen. Zwei übel zugerichtete Exemplare werden an eine Stiftung für Kindertherapie verkauft. Der Rest der Posten, vierzehn, findet keinen Bieter.

Miguel ist rot vor Wut, als er den Ort verlässt. Die Organisatoren haben den Tag der Versteigerung im letzten Moment geändert, und anstatt auf seinen Rat zu hören und sie am Wochenende unter freiem Himmel zu veranstalten, haben sie sie für einen Freitag in diesem öden Gebäude anberaumt. Er schimpft über die Bürokraten, die sich aufs Abheften beschränken. Wären nicht seine Mutter, seine Schwiegereltern, Marisa und die Kinder, würde er seine Schafe nehmen und irgendwo anders hingehen, zumindest sagt er das.

Im Wagen zieht er eine Zigarette aus einem der beiden Päckchen, die neben dem Ganghebel liegen. Ein Messer und eine Wasserflasche hat er auch in Reichweite. Vom Rückspiegel hängen ein Bildchen der Jungfrau von Altagracia – sie ist die Schutzheilige seines Dorfes –, und ein Kruzifix.

»Ich rauche viel, aber wenn es dich stört …«, warnt er mich und öffnet ein wenig das Seitenfenster.

Während Miguel fährt, beginnt er Sätze, die er nicht beendet, oder er kommt vom Thema ab, das er angefangen hat und vergisst später, den Faden wieder aufzunehmen, während er häufig

Imperative benutzt, um *vor allem* einen Respekt einzufordern, den er verloren glaubt. Deshalb verteidigt er den Gebrauch von *Don* und *Doña* als Anrede für die Älteren, aber »das heißt nicht, dass ich antiquiert bin, denn ich habe viele schwule und feministische Freunde. Aber Respekt muss sein. Oder etwa nicht?«

In einer Raststätte an der Landstraße, die voller signierter Fotos von Schauspielern, Toreros und Politikern ist, bestellen wir Fleischbrühe mit Sherry, und für den zweiten Gang Nieren. Auf der Speisekarte stehen Kutteln, Hirn und die ersten Viehhoden des Jahres, aber Miguel hat darauf bestanden, dass ich das Menü probiere, das er entdeckt hat, als sein Sohn Miguel mit einem Wasserkopf ins Krankenhaus eingeliefert wurde. Seitdem versucht er immer, an dieser Raststätte aufzutanken, die ihn in jener schweren Zeit aufnahm.

»Man muss dankbar sein. Gut, sollen wir weiterfahren?«

Städte sind nicht sein Ding, besonders die großen. Seine Toleranz bemisst sich in Duschgängen. Normalerweise duscht er einmal am Tag, doch wenn er aus welchem Grund auch immer in einer Großstadt übernachten muss, duscht er bis zu dreimal.

»Hier gibt es etwas, das am Körper klebt. In der Stadt kann ich nicht einmal auf die Toilette gehen. Wie könnt ihr nur in diesen Käfigen leben, so weit vom Boden weg?« Und von den Herden, von denen er sich gar nicht gern entfernt.

Am frühen Nachmittag biegen wir von der Landstraße ab und fahren zu einem Gutshof, der im Nirgendwo liegt, und wo drei Männer in Gummistiefeln uns vier Truthühner und einen Truthahn aus Extremadura fast zum Schleuderpreis verkaufen. Nachdem wir den Tieren die Füße zusammengebunden haben, stecken wir sie den Kopf voran in Säcke, schneiden die Nähte mit Messern auf, damit sie die Köpfe herausstrecken können, und legen sie in den Kofferraum.

»Ich will mehr Truthähne haben«, sagt er, als er losfährt. »Ich mag sie sehr. Ich mag es, sie von klein auf zu haben und zu sehen, wie sie groß werden. Mehr Dinge.« Manchmal sagt er diese zwei Wörter am Ende einer Überlegung: »Mehr Dinge.«

Es ist längst Nacht geworden, als wir in der Halle von Sancti-Spíritus ankommen, die an einem trostlosen Weg liegt, der zum Sumpf hinabführt. Ein Sprühregen fällt, der im Gegenlicht der Laternen wie starker Regen aussieht. Die gallertartigen Hautlappen der Truthähne wackeln noch stärker hin und her – die Panik schüttelt sie, als sie in die Tiefen eines unbekannten Hofes kommen. Der Geruch nach Feuchtigkeit vermischt sich mit dem sauren Duft von Heu und den Exkrementen einiger Vögel, die zusammengedrängt in den Ecken stehen, um sich zu wärmen, und uns beobachten. Die Truthähne schlagen mit den Flügeln, bis wir ihnen die Säcke abnehmen und sie auf den Boden der Halle werfen. Als wir die Seile durchschneiden, die ihre Beine fesseln, raffen sie sich auf und rennen aufgeregt in irgendeine dunkle Ecke des Ortes, der ihr neues Zuhause sein wird.

Viele Ausflüge mit Miguel enden wie der heutige: mit einem Whisky im *El Escorial* von Sancti-Spíritus. Brüllend begrüßt er beim Eintreten den Besitzer der Bar und die vier oder fünf Gäste, die immer an der Theke stehen, bestellt Whisky und geht zum Trinken und Rauchen wieder hinaus in die trockene Kälte eines Dorfes, das mit atemberaubender Geschwindigkeit immer leerer geworden ist.

»Es müssen Familien hergebracht werden. Das kann nicht so weitergehen. Warum hat deine Mutter das Dorf verlassen?«

»Warum müssen wir weggehen?«, fragte Eloísa ihren Vater vor etwa sechzig Jahren. Warum musste sie Estrella, Palomo und ihre Freunde verlassen? Warum aus einem Ort fortgehen, an dem man so viel Spaß hatte? Und außerdem: Was würde ihr Vater arbeiten, wenn er nicht mehr auf dem Land war? Was tut ein Hirte in der Stadt?

Mit zusammengezogenen Schultern wippe ich von einem Bein auf das andere, meine Hände stecken in den Hosentaschen. Diese Eiseskälte lässt einen steif werden. Eine solche Geschichte darf man nicht stotternd erzählen, und gerade jetzt fällt es mir schwer, mich zu artikulieren, deshalb antworte ich:

»Aus demselben Grund, aus dem die Leute hier weggegangen sind. Ziehst du nie einen Mantel an?«

Miguel trägt eine Weste über dem Hemd wie jeden Tag. Ohne Mantel oder Jacke, ganz gleich bei welcher Temperatur. Er zieht lange an seiner Zigarette und übertreibt die Pose des harten Typen bis zur Parodie. Grinsend sagt er dann:

»Ach, diese Städter ...«

Er lädt mich zum Abendessen mit Marisa und seinem Sohn Miguel ein. Marisa empfängt mich im Innenhof mit einem herzlichen Kuss und diesen leuchtenden Augen, die noch stärker die Feinheit ihrer rosafarbenen Haut unterstreichen. Sie strahlt förmlich Gesundheit aus.

»Los, komm!«, sagt sie, »du wirst hungrig sein.«

Das blonde, lockige Haar und ihre entschlossenen Bewegungen verleihen ihr eine jugendliche Aura. Ich folge ihr in die große Küche, wo wir essen werden. Auf dem Tisch stehen zwei Tortillas, Teller mit Paprikawurst, Speck, Dauerwurst und Käse. Die Namen und Formen der Lebensmittel sind mir vertraut, doch ihre äußerst matte Farbe weist auf die völlige Abwesenheit von Farbstoffen hin, und die Konsistenz des Fetts ist anders. Beides kündigt neue Geschmacksempfindungen an.

»Was sagst du?«, fragt Miguel am Ende des Essens und zündet sich eine Zigarette an.

»Beeindruckend.«

»Tja, das ist alles illegal.«

Nichts von dem, was auf dem Tisch steht, ist durch irgendeine Gesundheitskontrolle gegangen. Alles ist von den Menschen, die vor mir sitzen, gewonnen und verarbeitet worden. Marisa hat die Milch ihrer schwarzbraunen Ziegen fermentiert, um sie anschließend mit kalten Händen durchzukneten, weil es dann besser gelingt, wie sie sagt. Manchmal greift sie auch auf die Zitzen der Merino-Schafe zurück, doch die geben nicht viel Milch, und außerdem hat sie nicht vor, den Lämmern die Nahrung wegzunehmen. Marisa spricht mit so viel Freude, dass ich den Wunsch empfinde, es ihr gleichzutun.

Ein Merino-Schaf kann bis zu einem halben Liter Milch geben, im Vergleich zu zwei oder drei Litern, die das Lacandona-Schaf gibt, das milchreichste Schaf überhaupt. Ziegen geben zwischen drei oder vier Liter, doch meine Gastgeber versichern, es gebe keine nahrhaftere Milch als die des Bio-Merino-Schafs. Um es mir zu demonstrieren, füllt Marisa ein Glas.

»Trink, los, trink!«

Abgesehen von dem Milchbart, den ich vom Trinken bekomme, ist der Rand des Glases voller Fett. Diese Milch kann man beinahe kauen. Marisa und Miguel sind sich einig, dass der Geschmack des Käses durch das bestimmt wird, was das Schaf frisst, und weil keines besser ernährt wird als ihre – »mal sehen, wie dir diese Scheibe schmeckt«. Aus Weidegras ohne jede Chemie erzeugen sie köstliche Käsesorten. Das Problem ist nur, dass die Dürre die Pflanzen kaputtmacht.

»Aber es regnet doch.«

»Das ist noch kein Regen«, sagt Miguel. »Damit das Wasser bleibt, muss viel mehr fallen.«

In extremen Zeiten kann Miguel das Vieh mit Futter versorgen, doch er zieht es vor, bis zum Äußersten zu warten, damit die Tiere in den weiten Ländereien um Siruela und in der Steppe von La Serena sehen, wie sie zurechtkommen. Denjenigen, die ihn kritisieren, weil seine Schafe und Ziegen dürr sind, entgegnet er, dass die Weide entscheidet, und dieses Jahr will die Weide sie so: lebendig und, im Gegensatz zu dem, was viele munkeln, immer noch stark, und das nach dem heißesten Sommer seit zweiundvierzig Jahren.

»Nicht eines ist mir gestorben.«

Einige Ernten fielen einen halben Monat früher aus, und gleichzeitig sind außergewöhnliche Dinge geschehen, wie die Orangenbäume, die im November blühten, oder die Oliven, die im Dezember reif und viel kleiner waren als gewöhnlich. Das ganze Jahr hindurch gab es alle achtzehn Tage Hitzeperioden, sieben Stauseen schlugen Alarm und mussten sogar Wasser untereinander austauschen. Auch deshalb nimmt Miguel regelmäßig an Versammlungen über den Klimawandel teil, wo er nicht selten der einzige Viehzüchter im Saal ist.

Gegen ein Uhr morgens setzt er mich am Feldweg ab, der nach Sanjuanilla führt. Die Stirnlampe beleuchtet einige Partikel, die in der eisigen Nacht schweben. Während des Abendessens hatte Miguel ein Käsedreieck zwischen den Fingern gehalten und gesagt:

»Alles, was ich tue, dies alles«, dabei hatte er den Käse angeschaut, »tue ich, um meinen Kindern etwas Anständiges zu hinterlassen.«

Anschließend hatte er in das Dreieck gebissen.

Hügel mit Kuh

Es regnet sintflutartig. Zum ersten Mal mache ich morgens Feuer. Ich sitze im Schaukelstuhl, lese *¿Para qué sirven las aves?*[1] und schaue zwischendurch zum Oberlicht in der Tür hinauf. Das Glas, das von fünf Eisenstäben geschützt wird, rahmt den Hügel ein, wo eine einsame Kuh Schutz unter einer Steineiche gesucht hat. Sie liegt auf dem Gras, ohne sich zu bewegen, oder zumindest sehe ich

1. Dt. ›Wozu sind die Vögel da?‹, Buch von Antonio Sandoval Rey, einem spanischen Ornithologen und Schriftsteller (geb. 1967 in La Coruña), publiziert 2012.

sie jedes Mal, wenn ich hinschaue, mit halb erhobenem Kopf nach Westen schauend. Als hätte ich ein Bild aufgehängt. *Hügel mit Kuh*. Die Eisenstäbe verleihen dem Ganzen eine Gefängnisaura.

Das Buch ist beschwingend, man bekommt Lust, Antonio Sandovals Leidenschaft für Vögel zu teilen und hinauszugehen, um sie zu sehen und sie alle zu retten. Die erste Beringung, die in Spanien stattfand, betraf dreiundfünfzig weiße Störche. 1953. Eine Symmetrie von Datum und Anzahl, die diesen Meilenstein noch denkwürdiger macht. Das war vierundfünfzig Jahre, nachdem ein Däne einem Schwarzstorch den ersten Ring der Geschichte umlegte. Vierundfünfzig Jahre, das ist ein großer Abstand, vor allem im 20. Jahrhundert, wo, wie Miguel sagen würde, die Zeit kaputtgegangen ist.

Sich anzupassen ist auch eine Frage der Geschwindigkeit, und die Mutter des Lamms galoppiert mit erstaunlicher Geschwindigkeit, während ein Großteil der spanischen Gesellschaft sich der Natur noch immer nähert, als würde sie *Hügel mit Kuh* betrachten und den Bukolismus des Werks mit Eisenstäben verschlimmern. Als der Rhythmus des Planeten nach der industriellen Revolution schwindelerregend schnell wurde, vergaß Spanien aus irgendeinem Grund seine ländlichen Regionen und seine Gebirge und überließ die Beschreibung seiner Flora und Fauna ausländischen Naturforschern. Mir fallen auf Anhieb die deutschen Gebrüder Alfred und Reinhold Brehm ein, die als erste von der Existenz des iberischen Wolfs und des iberischen Königsadlers berichteten, während englische Entdecker wie der ehrwürdige John White oder die Militäroffiziere und Naturforscher William Willoughby und Cole Verner, Doktor Stark oder Howard Saunders die Iberische Halbinsel von Gibraltar aus durchquerten, um den Steinbock vor dem Aussterben zu bewahren. Oder Howard Lloyd Irby, der uns als erster überhaupt in seinem Buch von den Vögeln in der Straße von Gibraltar erzählte, *The Ornithology of the Straits of Gibraltar*, publiziert 1895, das erst 2006 unter dem Titel *Ornitología del Estrecho de Gibraltar* ins Spanische übersetzt wurde.

Mehrere ausländische Schriftsteller, die das Land bereist hatten, stimmten darin überein, dass die spanische Kultur sich konträr zur Landschaft verhielt, und dass dies höchstwahrscheinlich mit dem Analphabetismus, dem Aberglauben, dem Fanatismus und vielen anderen düsteren und makabren Aspekten zu tun hat, die sie im Charakter einiger spanischer Landsleute entdeckten, denen gewiss die Steineiche in *Hügel mit Kuh* gefällt oder die sie ausradiert hätten, denn die Aversion gegen Bäume ist seit Jahrhunderten ein typischer Zug.

»Bäume ziehen die Feuchtigkeit an und trüben die Reinheit der Luft«, war ein Argument der Bewohner, als ein Beamter im 18. Jahrhundert Bäume in ihrem Dorf pflanzen wollte. Die Ablehnung der Bäume erklärt viel, wenn nicht alles darüber, wie Spanien auf die Natur geschaut hat. Während die Menschen in einigen anderen Ländern Europas durch Marschlandschaften, Wälder, Heiden mit dem Bestreben wanderten, sie kennenzulernen und als Teil der nationalen Identität zu genießen, betrachtete der Spanier seine Landschaft mit der Distanz eines fremden Wesens und schätzte ab, wie er sie verändern konnte. Es ging nicht darum, sich mit ihr zu verbinden, sondern sie zu besiegen. Und mit ihr auch die Tiere, die diesen Raum bewohnten.

Kreisen

Als ich nach Hause kam, fand ich einen Lurch halb versteckt neben einem randvoll mit Wasser gefüllten Kübel, den ich so unter das verzinkte Vordach stelle, dass er den Regen auffängt und ich ihn anschließend zum Spülen oder um mich zu waschen benutzen kann. Die Kröte versuchte, sich zu verstecken, als sie durch meine Stirnlampe geblendet wurde. Ich wechselte meine Position und beleuchtete ihr den Ausweg, während ich gestikulierte und Laute von mir gab, damit sie die Veranda verließ. Sie brauchte ein paar Minuten, aber sobald sie die Botschaft verstanden hatte, machten wir uns gemeinsam auf den Weg zum Teich, den ich ihr ausleuchtete wie früher die Platzanweiser im Kino.

Die Kröte sprang ins Wasser und schlug mehrere Wellenkreise, die jetzt etwa zweihundert Gänsegeier am Himmel vollziehen, während sie ihre Spiralen über der Klippe von Puerto Peña drehen. Sie fliegen auf drei Etagen übereinander, und einige von denen, die ganz oben gleiten, sind schwer zu sehen, abgesehen von denen, die ich nicht wahrnehme. Wenn man bedenkt, dass ein Sperbergeier mit einem Flugzeug zusammenstieß, das die Elfenbeinküste auf 11.277 Metern überflog, dann bin ich sicher, dass es Vögel gibt, die in unsichtbaren Höhen ihre Flügel schlagen.

Man muss weder Mystiker noch Philosoph sein, um den Himmel anzuschauen und an die ewige Wiederkehr zu denken, es genügt, die beiden Kranichschwärme zu beobachten, die sich in der Luft bei dem Versuch kreuzen, die Richtung zu ihrem Sommerquartier zu finden, und die wissen, dass sie in einigen Monaten zurückkehren werden. Hin und Her. Kommen und Gehen. Der Himmel erzählt alles. Die Vogelzüge haben begonnen, und bald werden die meisten Schwarzstörche wiederkommen, die Schmutzgeier und Zwergadler, obwohl das Gros der Geier sich das ganze Jahr über nicht fortbewegt. Vor allem die Steilwände von Puerto Peña ziehen sie an. Das Gebirge verbreitet diese hypnotische Aura, die allen großen Felsen zu eigen ist, die sich mitten in einer Ebene erheben.

Viele Geier sind über die kantabrischen Kordilleren auf die Iberische Halbinsel gelangt, indem sie den Wanderherden folgten, und obwohl sie Aasfresser sind, gibt es Berichte über Angriffe auf lebende Tiere. Auf den Sisargas-Inseln[1] gab es einen Geier, der

1. Kleines Insel-Archipel vor der galizischen Küste im Nordwesten Spaniens.

Lämmer raubte, doch das ist lange her und stellte eine Ausnahme dar, es ist nicht zu vergleichen mit den Exemplaren, die letztes Jahr hier für Unruhe unter den Hirten sorgten. Diese Geier lauerten auf den Moment, an dem die Schafe warfen, und sobald das Lamm begann, aus dem Muttertier herauszukommen, stürzten sich die Vögel darauf. Wenn die Mutter zu viel Widerstand leistete, traten und hackten sie auf sie ein.

Es war nicht schwierig herauszufinden, warum die Aasfresser ihre räuberischen Instinkte wiedergewannen. Wenige Monate zuvor war eine Verordnung in Kraft getreten, die besagte, dass totes Vieh unmittelbar von den Feldern zu entfernen sei. Man war zu dem Schluss gekommen, dass ein verrottender Kadaver Krankheiten verbreiten konnte und verhinderte die jahrtausendealte Praxis, die den Aasfressern die Aufgabe zugestand, für die natürliche Hygiene zu sorgen. Die Beseitigung toter Tiere verursachte Hunger unter den Geiern. Da sie eines der stärksten Skelette unter den flugfähigen Lebewesen besitzen, wussten sie instinktiv, dass sie ebenso gut in der Lage waren, sich warmes Fleisch zu verschaffen. Deshalb begannen sie anzugreifen.

Inzwischen haben die Behörden ihnen Deponien eingerichtet, wo sie sich vollstopfen können. Sie verschlingen sogar die Ohrmarken. Ich habe schon mehrere Gewölle gesehen, in denen diese gelben Identifizierungsmarken steckten. So viel Bequemlichkeit führt dazu, dass die Geier sich stark vermehren, und schon bald werden wir vor neuen Problemen stehen. Aber es gibt immer diejenigen, die es vorziehen, diese fest eingerichteten Kantinen nicht zu besuchen, der Mönchsgeier ist einer von ihnen. Vielleicht hat seine schwarze Farbe Einfluss auf seinen Charakter, denn dieser Geier ist wie der Schwarzstorch: ein Liebhaber der Einsamkeit, der sich nicht mehr als nötig mit anderen einlässt und sogar auf den Weiden leben kann.

Man hat mir so viel über die Geier von Puerto Peña erzählt, von

Álvaro vom Campingplatz und von seinen Rettungsaktionen für Tiere, dass ich ihn vor ein paar Tagen anrief und um Hinweise über einen der Mönchsgeier bat, die ich im Verdacht hatte, mein Schaf gerissen zu haben. Álvaro hat mich auf dem Weg nach Sanjuanilla aufgegabelt und jetzt stehen wir bereits am Abhang zur Klippe.

»Ich glaube nicht, dass ein Geier dein Schaf gerissen hat«, sagt er, während er Dutzende Gänsegeier beobachtet, die am Himmel kreisen. »Und am wenigsten ein Mönchsgeier. Derzeit leiden die Geier keinen Hunger. Außerdem sind die Schwarzen wie die Müllabfuhr: Sie kümmern sich um das, was die anderen nicht haben wollen.«

Álvaro Sánchez ist Álvaro vom Campingplatz, seit er vor fünfundzwanzig Jahren aus Madrid herkam, weil er die Dichte dort leid war und diesen atmosphärischen und geistigen Druck, über den wir Städter uns oft beschweren. Er reiste nach La Siberia, um einen verlassenen Campingplatz zu finden, von dem er gehört hatte, weil er sich ein alternatives Leben vorstellte. Aber er kam in die Gegend und niemand wusste etwas von dem Campingplatz. Nachdem er mehrere Tage vergeblich nach ihm gesucht hatte, beschloss er eines Morgens, nach Madrid zurückzukehren. Er betrat eine Bar, um einen Kaffee zu trinken. Dort hörte er einigen Jungen zu, die sich darüber unterhielten, dass sie zu einer Geierkolonie in Puerto Peña hinaufsteigen wollten, weil es dort eine phantastische Aussicht gab. Álvaro wollte sie begleiten. Als sie auf dem Gipfel standen, sah er eine riesige schwarzgrüne, wellige Ebene mit einer künstlich angelegten Rasenfläche direkt am Fluss. Der Campingplatz.

Sie nennen ihn auch »Den mit dem Zopf«, denn mit seinen über fünfzig Jahren hat er einen grauen Haarschopf, der so lang ist, dass er sich ein ziemliches Büschel zusammenbinden kann, und wenn das heute noch zu Kommentaren führt, stelle man sich erst einmal vor, wie das 1993 war. Er tut eigenartige Dinge. So, wie er aus dem Nichts einen Campingplatz aufbaute, rettete er eines

Tages einem Geier, der sich in einem Dornbusch weiter flussabwärts verfangen hatte, das Leben. Er hatte zuvor noch nie etwas Derartiges getan. Die gespreizten Flügel eines Geiers können mehr als zweieinhalb Meter messen. Sein Schnabel ist in der Lage, Tiere zu enthaupten, während seine Krallen es ausweiden. Álvaro ergriff seinen Hals, damit er den Kopf nicht mehr bewegen konnte, der Junge, der ihn begleitete, hielt die Füße fest, und dann zogen sie ihn so langsam wie möglich aus dem Dorngestrüpp.

Seitdem hat Álvaro sich so oft in den Kanal gestürzt, um Rehe, Hirsche, Störche oder irgendein anderes Lebewesen zu retten, das dort hineingestürzt ist, dass die Forstleute inzwischen lieber ihn rufen, wenn ein Tier in Not gerettet werden muss, um sich den Papierkram zu sparen. Der Campingplatz ist so zu einem Symbol von Rettung geworden.

Während wir am Ufer des Guadiana entlangspazieren, der direkt am Gelände vorbeifließt, sprechen wir über Geier. Tiza, die vollkommen schwarze Hündin, die jemand drei Jahre zuvor ausgesetzt und die Álvaro schließlich gefunden hat, durchwühlt mit ihrer Nase die Decke aus gefallenen Blättern in dem von zerzausten Pappeln überwölbten Korridor, durch den wir gehen. Stürme haben viele Bäume umgeworfen, und an mehreren der Stämme wachsen diese unglaublich harten Schichtpilze, die wie Pinienzapfen brennen. Ich reiße zehn Stück von ihnen ab.

Nicht weit entfernt fließt der Kanal. Seine glitschigen Böschungen sind fatal für viele Tiere, die zum Wasser herabkommen. Nachdem sie getrunken haben, können sie oft wegen des Gewichts, das ihr voller Magen verursacht, wegen ihrer Krallen oder Hufe, die keinen Halt finden, oder wegen der drückenden Hitze nicht mehr hinaufklettern. Das Gestrüpp am Ufer des daneben fließenden Flusses ist wiederum gefährlich für Vögel einer bestimmten Größe, die sich vor allem im Sommer darin verfangen, wenn ihnen in der Hitze schwindelig wird und sie in der Nähe des Wassers zu Boden gehen. Dann kommt Álvaro.

Die Geschichten über die Lebensretter sind zu Legenden geworden, die sich miteinander verknüpfen, letztendlich gibt es nicht so viele, und in La Siberia hat sich ein unsichtbares Netz von Rettern gebildet, die dazu anregen, noch mehr zu retten.

»Sollen wir schauen, ob wir einen Schwarzstorch finden?«, fragt Álvaro, nachdem er meinen manischen Ausführungen über die Hitze zugehört hat, die er für die Paranoia eines Anfängers mit Allüren halten könnte, und in denen er doch eine Gelegenheit sieht.

Da man ihm vor ein paar Tagen gesagt hat, auf dem Felsmassiv von Puerto Peña sei eine »Gitana«[1] gesichtet worden, schlägt er einen Ausflug zu La Noria vor, dem am Fluss verlaufenden Pfad, wo der Schwarzstorch gerne fischt.

Die ersten Schlangen der Jahreszeit gleiten unter der dicken Schicht moosiger Blätter hindurch.

»Diesen Bach kenne ich gar nicht«, sagt er, als wir die Merino-Schafe links stehen lassen, um durch das Gestrüpp Richtung Fluss zu gehen.

Der endlose Regen verändert das Aussehen und die Akustik am Fluss. Zum Rascheln der Oleasterwipfel, dem Wispern der Dornginsterbüsche oder dem Schlagen der Eisvögel gesellt sich das Murmeln eines neuen Bächleins und das plötzlich auftretende Wasserrauschen in den engen Schluchten der Umgebung. Ein eilig über die Mitte des Flusses flatternder Stockenterich zeichnet sich deutlich vor den Mimosen ab, die begonnen haben, das gegenüberliegende Ufer zu bevölkern.

Wir gehen über einen Pfad, der so schmal ist, dass wir uns immer wieder an Baumstämmen und Ästen abstützen müssen, um

---

1. Eigentlich (Selbst)Bezeichnung der spanischen Roma (in diesem Fall der Frauen), hier jedoch regionaler Name für den Schwarzstorch.

uns fünfzehn Meter über dem Flussbett aus weißem Gestein im Gleichgewicht zu halten. Bei jedem Schritt sinken die Füße leicht in der Erde ein, ohne steckenzubleiben. Der Frühling verstärkt seine Farben in Gestalt mangofarbener Pilze, die neben der Kotspur eines Rehs wachsen. Rehkot sieht dem der Schafe ähnlich, im Winter, wenn die *Gitana* verzweifelt nach Futter sucht, frisst sie ihn manchmal sogar. Álvaro sagt immer wieder »Sieh mal, ein Spargel«, oder »Diese Schafe haben sich verirrt«, und zeigt auf fünf Tiere, die durchs Binsengras springen.

Ein Fuchs wechselt auf das andere Ufer, indem er über eine natürliche Brücke aus Felsen springt, unter den Augen eines Schlangenadlers, der über ihm auf einem Laubbaum sitzt. Wir visieren ihn mit dem Fernglas an. Der Adler ist jung genug, um noch braune Augen zu haben. Ich denke darüber nach, wann sie wohl gelb werden, während ich das Fernglas auf den mäandrierenden Fluss richte, wie Álvaro es tut.

»Schwarzstorch«, sagt er.

Ein paar Minuten lang versuche ich, den Punkt zu finden, auf den er gezeigt hat, ohne mehr als Flecken zu erkennen. Ich bitte ihn darum, mich näher an den Storch zu bringen. Wir sind über fünfhundert Meter entfernt, aber Álvaro befürchtet, ihn zu erschrecken, deshalb steigen wir zu den höheren Weiden hinauf und gehen im Schutz der Vegetation auf den Storch zu. Ab und zu stecken wir die Köpfe zwischen den Pflanzen hinaus, um die *Gitana* nicht zu verlieren. Im Winter galoppiert die Dämmerung, deshalb beginnt das Licht zu schwinden, als Álvaro sagt:

»Jetzt aber.«

Noch immer fällt es mir schwer, das Federkleid des Storchs zwischen den dunklen Baumstämmen im Hintergrund auszumachen, vor allem, weil ich nicht damit gerechnet hatte, dass er mit ausgebreiteten Flügeln dastehen würde.

Er fischt.

Der Morgen und der Mittag sind seine gewöhnlichen Jagdzeiten, doch es ist viertel nach sechs und da steht er, breitet die Flügel wie eine geisterhafte Decke aus, um die Nacht über dem Fluss vorzutäuschen. Plötzlich hackt die *Gitana* heftig bis zum Grund des klaren Wassers. Als sie den Kopf erneut hebt, zappelt ein Fisch in ihrem roten Schnabel. Die Schuppen glitzern im schwachen Sonnenlicht.

Maulwurfsgrille

Wir haben keine Taschenlampen mitgebracht, offenbar in dem Glauben, die Natur werde uns nicht so lange verführen, doch wir sind immer noch hier und fordern unsere Augen heraus. Uhus, Käuzchen und diese Zwergohreule, die gerade ihr düsteres Schuhu ertönen lässt, sehen deshalb zu dieser Stunde wesentlich besser als ich, weil ihre Netzhaut viel mehr Stäbchen aufweist, im Gegensatz zu den Augen tagaktiver Tiere, wo die Zapfen zahlreicher sind und so die Farben besser erkennen lassen.

Als unsere Stäbchen uns nicht mehr weiterhelfen, strahlen wir das Licht unserer Handys auf den Boden genau vor uns. Die Konzentration auf jeden Schritt hat uns verstummen lassen, während La Noria ihre nächtliche Symphonie anstimmt, angeleitet vom einschüchternden Krikri der Maulwurfsgrille. Was für ein Lärm. Es ist ein durchgängiges, fast ununterbrochenes Geräusch, das von Beinen erzeugt wird, die in zahnförmige Zangen auslaufen, und die als Hacken fungieren, wenn die Maulwurfsgrille ihr unterirdisches Nest gräbt.

Wir richten die Handys auf den Punkt, von dem das Krikri kommt und lösen mit den Händen Klumpen aus der feuchten Erde. Krikrikri. Mitten in dem Loch, das wir gegraben haben, erscheint ein gegliedertes Insekt mit Antennen und fein behaarten Beinen, mit denen es die Musik komponiert, die jetzt nicht mehr zu hören ist, denn diesen Sänger bringen Lichtkegel zum Schweigen, und er steht gerade mitten im Fokus unserer Handys. Nach menschlichen Maßstäben ist es ein scheußliches Geschöpf. Álvaro ergreift es mit drei Fingern, während ich die graue Kapuze beleuchte, die sich bis zu einem Paar nicht sehr tauglich wirkender Flügelchen erstreckt, die wie gemeißelt aussehen und den halben Unterleib bedecken. Die Beine bestimmen das Leben der Grille, denn außer zum Gehen, Graben und Musikmachen, um Weibchen anzulocken, kann sie dank dieses fusseligen Pelzes hören, denn er fängt Moleküle aus der Luft auf, und durch sie weiß die Grille, woher die Vibrationen in der Welt kommen. Wir setzen sie wieder zurück in ihre unterirdische Klause und bedecken sie mit Erde.

Klauen

An den Beinen habe ich Augen und an den Füßen Hornhaut, seit ich täglich im Schnitt dreißig Kilometer zu Fuß gehe. Die Muskeln, die nicht mehr schmerzen, erhalten Befehle, die ich nicht bewusst gebe, die aber immer perfekt sind, oder zumindest erlauben sie es mir, scharfe Felsen zu umgehen, große Steine, Pfützen, während ich mir irgendwelche Gedanken mache. Ich gehe einfach drauflos, wie diese wandernden Schafe, die von den Hirten gezwungen werden müssen, nur bis zum Schlafplatz zu gehen, denn man kann sie anschreien, wie man will – nach einem ganzen Tag auf Achse gehen sie immer noch weiter, versunken in einem Fortschreiten, das sie selbst nicht anhalten können. Ein endloses Gehen, das an die Mauersegler erinnert, die im Flug schlafen, oder an Haie, die ein Leben lang ihre Schwanzflosse schlagen, weil sie ohne Bewegung nicht mehr atmen könnten. Wir Menschen ertragen nicht so viel, man hat festgestellt, dass Geher langer Strecken zu Depressionen neigen. Wobei man allerdings bedenken muss, dass sie in der Regel allein gehen.

Die Klauen der Schafe ziehen Pfade durch die Hügel, die sich zu geometrischen, einander überkreuzenden Figuren ergänzen, als wären sie Zeugen einer menschlichen Zivilisation. Im März dürften diese Spuren gar nicht mehr sichtbar sein, doch obwohl es seit Tagen regnet, war der Winter so schlecht, dass das Gras noch immer nicht wächst. Diese Linien sprechen vom Zusammenhalt der Herden, die durch die Beziehung zwischen Müttern und ihren Lämmern geprägt sind. Ein erwachsenes Schaf kann seiner Mutter auch dann noch folgen, wenn es selbst bereits geworfen hat, und diese Treue, dieses Gehen auf den Spuren von Mutter und Großmutter, spiegelt der Boden.

Die Beine sehen, der Boden aber spricht, die gelehrten Inder wussten das, als sie ihre Welt kartographierten, indem sie die Schritte der Hirten zählten. Oder die Bergleute, die Ersten, die Karten von La Siberia herstellten und die es aus der Perspektive von Experten für Tierhöhlen, Risse, Tunnels taten. Dieses Gebiet wurde von unten nach oben erfasst, quasi aus einer heimlichen Perspektive. Maulwurfsgrillen und Bergleute wohnen dem monotonen Defilieren der Schafe über ihren Köpfen bei, und wer weiß, was sie vom Blöken der Muttertiere halten, die Juan Alfredo auf seinem Pick-up durch den Regen fährt.

»Bei dem, was da runterkommt, werden die nicht mehr viel größer«, sagt er. »Am besten, ich verkaufe sie jetzt schon.«

Heute ist Donnerstag, der Tag, an dem der Lastwagen des Mastbetriebs kommt. Die Wolken schweben so tief, während sie ihre Wassermassen abregnen lassen, dass sie wie Rauchschwaden wirken. Siria senkt den Kopf, soweit das Y um ihren Hals es ihr erlaubt. Durch den Regen breitet sich der Geruch der Wolle aus, und wenn man die Schafe umarmt, um sie auf den Kipper zu heben, saugen die Regenmäntel sich mit ihrer Feuchtigkeit voll.

Juan Alfredo wollte einen Pferch bereitstellen, wo die Tiere von Ungeziefer befreit werden können, doch durch den Schlamm sind die Gatter nur schwer zu bewegen. Seit zwei Tagen können wir nicht viel tun. Wenigstens wird die Wolle sauber und lässt sich leichter scheren. Wie auch immer: Es regnet.

Als er mit den Lämmern weg ist, hole ich die Kübel heraus, um Wäsche zu waschen. Da der Wind stärker wird und den Regen bis auf die Veranda weht, stelle ich mich nach Norden, so dass es mir auf den Rücken trommelt. Ich knote ein Seil an zwei Nägel, die aus der Wand herausstehen, hänge die Kleidungsstücke so gut ausgewrungen wie möglich auf und schütte eine trübe Brühe, in der Ameisen, Gras und Blütenblätter schwimmen, aufs Feld.

Gifte

Mehr Regen ist im Anmarsch, trotzdem ist es ein guter Morgen. Nachdem ich das Vieh gefüttert habe, gehe ich hinauf in die Villares-Bergkette. In der Nähe des Gipfels schlängelt sich eine Hufeisennatter – schwarze Flecken auf grünen Schuppen –, deren Farbe den Lavendel- und Wacholdersträuchern ähnelt, zwischen denen sie lebt. Hier nennt man sie Alicante, sie ist das regionale Ungeheuer. Der Legende nach ist sie für ebenso viel Unglück verantwortlich wie der Wolf oder sogar noch mehr, und sie verbreitet Angst. »Wenn du von einer Alicante gebissen wirst, suche dir einen Priester, der für dich singt«, sagt das Sprichwort. Es mag übertrieben erscheinen, aber jedes Mal, wenn das Reptil erwähnt wird, bekreuzigt sich jemand, zieht eine Grimasse oder zeigt seine gesträubten Haare auf der Haut und sagt:

»Sieh her, sieh her. Es ist stärker als ich, ich kann es nicht kontrollieren.« Die Züchter der Angst haben in der Alicante eine abergläubische Bastion, obwohl sie wissen, dass die Schlange nicht einmal Schafe tötet, denn wenn sie gelegentlich eines beißt, schwillt dem Tier der Hals, das Bein oder was auch immer an, je nachdem, wo das Gift eingedrungen ist, dann gibt der Hirte ihm ein Antibiotikum – für solche Fälle geht Miguel doch zum Tierarzt –, und innerhalb weniger Tage ist es wieder weg.

Die Schlange hat in aller Ruhe den Pfad hinauf zur Feuerwache überquert, anderthalb Meter von meinen Stiefeln entfernt, und schlängelte sich zügig weiter, um sich kurz vor dem Gipfel in den Schatten zu verlieren. Angst jagen mir eher die Bienen ein. Nachdem ich mich vergewissert hatte, dass die Feuerwache leer war, obwohl die Tür offenstand, spähte ich über die verschiedenen Felsen, wich Reiherschnäbeln, Ringelblumen und Spargel aus und suchte am Rand des Felsens, der eine herrliche Wiese überragt, nach meinem Haus in Sanjuanilla und meinen Herden – ich nenne sie schon so –, bis mich ein munteres Summen dazu brachte, noch weiter hinunterzuschauen. Und da waren sie. Dutzende von Bienen, die zwischen meinen Beinen hin und her schwirrten, um den Pollen aus den Hirtentäscheln zu saugen, die die Felder gelb färben, ein Vorgeschmack auf den Frühling, der dieses Jahr zu spät kommt.

Ich habe Angst, nicht so wie die Siberianos, die auf eine Alicante treffen, sondern eine Angst, die die Insekten anspornen könnte, denn die Katecholamine[1], die ich ausschütte, rufen geradezu nach ihren Stichen. Außerdem trage ich eine schwarze Hose und eine schwarze Jacke.

Vor einigen Wochen, als ich darauf wartete, Lämmer auf den Lastwagen zu laden, traf ich einen Imker. Da die Stürme noch nicht eingesetzt hatten, war Florencio besorgt über die Folgen eines dritten Jahres ohne Regen. Ohne Blüten gibt es keinen Pollen, die Bienen brüten nicht, und ohne Brut ist Florencio ruiniert. Er sagte, die Blüten hätten außerdem in den letzten Jahren weniger Pollen produziert. Er war misstrauisch gegenüber den gentechnischen Veränderungen, die agrochemische Konzerne seit dem Jahr 2000 in Sonnenblumenkerne einbringen.

---

1. Hormongruppe, zu der u. a. Dopamin, Adrenalin und Noradrenalin gehören.

»Wenn die letzte Biene verschwindet, wird auch die Menschheit verschwinden«, prophezeite Einstein, der eines Tages beschloss, nur noch Grau zu tragen.

Am Rande des Abgrunds, mit Dutzenden von Bienen zu meinen Füßen, wünschte ich mir heute, ich wäre Einstein oder zumindest so gekleidet wie er, denn nachdem er über das Wetter gesprochen hatte, erklärte Florencio seine Verehrung für Karl von Frisch, den Entdecker des Farbensinns der Insekten. Bis zum Beginn des 20. Jahrhunderts hatte dies niemand bemerkt, aber von Frisch fragte sich, warum Blumen sonst farbig sein sollten. Er verwandelte seinen Garten in ein Labor, in dem er mit verschiedenfarbigen Tellern und Zuckerwasser als Lockmittel feststellte, dass die Bienen zumindest hellblau unterscheiden konnten. Dank von Frisch wissen wir, dass Ultraviolett ein Nahrungssignal für Bienen ist. Sie sind nicht gut in Rot, Schwarz und Grau: Für Rot sind sie blind, und gegen Schwarz haben sie eine Abneigung.

Die Bienen schwirren von Blüte zu Blüte und weichen mir aus wie einem Baumstamm. Ich versuche, meine Beine nicht zu bewegen und keine plötzlichen Gesten zu machen. Schließlich habe ich ihre Anwesenheit nur mit dem Gehör, nicht mit den Augen wahrgenommen, und ich trage glatte, weiche Kleidung, in der sie sich nicht verfangen können. Ich denke, sie fühlen sich nicht bedroht und haben keinen Grund zu stechen.

Insekten, die aufgrund ihrer Größe und ihres Körperbaus verletzlich erscheinen sollten, wirken überhaupt nicht zerbrechlich. Es ist gar nicht ungewöhnlich, sich vor ihnen zu fürchten, denn wir sind recht gut informiert und man kann leicht herausfinden, wozu sie fähig sind. Eine Königin kann dreitausend Eier legen. Die Arbeiterinnen töten die Drohne, wenn sie ihre Kopulationsquote erfüllt hat. Zu stechen bedeutet zu sterben, und doch opfern sie sich zu Tausenden. Antonio Calero wurde an den Knöcheln durchbohrt und landete im Krankenhaus, weil er schwarze Schuhe trug. Und an dem Tag, als sie eine Schafherde angriffen, ignorierten sie alle bis auf die drei schwarzen Schafe, die sie in Schwärmen jagten und töteten.

Die Feuchtigkeit des Regens hat die Pollen vervielfacht, die so sichtbar schweben, dass man fast auf sie beißen kann. Der Schnee besteht aus kleinen Flocken. Wie schön und einsam und versunken zwischen Steineichen sieht Sanjuanilla von hier aus.

Es regnet. Die Nacht ist hermetisch. Zwei winzige orangefarbene Punkte im Nordosten und das Trugbild eines Leuchtens am dunklen Gewölbe, mehr nicht. Ich vermisse keine Bilder. Ich erinnere mich sehr gut an die Menschen, die ich liebe. Manchmal frage ich mich ohne jede Sentimentalität, was sie wohl gerade tun. Es stimmt: Ich weiß, dass ich zurückkehren werde, aber ich denke nicht einmal darüber nach, noch über die Zeit, die vor mir liegt. Ich atme die Kälte tief ein. Ich bin da, wo ich sein will. Wichtig ist, dass die Holzschuppen zu beiden Seiten des Schornsteins mit Scheiten und Zweigen gefüllt sind, die in diesen Tagen trocknen werden. Das Haus riecht nach Baum. Ich schließe die Tür, taste mich durch das Haus, das ich bereits sehr gut kenne, schlüpfe in den Schlafsack.

Am Morgen regnet es noch immer und der Wind nimmt zu. Während ich im Schaukelstuhl am Feuer lese, werden die Flammen schwächer. Der Schornstein tropft. Die Luft ist so rau und der Regen so stark, dass beide irgendwie einen Weg gefunden haben, das Wasser durch den Schornstein zu drücken. Die Tropfen konzentrieren sich auf eine Seite des Schornsteins, aber von Zeit zu Zeit benetzen sie auch die Mitte. Ich schiebe das Holz in die trockene Ecke, stelle den Schaukelstuhl ein paar Zentimeter nach hinten, damit er in der Wärme steht, und versuche, weiterzulesen. Doch ich kann nicht. Es ist viel attraktiver, das Yin und Yang von aufsteigendem Feuer und fallendem Wasser zu beobachten.

Ein paar Minuten später zwitschert der Vogel, der sich bei Regen im Schornstein niederlässt. Und wenn es nicht derselbe ist, zwitschert dort oben einer, der das zusätzliche Verdienst hat, gleichzeitig Rauch und Wasser zu ertragen. Ich nehme an, er sitzt auf der Wasserseite, wo es nur spärlich tropft. Oder vielleicht gibt es eine Spalte im Stein, die er nutzt, um sich auszuruhen, denn er klingt sehr gelassen. Ich schaue zwischen dem Wasser und dem Feuer hindurch, aber ich kann den Vogel nicht sehen, der weiterhin singt.

Ich schalte den Generator eine Stunde früher als sonst ein, nachdem ich den ganzen Tag eingesperrt gewesen bin. Das Licht war sehr schwach und ich habe beschlossen, früh zu Abend zu essen. Die Gemüsebrühe wird gerade auf dem Herd erhitzt, als die Glühbirne erlischt. Ich kehre in die Scheune zurück und stelle fest, dass der Generator kein Benzin mehr hat und der Kanister leer ist. Regentage, Hausarbeiten und Fantasien haben mich vom Tanken abgelenkt, so dass ich jetzt, um halb acht Uhr abends, im Dunkeln sitze.

Ein weiterer Abend mit Decke und Stirnlampe am Feuer. Der Vogel zwitschert nicht mehr.

Verloren

Meine Mutter ruft mich an. Sie sagt, sie habe die Wetterkarte gesehen und es scheine hier ständig zu regnen. Ich sage ihr, alles sei in Ordnung und es sei auch nicht so kalt, aber sie gibt mir trotzdem einen Rat und erinnert sich daran, dass ihre Mutter zu Hause mit warmen Handtüchern auf sie wartete, in die sie ihre erfrorenen Hände einwickeln konnte, wenn sie im Winter auf dem Land unterwegs gewesen war.

»Sie schmerzten so sehr, vor allem meine Finger. Sie taten so furchtbar weh, dass ich weinen musste. Stell dir vor, wie es war, von acht Uhr morgens bis sechs Uhr abends mit den Schafen in der Eiseskälte. Hast du Handschuhe mitgenommen?«

Ich erzähle ihr, was mich gestern verwirrt hat. Ein Schaf war durch den Zaun hinter der Wasserstelle auf der Seite des Kuhstalls geschlüpft, und ich bemerkte es, als es zu blöken begann. Es musste durch einen schlecht abgedichteten Teil des Zauns gedrungen sein. Merkwürdigerweise waren keine anderen Schafe in der Nähe. Es regnete. Wenig später tauchte auf dieser Seite des Zauns ein Lamm auf und näherte sich dem Mutterschaf, das weiter blökte, während es sich zwei Schritte vom Zaun entfernt hin und her bewegte und nach einem Weg zurück suchte, um zu dem Kalb zu gelangen, das offensichtlich zu ihr gehörte. Der Kleine folgte ihr parallel. Manchmal steckten sie ihre Schnauzen zwischen den Streben zusammen. Sie waren allein. Nach etwa einer Viertelstunde nickte das Mutterschaf mehrmals, hörte auf zu blöken und trabte den Hügel hinauf. Das Lamm fing an zu blöken, als es sah, wie das erwachsene Tier ohne einen Blick zurückzuwerfen verschwand. Der Kleine kreiste um dieselbe Stelle, tat so, als würde er in verschiedene Richtungen gehen, während er den Hang betrachtete, an dem das andere verschwunden war, und rannte schließlich auf die Weide vor Villares.

»Das muss seine Mutter gewesen sein«, sagte die meine.

»Ich dachte daran, das Lamm zu packen und es auf die andere Seite zu werfen, aber ich glaube nicht, dass es sich hätte fangen lassen.«

»Du hast es auch nicht versucht.«

»Ich wusste nicht, was ich tun sollte. Ich schätze, diese Schafe gehörten Juan Alfredo, und es ist ein Unterschied, ein Schaf zu verlieren oder zwei.«

»Du hättest sie nicht verloren. Dein Großvater hatte ein Schaf, La Blanquilla, das sich immer mit seinem Kleinen verirrte. Und jedes Mal, wenn sie sich verirrten, ging er los, um sie zu suchen. Er blieb bis in die frühen Morgenstunden auf, um sie zu suchen, manchmal kam er nachts an, aber er brachte die Schafe mit. Wenn dein Hirte ein echter Hirte ist, wird er dasjenige finden, das verschwunden ist. Und wenn du sie zusammengebracht hättest, hättest du ihm eine Menge Ärger erspart. Ein Sohn muss zu seiner Mutter gehen.«

»Ich weiß nicht, ob es seine Mutter war«, antworte ich wenig klug. »Außerdem wird das Lamm in ein paar Wochen in den Mastbetrieb geschickt. Sie werden sie alle gleich trennen.«

»Das kannst du nicht wissen.«

»Das passiert bei allen.«

»Man weiß nie mit Sicherheit, was passieren wird.«

Es regnet

Ich verbringe den Nachmittag damit, über das Verhalten von Tieren zu lesen, nachdem ich einen verregneten Vormittag lang Schafe entwurmt habe. Juan Alfredo wollte nicht länger warten und zog es vor, sich schmutzig zu machen, anstatt die Injektionen immer wieder zu verschieben. Jetzt regnet es sintflutartig. Das sind die harten Tage, von denen meine Mutter immer gesprochen hat. Die Dunkelheit wabert zwischen dem Knistern des brennenden Holzes im Kamin und dem Sturm auf dem Dach. Mit dem Gebläse belebe ich die Flammen wieder, denn sie sind die Freude dieses Abends.

Und des morgigen Nachmittags.

Und der beiden, die folgen werden.

Als ich am vierten Abend glaube, Stimmen zu hören, weiß ich nicht, was ich fühle, ob es Begeisterung über ein mögliches Gespräch, Ablehnung der bevorstehenden Belästigung oder eine gewisse Angst ist. Doch ist draußen niemand zu sehen.

Ich kehre zu meinen Händen zurück. Ich habe einige Teile

meines Körpers aus den Augen verloren, während andere zum Vorschein kommen. Meine Nägel sind gewachsen, weil ich sie nicht mehr abreiße, es gibt immer etwas Besseres zu tun, auch an Tagen wie diesen. Was tun? Ich weiß es nicht, aber die Wahrheit ist, dass ich sie nicht abreiße. Diesen Tick habe ich eliminiert. Lange Nägel sind besser zum Kratzen der Rinde und zur Abwehr bestimmter Dinge geeignet. Vielleicht kürze ich sie seltener, weil ich sie mehr brauche.

Es regnet.

Der Wolf kommt

Der fünfte Regenbogen der Woche wölbt sich von Siruela aus in Richtung Westen. Am Dienstag habe ich zwei an einem Tag gesehen. Wenn der Regen aufhört, ist die Weide ganz klar. Nichts verwirrt das Auge. Alles scheint so zu sein, wie es ist.

»Die Churros sind mir schlecht bekommen«, sagt Miguel und streicht sich über den Bauch, während er den Wagen steuert. »Keine Ahnung, warum ich sie gegessen habe, obwohl ich weiß, dass sie mir schlecht bekommen. Aber sie haben sie mir vorgesetzt und ich mag sie so sehr, dass ...«

Normalerweise steht er zum Frühstück im Restaurant *Los Amigos* an der Theke mit Blick auf die Straße und trinkt eine Tasse Kaffee mit kalter Milch, ein Glas Schnaps und raucht eine Zigarette. Hier kommen viele Hirten und Viehzüchter des Dorfes vorbei. Heute hat ihm jemand die Churros angeboten, die ihm die verdrießliche Miene verursacht haben. Er schnalzt mit der Zunge mit schiefem Mund, als ob er versuchen würde, etwas aus den Zähnen zu bekommen. Die Falten in seinem zerknitterten Gesicht sind noch stärker ausgeprägt.

»Ich habe mir den Magen ruiniert, weil ich zu viel esse. Außerdem esse ich sehr schnell. Und mein Lieblingsgericht ist Eintopf.

Was soll man da machen? Soll ich etwa aufhören, ihn zu essen? Immerhin esse ich ihn mit einer Omeprazol[1].

Der WhatsApp-Nachrichtenton seines Handys, das auf dem Armaturenbrett liegt, meldet sich. Er nimmt es, während er mit einer Hand lenkt.

»Soll ich sie dir vorlesen?«, biete ich ihm an.

Miguel wendet sich mir zu, auf den Bildschirm hat er noch nicht geschaut.

»Willst du mir ins Handy sehen?«

»Ich weiß nicht, du fährst und ...«

»Komm schon, lies vor.« Er hält mir das Gerät hin.

Es ist sein ältester Sohn. Er spricht von einigen Papieren, die unterschrieben werden müssen, und einigen Informationen, auf die jemand wartet. Miguel diktiert mir die Antwort. Als er fertig ist, wendet er den Blick vom Asphalt ab und schaut mich wieder an.

»Mein Handy gebe ich niemandem.«

Er starrt mich an. Das Auto fährt.

»Und dir hab ich's gegeben.«

Er fährt weiter, ohne auf die Straße zu schauen.

»Vergiss das nicht.«

Endlich blickt er wieder nach vorne. Die Dehesa ist dabei, ihre Steineichen zu verlieren und mehr und mehr wie eine Steppe auszusehen. Miguel erklärt die Geschichte der umliegenden Ländereien. Die Kämpfe zwischen der Stadtverwaltung und den Landbesitzern. Die Macht bestimmter Viehzüchter. Die Rinderweiden sind öffentliches Gut, Flächen, die für die lokale Weidewirtschaft zugänglich sind und vor privaten Ambitionen geschützt werden müssen. Land, das den Hirten zur Verfügung steht, die sich als Angehörige einer ethnischen Gruppe betrachten, als Nutznießer der Weiden, aber nicht als deren Eigentümer. Ein wahres Sinnbild für

---

1. Arzneistoff zur Behandlung von Magen- und Darmgeschwüren sowie Sodbrennen.

den Hirtengeist, den Gemeinschaftssinn und ein weiterer jener Werte, die für die Bewerbung La Siberias um den Titel eines Biosphärenreservats bürgen.

Das Reservat ist ein Projekt, das die Region als Naturreiseziel bekannter machen soll. Die Europäische Union würde dafür sorgen, dass diese Gebiete hinreichend unberührt bleiben, dass die *Montes Públicos*[1] erhalten werden und dass La Siberia eine Qualitätsmarke bekommt, die ein wenig Tourismus begünstigt und zusätzliches Einkommen bringt, das zwar bescheiden sein dürfte, aber ausreichen würde, um mehrere Dörfer zu retten, die sich derzeit im Niedergang befinden. In Garbayuela zum Beispiel wurde im vergangenen Jahr nur ein Kind geboren, und das war der Sohn des Bürgermeisters.

Doch die Kandidatur hat die Region gespalten. Mehrere große Viehzüchter und einige einflussreiche Geschäftsleute misstrauen der Kontrolle, die Europa über das Gebiet ausüben kann, wo sie Tausende von Hektar bewirtschaften. Sie haben daher von Anfang an Kritik am Reservat geübt. Aus diesem Grund hat Siruela gegen die Kandidatur gestimmt, als Miguel der Regierungspartei angehörte, oder nicht?

Miguel sagt, dass seine Partei für das Projekt stimmen wollte. Er war und ist voll und ganz dafür. Die Gegner der Kandidatur verbreiteten in der Region das Gerücht, dass die Ausweisung als Reservat die Rückkehr des Wolfes bedeuten würde.

»Der Wolf!«, ruft Miguel aus. »Das war ihr bestes Argument!«

Die Bedrohung durch den Wolf wurde zum Gerücht, einige Siberianos zweifelten, und obwohl nur die politischen Vertreter der

1. Dt. ›Öffentliche Berge‹. Gemeint sind sämtliche staatlichen, städtischen oder kommunalen Flächen, die nicht für die Landwirtschaft genutzt werden. Seit dem 19. Jahrhundert sind diese Gebiete durch den Verkauf an Privateigentümer vor allem in Andalusien stark geschrumpft.

einzelnen Dörfer an der Abstimmung teilnehmen sollten, entstand bei vielen Einwohnern ein Klima des Misstrauens und sogar der Feindseligkeit.

Dennoch haben die Befürworter des Reservats das Referendum gewonnen. Danach geschah etwas Eigenartiges: Wenige Stunden später berief der Stadtrat eine außerordentliche Plenarsitzung ein, um die Abstimmung zu wiederholen. Miguel erfuhr dann, dass zwei Ratsmitglieder seiner Partei, die dafür gestimmt hatten, nun dagegen stimmen wollten, wodurch Siruela nicht mehr kandidieren könnte. Am Abend rief er einen von ihnen zu dem Teich in der Nähe der Tankstelle *El Quinto Pino*. Warum tust du das, fragte er ihn. Die erste Antwort war, dass der Wolf kommen würde. Ich habe dich gefragt, warum du das tust, wiederholte er.

»Und da sagt er mir«, erinnert sich Miguel, »es sei wegen seiner Kinder. Es gebe viele Menschen, die es nicht verstünden, wenn er für etwas stimmte, was den Wolf zurückbringt, und er wolle nicht, dass seine Kinder die Last seiner Entscheidung tragen müssten.« Miguel schüttelt den Kopf und schaut zur Abwechslung einmal direkt auf die Straße. »Seine Kinder!«, ruft er aus. »Ich habe auch Kinder. Und natürlich liebe ich sie. Natürlich bin ich vorsichtig mit dem, was ich sage und tue. Aber weißt du, welche Folgen die Entscheidungen, die du jetzt triffst, in Zukunft haben werden? Weißt du, wie sie sich auf sie auswirken werden? Ich sagte zu ihm: Und wissen die Leute nicht, dass du nicht deine Kinder bist?«

Sie sprachen drei Stunden lang miteinander.

»Du zum Beispiel«, sagt er. »Wenn du ein Buch schreibst und es deinem Sohn nicht gefällt, hörst du deshalb auf, dieses Buch zu schreiben? Vor allem, wenn du denkst, dass du es schreiben solltest, weil es anderen Menschen helfen kann, weshalb du es eigentlich nicht nicht schreiben kannst. Wirst du aufhören, dieses Buch zu schreiben? In jedem Moment muss man sich entscheiden. Man muss wissen, was man will und was man tun muss, nicht wahr?«

Siruela und Talarrubias, die wichtigsten Viehzuchtdörfer der Region, haben gegen die Kandidatur gestimmt, die dennoch angenommen wurde, obwohl nur elf der siebzehn Gemeinden von La Siberia daran beteiligt sind.

»Wölfe«, murmelt Miguel. »Ich habe nur Angst vor den zweibeinigen Wölfen.«

Wir fahren an zahllosen Herden vorbei, sie stehen auf Feldern, die viel grüner sind als noch vor zehn Tagen. Das Gras ist jetzt so hoch, dass die Zecken auf den Halmen sitzen und auf Schafe warten, die sie bespringen können.

»Jetzt müssen wir wegen der Kälte aufpassen«, sagt Miguel. »Wenn eine frostige Nacht kommt, wird sie alles zunichtemachen. Damit das gut geht, muss es noch viel mehr regnen. Der Sommer hier ist sehr hart.

In früheren Zeiten hätten sich die Schafe gerade auf den Weg zu den frischen Weiden im Norden gemacht. Sie wurden jahrhundertelang in Herden gehalten, aber die jüngsten Generationen haben keine so lange Wanderschaft erlebt, und es ist zweifelhaft, ob sie jetzt in der Lage sind, es selbstständig zu tun. Die Hirten versichern mir, dass der innere Kompass und der Instinkt eines Tieres nicht nach ein paar Jahren verschwinden, und dass es nach wie vor Schafe gibt, die dem Weg folgen und den anderen als Wegweiser dienen ... obwohl es immer schwieriger wird, sie zu finden. Miguels Schafe gehen von Siruela nach Tamurejo, ohne dass jemand sie führt, und bis vor kurzem gingen viele Kühe, die in der Extremadura weideten, auf der Suche nach dem Gras von Ávila, Segovia oder León allein durch die Halbinsel.

Wie auch immer, heute ist ein schafsfreier Tag. Miguel hat mich zu einem Tiermarkt mitgenommen, um Hühner zu sehen. Es ist noch nicht lange her, dass ein Wiesel in den Hühnerstall eingedrungen ist und zwanzig von ihnen getötet hat, und er will den

Stall wieder auffüllen, um sein Projekt der ökologischen Aufzucht einheimischer Rassen voranzutreiben.

Abseits des Trubels um *Chorizo*[1] und Gratiswein befindet sich im hinteren Teil des Marktes der Hühnerstall. Zwei Richter in weißen Kitteln bewerten die Qualität der Tiere, während weniger als zwanzig Menschen durch die langen Gänge zwischen den Käfigen wandern, in denen schlanke Hühnervögel gackern und den Ort mit einem stechenden Geruch schwängern. Jeder Käfig trägt ein Etikett mit der Bewertung des Richters. Die am besten bewerteten Tiere haben einen geraden Kamm, einen leicht vom Hals abstehenden Sporn, ein Bein mit grüner Fußwurzel und eine breite Brust. Die Extremadura-Hühner zeichnen sich durch ein Mosaik aus grauen, blauen und schwarzen Federn in verschiedenen Schattierungen sowie durch die grüne Farbe des Fußwurzelbereichs aus. Schwarz ist bei den Extremadura-Hühnern sehr präsent, besonders von der Brust bis zum Kopf.

Miguel fragt einen Richter nach der Bandbreite der Farben, als ein Mann, der gerade vorbeigeht, sich neben ihn stellt. Vor ein paar Minuten, als ich einen riesigen englischen Hahn betrachtete, stellte mir der Mann nichtssagende Fragen, an die ich mich nicht einmal mehr erinnere, und er nahm meine Antworten auch nicht zur Kenntnis, denn während er mit mir sprach, richtete er seinen Blick auf Miguel. Sein dreistes Verhalten ließ mich glauben, dass er nur mit mir sprach, um von Miguel gesehen zu werden. Und nun stehen die beiden Männer Schulter an Schulter und hören dem Richter zu, der sagt, Gerste mache das Gefieder heller, Weizen dagegen blasser, und die beste Art, eine kräftige Farbe zu bekommen, bestehe darin, gekochte Fleischreste zu füttern.

»Aber ganz ohne Salz«, empfiehlt der Richter. »Salz ist Gift für die Hühner.«

---

1. Grobkörnige, mit Paprika und Knoblauch gewürzte Rohwurst vom Schwein.

Ein bis zwei Stunden Sonnenschein am Tag sorgen dafür, dass die Federn reinweiß bleiben. Bei über zwei Stunden kann das Huhn schwarz werden. Will man die Henne wieder neu färben, lasse man sie eine Woche lang ohne Futter: Der Körper wird die Federn abwerfen und die neuen Federn werden so weiß sein wie zuvor.

»Du bist der Held von La Siberia, nicht wahr?«, sagt der Mann, der mir alle möglichen Fragen gestellt hat, plötzlich zu Miguel.

Miguel sieht ihn an.

»Wer bin ich deiner Meinung nach?«

»Der Held von La Siberia. Der mit der schwarzen Herde.«

Im Lächeln und im Tonfall des Mannes schwingt etwas Verfängliches mit.

»Ich bin niemandes Held«, antwortet Miguel. »Und jetzt lass mich bitte in Ruhe, ich kenne dich überhaupt nicht und ich bin bei der Arbeit.«

Miguel wendet sich erneut dem Richter zu, der gerade sagt, dass die Hitzewellen die Kämme der Hühner schwarz färben.

»Wer war das denn? Wer war der Typ?« Miguel fährt schneller als sonst. »Was meinte der mit ›Held‹? Was wollte der von mir?«

»Du hast es dir von ihm nicht erklären lassen.«

»Nichts Gutes«, antwortet er sich selbst, »Ich stelle mich den Leuten nicht mit Spott vor. Der Held! Was sollte das? Ich bin nicht einmal für meine Familie ein Held.«

»Held ist keine schlechte Sache. Es ist eher ein Kompliment.«

»Ich bin kein Held. Und außerdem hat dieser ... dieser ... dieser Typ das nicht so gemeint. Und warum duzt er mich? Man muss schon eine Menge Brotkrumen miteinander geteilt haben, um sich mit dem Vornamen anreden zu können.«

Miguel hält einen Monolog über den immer weiter verbreiteten Mangel an Bildung, über den Preis, den er dafür zahlt, dass er von

Zeit zu Zeit im Fernsehen zu sehen ist, und darüber, wie sehr seine Verteidigung von Werten, die von manchen abwertend als ›ökologisch‹ bezeichnet werden, manche Menschen empört.

»Einige sehen mich als Umweltschützer, aber ich bin weder Umweltschützer noch Veganer noch sonst etwas in dieser Art«, sagt er. »Wenn ich einen Fuchs in meinem Stall habe, bin ich der Erste, der ihn töten will. Aber ich verstehe auch, dass dieses Tier essen muss. Das Raubzeug muss sehen, wo es bleibt, und ich habe nichts gegen sie. Es ist nur so, dass ich mich verteidige, wenn sie mich angreifen. Mehr gibt es nicht zu sagen. Nicht wie diejenigen, die herumlaufen und Gift streuen. Drei Mastiffs sind mir an Gift verendet. Wie kann man so etwas tun? Es geht nicht darum, Umweltschützer oder Jäger zu sein, sondern um Respekt. Das ist das Wichtigste. Die Sache ist die, dass man, um Respekt zu haben, Bildung braucht, und hier wurde die Bildung sehr vernachlässigt. Die Landschaft ist für alle Tiere da, oder haben nur Schafe Rechte? Wenn es nach mir ginge, würde ich die Pforten der Weide öffnen. Aber wenn wir das tun, sollten wir natürlich alles richtig machen.«

Die von den Förstern eingerichtete Anti-Gift-Einheit hat festgestellt, dass die Giftmörder ihr Gift häufig in der Nähe der Ställe deponieren, oft in einem Kadaver, der für Aasfresser und Raubtiere appetitlich ist, den Kadaver eines Lamms zum Beispiel. Das Gift mag auf Milane oder Füchse abzielen, aber es ist für jedes hungrige Tier zugänglich, und eine Folge davon ist der Tod vieler Mastiffs. Selbst wenn das Gift sein Ziel trifft, richtet es großen Schaden an, denn die Rotmilan-Kolonie ist so weit geschrumpft, dass sie als vom Aussterben bedroht gilt.

Aber die Förster haben es in La Siberia nicht leicht. Vor einigen Monaten wurde eine ihrer Hütten, auf die Tiere gemalt waren, beschossen, und mehrere von ihnen haben mir von großen Spannungen berichtet. Einer ging in ein privates Anwesen, um die Jäger zu warnen, dass sie mehr erlegt hatten, als sie durften, und sie zwangen ihn zu gehen, indem sie Schusswaffen auf ihn richteten. Während wir unser Fernglas auf das Nest eines Steinadlers richteten, erzählten ein paar Förster, dass sie in der Dorfkneipe für ihre Arbeit gehänselt und beleidigt werden. Es gibt auch Drohungen. Den Verantwortlichen von Cíjara in der Gegend von Herrera del Duque wurde verboten, allein und nachts zu patrouillieren, wegen eines vorbestraften Wilderers, der bislang nicht festgenommen werden konnte. Unter anderem, weil in den letzten sechs Jahren die Zahl der Förster um genau die Hälfte reduziert wurde.

Auf dem Rückweg wollte Miguel im Stall in Sancti-Spíritus nachsehen, wie es den Truthähnen und Hühnern geht. Es ist nach zehn Uhr, es regnet und Marisa ruft an, um zu fragen, wann er nach Hause kommen wird.

»Nicht so spät. Ich schaue im *El Escorial* vorbei, um Juan Antonio Hallo zu sagen, dann komme ich.«

Er macht den ersten Schritt auf dem Weg zum Whisky, der den Tag beschließen wird.

»Mit dem Reservat haben sie mir sehr geschadet, aber ich unterstütze die Kandidatur trotzdem. Wenn auch nicht von meinem Dorf aus. Dort bin ich das schwarze Schaf.«

Das Auto macht einen kleinen Satz beim Wechsel vom Feldweg auf den Asphalt. »So sehr, dass einer eines Tages zu mir kam und drohte, mich umzubringen. Weil ich ihm ein paar Wahrheiten gesagt habe. Manche sind wirklich hart drauf.«

»Hast du ein Gewehr?«, frage ich ihn, bevor ich parke.

Der Jäger

Die Herde aus dem hochgelegenen Gatter kommt auf uns zu, angetrieben von Siria. Ich höre das dumpfe Traben Hunderter Hufe, die über die feuchte Erde galoppieren. Die Köpfe der Schafe werden immer größer, je näher sie kommen. Die weiße Decke, die sie gemeinsam bilden, nimmt immer mehr Platz ein. Sie machen eine leichte Kurve, als sie uns sehen, und laufen weiter.

»Schließ das Gatter dort drüben!«, schreit Juan Alfredo.

Ich renne in die Richtung, aus der sie gerade gekommen sind, damit sie nicht umkehren. Auch Siria gehorcht dem Ruf des Hirten.

»Siria! Komm! Komm!«

Die Hündin lässt von der Verfolgung der Herde ab und läuft zu ihm. Wir gehen zu dritt hinter den Schafen her, die aufgehört haben zu rennen und uns nun aus den Augenwinkeln beobachten. Wir bilden eine Kette hinter ihnen und drängen sie in Richtung des kleinen offenen Tores, das den einzigen Ausgang darstellt und durch das sie jetzt gehen, während sie sich wie üblich zusammendrängen. Einige von ihnen versuchen umzukehren und beginnen zu galoppieren. Dann rennt derjenige, der ihnen am nächsten ist, in ihre Richtung, Siria springt fast spielerisch, Juan Alfredo und ich rufen: »Yeeepp, Yeeeeppp!«, während wir unsere Arme öffnen und schließen, und das Schaf kehrt zu den anderen zurück. Von Zeit zu Zeit müssen wir die Weiden wechseln, um zu verhindern, dass sie eine von ihnen auslaugen. Auf diese Weise gleichen wir die Belastung des Bodens aus.

Als er das Tor schließt, sagt Juan Alfredo, das Rudel wilder Hunde sei verschwunden und seine Jagdtruppe habe die Suche nach ihnen aufgegeben. Als wir über wilde Tiere sprechen, kommt das Thema des Reservats zur Sprache. Juan Alfredo ist dagegen. Warum?

»Ich weiß nicht, die Leute sagen, der Wolf wird kommen.«

»Und du, was meinst du dazu?«

»Ich..., schwer zu sagen, aber wenn der Wolf kommt, nun, du siehst es ja.«

Neulich hörte ich, dass man in einem anderen siberianischen

Dorf zweitausend Peseten für einen Fuchsschwanz und fünftausend für das Fell zahlt. Der Preis für viele Dinge wird immer noch in der Währung des Jahrhunderts gemessen, in der die Mentalität mancher Menschen verbleibt. Dreißig Euro für ein Fell. Wie teuer wäre ein ganzer Wolf? Wie würde man ihn jagen?

»Hier ist jeder ein Schütze.« So heißt es in Bars, die meist mit Köpfen und Hörnern geschmückt sind.

Die Notwendigkeit, Herden und Menschen zu schützen, ist ein gängiges Argument unter Jägern, die behaupten, Füchse zu töten, weil sie Hühner fressen, Rehe, weil sie Seuchen verbreiten und das Wasser der Flüsse verschmutzen, Wildschweine, weil sie die Ernte ruinieren, Rehe, Damhirsche oder Turteltauben, weil es mehr von ihnen gibt als sonst. Deshalb bekommen manche Kinder zur Erstkommunion ein Gewehr geschenkt, oder sogar schon vorher, wie der Enkel eines Mannes, der in der Bar darüber sprach, dass sich die Füchse vermehren.

»Dieser Junge ist anders«, sagte der Mann. »Mit sieben Jahren hat er bereits zwei Wildschweine erlegt. Wenn man ihm eine Schrotflinte gibt, trifft er mehr als viele Erwachsene. Du musst sehen, wie er die Waffe in der Hand hält, es ist, als wäre er damit geboren worden. Und wenn er das in seinem Alter schon zustande bringt, stell dir vor, wie weit er es bringen kann. Es ist wie bei Fußballern: Entweder man hat es oder man hat es nicht. Ich liebe diesen Jungen.«

»So klein ...«, erwiderte ich.

»Ja, er muss ein bisschen vorsichtig mit dem Rückstoß sein. Aber auch das hat er schon früh gelernt.«

Es ist eine Kultur, eine Moral, in der die Jäger selbst zwischen Guten und Bösen, Besonnenen und Kriminellen unterscheiden. Jeden Tag, den ich in eine Bar gehe, gibt es Geschichten über das Schießen, auch wenn einige davon abgemildert werden, sobald sie jemanden von außerhalb sehen, der ihnen allmählich vertrauter wird, aber immer einer von außerhalb bleiben wird, egal wie viele siberianische Verwandte er haben mag.

Ich wollte nicht über Patronen sprechen, aber sie sind überall. Doch wann immer ich mich entschließe, an einem Gespräch über die Jagd teilzunehmen, traut sich niemand, in die Tiefe zu gehen. Wenn es darum geht, Jagdausflüge zu definieren, lassen sie Klischees wie »Migas, Bohnen und Adrenalin pur« fallen oder beschreiben die Unterschiede zwischen den Zielfernrohren der Gewehre, aber kaum mehr. Ich weiß nicht, ob das durch meine Beziehung zu Miguel kommt, einige von ihnen haben uns schon zusammen gesehen. In all diesen Gesprächen verweisen die einen auf die anderen, und am Ende spreche ich mit einem Koordinator für den Naturschutz, der mir einen Namen nennt:

»Wenn Sie mit einem wirklich guten Jäger sprechen wollen, der sich an die Regeln hält und alles im Rahmen des Gesetzes tut, dann sprechen Sie mit ihm.«

Zuvor habe ich ihm gesagt, dass ich Schriftsteller bin.

Dank Raquel, Álvaros Lebensgefährtin und unentbehrliche Mitarbeiterin, wenn es darum geht, Geier in die Auffangstation zu transportieren, habe ich ein Auto bekommen. Es ist ein Nutzfahrzeug, das bergauf lahmt, aber genügt, um die Waldränder und Stauseen zu erreichen oder um auf nicht sehr steinigen Wegen zu fahren, wie dem, der fünf oder sechs Kilometer in das Anwesen des Jägers hineinführt bis zu dem Landhaus, in dem er wohnt. Ich habe ein elektronisches Tor passiert, das sich öffnet, nachdem ich mich vor einem Bildschirm mit Tastatur und Kamera identifiziert habe. Drei Männer schneiden das Gebüsch, das in den Weg wuchert, wo sie einen Haufen Brennholz aufgeschichtet haben, den ich umgehe, indem ich so dicht an der Schlucht entlangfahre, dass das Fahrzeug ein wenig kippt.

Ich begegne einem reifen, fast alten Mann mit einem Kinnbart, der sich an den Mundwinkeln mit seinem Schnurrbart zu einem krausen Rauschebart vereint, irgendwo zwischen Bischof und Musketier. Er hat sich einen Bauch zugelegt und humpelt unauffällig. Er wird von einem Hund begleitet, der ein Halsband in den Farben der spanischen Flagge trägt. Wir klettern in einen zweisitzigen John-Deere-Buggy, der kaum mehr als eine Kabine mit einem Minikipper ist. Der Motor röhrt laut, man muss schreien, um ihn zu übertönen, während das Fahrzeug über Steinhaufen an schier unwegsamen Hängen, über Baumstämme, Unterspülungen und Felsen klettert, wo offenbar ein Weg verläuft.

Mein Gastgeber beschreibt die zwölfhundert Hektar, auf denen er Jagdausflüge organisiert, die zwischen fünf- und sechstausend Euro pro Person und Tag kosten. Etwa zwanzig Meter vor uns überqueren mehrere Wildschweine die Straße. Es gibt dreihundert auf dem Anwesen.

»Siehst du den Turm dort?« Er zeigt auf einen der Hochstände, von denen aus die Jäger das Gelände absuchen und schießen. »Wenn wir sie am Nachmittag füttern, kommen manchmal mehr als hundert zusammen.«

Er fährt zum Hochstand. Unten befinden sich Futterstellen. Kaum sind wir dort, kommen drei Wildschweine auf den Buggy zugetrabt.

»Sie haben keine Angst«, sage ich.

»Natürlich nicht, sie bringen uns mit Essen in Verbindung. Aber man muss vorsichtig mit ihnen sein, einem solchen Tier kannst du nicht trauen.«

Er beginnt damit, dass sein Betrieb als einer der fünf besten in Europa ausgewählt wurde. Von den Hunderten von Hirschen, die er hat, isoliert er jedes Jahr etwa zwanzig, weil sie keine zwölf Enden erreichen, und die Jäger, die auf die Farm kommen, wollen nur Zwölfender jagen. Sie nennen sie Goldmedaille. Es gibt

Goldmedaillen-Rehe. Goldmedaillen-Wildschweine. Goldmedaillen-Mufflons. Goldmedaillen-Damhirsche. Und spanische Ziegen, die in Extremadura zwar geschützt sind, aber ausschließlich hier gejagt werden dürfen.

»Ich habe ein paar hierhergeholt, weil ich sie haben will, und ich werde nicht zulassen, dass ein paar korrupte Leute sie verbieten, damit sie sie selbst vermarkten können. Ist es nicht seltsam, dass die Jagd auf sie in ganz Spanien außer in Extremadura erlaubt ist?«

»Wie haben Sie das geschafft?«

»Ich weiß, wie man die Dinge angeht.«

Der Buggy fährt einen holprigen Abhang hinunter, der zum Stausee führt. Wenige Meter vor dem Wasser endet das Anwesen an einem Zaun, wie ich ihn bisher noch nie gesehen habe.

Es handelt sich um einen geknoteten Jagdzaun. Die Pfosten haben genau den richtigen Abstand zueinander, um sie so stabil und flexibel wie möglich zu machen. Wenn das Tier auf der Flucht vor den Jägern dagegen prallt, verletzt es sich nicht oder findet gar den Tod, wie es manchmal geschieht, sondern es wird zurückgeworfen und kann weiterlaufen.

Der Buggy braust den Abhang wieder hinauf.

»An jeder Jagd nehmen etwa zehn ziemlich wichtige Persönlichkeiten teil. Ich unternehme eine oder zwei im Jahr.«

Er nennt die Namen von berühmten Bankern und Geschäftsleuten. Einige von ihnen warten auf ihren Prozess oder sitzen im Gefängnis. Hier jagten sogar einmal Mitglieder der britischen Königsfamilie. Sagt er.

»Dieser Sumpf gehört zu den Auen des Guadiana, wo die Könige auf die Jagd gingen«, behauptet er und weist darauf hin, wie gerne Ferdinand VII. hier jagte. In der Wiege des Merino-Schafs.

Die Tradition der jagenden Könige setzte sich fort, zumindest bis zu Juan Carlos, dem König im Ruhestand. Aber die Zeiten haben sich geändert, die Spanier unterstützen im Allgemeinen keine monarchischen Jagden, und der König hat sich kürzlich für das Töten von Elefanten kurz vor seiner Abdankung entschuldigt. Southey, ein Chronist aus einem anderen Jahrhundert, warnte davor, als er den damaligen spanischen König dafür kritisierte, dass er jagte, während er die Merino-Industrie zusammenbrechen ließ. Southey sagte, der Mann habe »nicht einen Funken Verstand oder Menschlichkeit«.

Überall auf dem Anwesen liegen große Luzerne-Ballen, die dazu dienen, die Hirsche zu füttern. Der Jäger hat die Wildschweine bis Februar mit Eicheln gefüttert, aber seit Wochen fügt er ein Futter hinzu, das Entwurmungsmittel und eine gute Portion Fett enthält, damit sie den Winter gut überstehen.

»Niemand lebt besser als meine Rehe«, sagt er einige Meter von einem neuen Hochstand entfernt. »Wenn ich wiedergeboren werde, möchte ich eines von ihnen sein.«

Er selbst scheint auch nicht schlecht gelebt zu haben. Am Stausee liegen zwei Boote, die beweisen, wie sehr er das Segeln genießt. Er sagt, er habe zweimal die Welt in einem »kleinen Segelboot« umrundet, sei Schiffskapitän, Flieger, Luftfahrtingenieur, Geiger und natürlich ein bedingungsloser Jäger. Er behauptet, viel in Afrika gejagt zu haben.

»Wenn man dort einen Wilderer sieht, erschießt man ihn«, sagt er und erinnert sich an den Satz, den ihm ein holländischer Führer in Simbabwe oder Tansania, ich weiß nicht, er nannte so viele Länder ..., kurz, ein Führer, der ihm empfahl, jeden zu erschießen, den er den Fluss, an dem sie sich befanden, hinunterfahren sehe. »Die Einheimischen wissen, dass sie mit ihren Booten hier nicht unterwegs sein dürfen. Wenn du einen siehst, ist er hinter dir her, also versuche, ihn zuerst zu erschießen.« Er erzählt mir, dass eines Tages ein Kanu mit zwei Eingeborenen vorbeikam. Der Holländer legte sein Gewehr an und tötete die beiden. Ein anderes Mal, in Harare, musste er vor vier Männern fliehen, die sie mit Macheten angriffen.

Der Buggy fährt über blühende Zistrosen, die im Schatten von Kiefern stehen. Wenige Meter von diesem verwilderten Weg entfernt steht eine Reihe von künstlichen Bienenstöcken.

»Ich habe von allem ein bisschen«, sagt er.

Auch sechzig Kühe. Und eine Einsiedelei, in die jeden Sommer eine Gruppe von Nonnen kommt, um zwei Monate lang spirituelle Übungen zu machen. Der Jäger hat. Der Jäger schafft. Die Jäger zählt auf. Als das Landhaus wieder in Sicht kommt, spricht er erneut über Afrika.

»Dort ist ein Leben wenig wert«, sagt er. »Und wenn du erst mal auf einen geschossen hast, kannst du auch auf zwei schießen. Sollen wir reingehen?«

Hat er etwas angedeutet? Alles spielt sich in einem Schwebezustand ab, den ich eher mit dem Kino in Verbindung bringe. Sogar die Sätze enden in schwarzer Leinwand, in Erwartung der nächsten Szene. Wir betreten das Wohnzimmer, das an das Haupthaus angebaut ist, und obwohl es nur schwach beleuchtet ist, sehe ich, dass die Wände mit Trophäen übersät sind. Es gibt Oryxantilopen, Gnus, Kudus, Dutzende von Tieren, deren Namen ich nicht kenne, eine erstaunliche Vielfalt von Hirschartigen. Im Obergeschoss befindet sich ein kleiner Balkon mit Blick auf den großen Saal, in dem mehrere runde Tische stehen, an deren Seiten unzählige abgetrennte Köpfe hängen. Der hintere Teil des Saals wird von den »großen Fünf« dominiert. Löwe, Leopard, Elefant, Büffel und Rhinozeros.

»Der andere Sektor ist der amerikanische. All dies hier ist Afrika.«

Es zeigt mir die ganze Welt. Giraffen, Elche, Nilpferde, Strauße, Rentiere, Zebras…

»Sollen wir in die Bar hinuntergehen?«

Dieser Bereich ist der spanischen Fauna gewidmet. Neben den Bären- und Wolfsfellen, die vor dem Billardtisch ausgelegt sind, ist ein Teil des Fußbodens mit Wildschweinhauern ausgelegt. Die Stoßzähne sind die Hauptdarsteller der Bar, denn sie bedecken auch die Wände und kleiden sie aus, als wären sie eine Tapete, und diese Wiederholung und die Nähe, die der kleine Raum bietet, sind auf eine andere Art beeindruckend, ich weiß nicht, ob mehr als der große Saal, aber auf beklemmende Weise.

»Die habe alle ich getötet«, sagt er und schenkt sich an der Bar ein Glas mit irgendwas ein. Ich habe nur Augen für den Überfluss, der die Bar schmückt.

»Ich begann mit der Jagd, weil meine Eltern es mir verboten hatten«, sagt er hinter der Theke. »Als ich sechzehn war, kaufte ich mir als erstes eine Schrotflinte. Aber die Jagd war sehr teuer, und erst mit dreißig Jahren begann ich, Großwild zu jagen.«

Er nimmt einen Schluck von seinem Getränk. Er erzählt von seinen guten Beziehungen zu den Wilderern in diesem Gebiet.

»Es gibt überall Wilderer. Hier nicht. Wenn der Wilderer dich kennt, greift er dich nicht an. Wenn du ab und zu mit einem essen gehst ..., die Dorfbewohner lieben mich sehr. Manchmal organisiere ich Jagden für sie und lade vierhundert Leute aus dem Dorf zum Essen ein.«

Das Nachbardorf hat etwas mehr als zweihundert Einwohner.

»Komm und schau dir das Bad an.«

Die Toilette ist voll von deformierten Geweihen, oft mit verstörenden genetischen Veränderungen.

»Das hier ist der Ort der Ausgesonderten«, sagt er.

Was hat dieser Mann im Sinn?

»Sollen wir zum Mittagessen hochgehen?«

Das Esszimmer hat eine Heizung, einen Kamin ohne Feuer, große Familienbilder, Teppiche und schwere Möbel mit eleganten Leisten. Ein Mädchen legt das Besteck bereit, bringt das Brot,

Kürbispüree und einen Rioja-Wein aus Bordón. Der Jäger wurde im Alter von fünfundvierzig Jahren Witwer und zog drei Kinder groß.

»Ich hatte die Dorfkirche gerade renoviert, und als meine Frau starb, läutete sie den ganzen Nachmittag die Totenglocke.«

Er erzählt, wie er wieder auf die Beine kam, seine Geschäfte neu ausrichtete und noch engere Beziehungen zu den Einwohnern und Wilderern knüpfte und Ehrungen in Form einer Gedenktafel und vom örtlichen Fußballverein erhielt. Dann kommt er wieder auf die Jagd zu sprechen.

»Eines Tages, als ich dabei war, Rehe zu fangen« – diesmal benutzt er das Wort *fangen* –, »sah ich eine kleine Ricke, die ihre Mutter nicht finden konnte. Ich nahm sie auf den Arm und trug sie zu den Ställen. Ich erinnere mich, dass der Morgen graute. Ich schaute auf das Rehkitz, dann in den Himmel und dachte: Das ist es, was ich mein ganzes Leben lang wollte.«

Unmöglich, nicht daran zu denken, wie meine Mutter über die Schafe sprach, die sie hütete. »Wir liebten sie sehr und sie wussten es. Viele von ihnen kamen, um aus unseren Händen zu fressen.« Unmöglich, nicht zu vergleichen.

Das Mädchen bringt den zweiten Gang. Fleisch.

»Wenn ich einen Käfer töte, habe ich irgendwie immer ein schlechtes Gewissen.«

Ich frage mich, wie weit das »irgendwie« geht, das er gerade ausgesprochen hat. »Deshalb möchte ich lieber keinen törichten Schuss abgeben und ein verwundetes Tier zurücklassen. Ich ziehe es vor, sicher zu sein, dass der Schuss sitzt. Ich habe sehr oft auf Zielscheiben geschossen, weil ich gerne schieße. Ich bin eher ein Schütze als ein Jäger. Es kommt sehr selten vor, dass ich ein Tier verfehle. Ich habe großen Respekt vor Tieren. Sie sollten nicht leiden müssen. Die mitteleuropäischen Jäger haben mir beigebracht, dem toten Tier einen Zweig ins Maul zu stecken, damit es im Paradies der Rehe, Bären oder wo auch immer ein gutes Leben hat, und ich mache das hier auch noch so. Wenn ich sie töte, lege ich sie in eine würdige Position und stecke ihnen einen Zweig ins Maul.«

Wovon zum Teufel redet er? Der Pygmäe, der einen Elefanten tötet, isst sein Fleisch nicht, weil er glaubt, dass er es nicht verdient hat. Er jagt für die Gemeinschaft, um sein Volk zu ernähren. Und weil er weiß, welchen Schmerz er dem Elefanten und seiner Familie zugefügt hat, verzichtet er darauf, ihn zu essen. Und die Pygmäen sprechen, wie die Schamanen so vieler Stämme, mit den Tieren, die sie hingerichtet haben, und entschuldigen sich auf ihre eigene Weise. Wenn ein Tier stirbt, geben die Eskimos den Robben, den Karibus und den Walen, die sie erlegt haben, Wasser und führen eine Zeremonie durch, damit die Seelen der Gejagten auf der Erde wiedergeboren werden. Miguel Delibes schrieb, dass es für ihn nicht rechtmäßig sei, ein gastronomisch nutzloses Tier zu jagen, und noch weniger, es zu jagen, indem wir unseren Vorteil missbrauchen. »Strategie und Intuition sind das Einzige, was erlaubt sein sollte.«

»Aber die Jagd«, fährt der Jäger fort, »hat das Ansehen verloren, das sie in Spanien hatte, weil früher zur Nahrungsgewinnung getötet wurde, und das hat dazu geführt, dass sie verachtet wird. Anders als in anderen Ländern, wo die Jagd früher den Königen vorbehalten war. Hier hat jeder eine Schrotflinte und denkt, der Wald gehöre ihm.«

Dieser Mann kennt keine Grenzen. Er ist wie ein schwarzes Loch. Im Saal gibt es mehrere Trophäen mit Gold- und Silbermedaillen, vielleicht auch einige mit Bronzemedaillen. Das Gold steht für die Zwölfender, die stählernen Stoßzähne, das längste Geweih, die schwarze Farbe der Mufflonhörner, die größte Breite der Geweihschaufeln, den enormen Umfang der Rosetten ...

Förster, Hirten und Jäger, darunter auch mein Gastgeber, kennen den wahren Wert dieses Goldes. Gut gemästete Tiere werden von Brigaden von Männern mit Armbinden und fluoreszierenden Mützen in Richtung der Türme getrieben, wo die Schützen warten, die die weniger prächtigen Stücke passieren lassen, um auf das ideale zu warten.

»Wir kümmern uns um sie, damit sie getötet werden«, sagte mir neulich der Verwalter eines Bauernhofs, bevor er gestand, dass er manchmal ein Tier liebgewinnt und es an Jagdtagen versteckt.

»Sie haben eine Menge Goldmedaillen«, sage ich.

»Großwildjagd ... das ist Adrenalin. Jetzt fliege ich nach Argentinien, um Wildschweine zu jagen. Es heißt, dass sie dort sehr groß sind und sich vermehrt haben. Reiter dringen in die Feuchtgebiete vor und holen sie mit Pferden heraus. Wildschweine greifen normalerweise nicht an, aber diese argentinischen schon. Du musst sie töten, während sie dich attackieren. Ich habe mehrere Tiere erlegt, indem ich auf diese Weise gewartet habe. Er kommt auf dich zu und du rührst dich nicht. Man muss maßvoll sein. Du berechnest die Geschwindigkeit, schießt auf sie und manchmal fallen sie dir erst in drei Metern Entfernung tot um. Die Sache mit dem Angreifen ... das gefällt mir. Der Elefant greift normalerweise an, um einen zu erschrecken. Er kommt mit offenen Ohren auf dich zu, wedelt mit dem Rüssel und trompetet. Wenn du ihn aus fünf Metern Entfernung anschreist und auf ihn zugehst, zieht er sich zurück. Wenn er aber lautlos den Kopf senkt und die Ohren zurücklegt, dann aufgepasst, denn er wird auf dich trampeln. Dann solltest du sofort schießen, sobald du ihn siehst, und auf die Delle zwischen seinen Augen zielen.«

»In Australien wurden Jäger angeheuert, um Arten auszurotten, die zu Schädlingen geworden waren.«

»Ich war auch dabei. Ich flog mit einem australischen Unternehmen hin, das mich mit der Plagenbekämpfung beauftragt hatte. Es gab Wildschweine, Kamele, Pferde, Esel und eine Art von Kängurus. Wir waren drei Wochen lang dort und sind jeden Tag mit dem Geländewagen rausgefahren. Es gab Leute, die in Hubschraubern unterwegs waren. Vom vielen Schießen schmolz mir der Gewehrlauf. Ich hatte tausend Kugeln mitgenommen und hatte am Ende keine mehr übrig. Das war eine tolle Erfahrung. Es ist beeindruckender, ein Pferd zu erschießen als einen schwarzen Wilderer. Es sind wunderschöne Tiere.«

Das Dienstmädchen fragt, ob sie jetzt den Nachtisch bringen kann. Was für eine Nachspeise, was für eine Nachspeise!

Die Pferde lassen ihn an andere Formen der Schönheit denken, oder so ähnlich, und er zeigt auf die Terrasse.

»Wenn die Brunftzeit kommt, sitze ich da und beobachte die Rehe. Sie tun es, sie kopulieren vor meinen Augen. Jeder Hirsch hat einen Harem zu beschützen. Von ihnen lerne ich, was man mit einer Frau macht. Wenn du keine Hörner aufgesetzt bekommen willst, musst du alles um sie herum beobachten. Lass niemanden herein.«

Bevor wir uns voneinander verabschieden, versichert er mir, dass er mit Haien geschwommen ist, dass er die sterblichen Überreste eines seiner besten Freunde, ein von Interpol gesuchter Schmuggler, in einer Urne in der Privatkapelle aufbewahrt, die er hat bauen lassen, und dass er mit Félix Rodríguez de la Fuente zusammengearbeitet hat, als er das Flugzeug flog, aus dem der Naturforscher Luftaufnahmen von den Tablas de Daimiel[1] machte.

»Felix jagte sehr gerne«, sagt er. »Er hat mit uns in Guadalajara Wildschweine gejagt. Aber mir war dieser Mann ... Einerseits jagte er und andererseits ließ er Wölfe frei. Mir war dieser Mann nicht ...«

---

1. Nationalpark in Castilla-La Mancha (Spanien).

Besucher

Als ich gerade Bohnen mit Kartoffeln und Knoblauch in einer Pfanne anbrate, die abblättert und Rostpartikel verliert, hämmert etwas gegen die Klöntür. Wegen der Kälte ist sie zu, aber da das Blech des oberen Teils nach innen geöffnet werden kann, während die große Glasscheibe geschlossen bleibt, kann ich durch das Glas und die Gitterstäbe nach draußen sehen. Nachts jedoch, wie auch jetzt, wirkt das Glas wie ein Spiegel, und aus dieser Entfernung kann ich nur das Feuer meines eigenen Kamins erkennen. Ein weiteres Klopfen ertönt. Und noch eins. Wie das Aufprallen von etwas nicht sehr Hartem. Ich öffne vorsichtig den unteren Teil der Tür. Auf der Höhe des Schienbeins fliegt eine dunkle Kugel auf, die geräuschvoll summt. Es ist ein Käfer. Als ich die Tür ein wenig weiter öffne, um ihn zu verjagen, kommt ein weiterer herein. Ich fuchtle mit einem Tuch wie beim Stierkampf, um sie hinauszulotsen, aber sie verstehen sich darauf, mir zu entkommen, also schließe ich die Tür und kümmere mich wieder um die Bohnen.

Bald hören sie auf zu fliegen und landen in der Ecke des Fußbodens zwischen dem Schaukelstuhl und dem Kamin, wo sie sich beide zusammenrollen. Das Chitin schimmert wie Perlen. Plötzlich hebt einer ab, fliegt auf das Fensterglas zu, prallt dagegen und fällt zu Boden, erholt sich aber sofort wieder und fliegt ohne klare Richtung weiter. Sein Kollege hat sich ein wenig aufgerollt, vielleicht um einen Blick zu werfen, aber er bewegt sich nicht. Der Draufgänger fliegt ab und zu herum, während ich esse.

Die Kröte und die Käfer, die sich in diesen Tagen in meinem Haus eingefunden haben, stehen für einen wachsenden Trend bei vielen Tieren, die die Anwesenheit des Menschen suchen. Das Rebhuhn, zum Beispiel. Oder der Uhu. Sie nisten in der Regel in der Nähe von städtischen Zentren, nicht zu nah, aber nah genug, um sich durch unsere Ausstrahlung seltsam geschützt zu fühlen und von unseren Abfällen zu profitieren. An der Straße von Garbayuela nach Siruela haben Störche ein ganzes Stück der Strommasten besiedelt, ganz zu schweigen von dem Schauspiel, das ich heute Nachmittag in Puebla de Alcocer gesehen habe, wo mehr als fünfzig Störche die Klosterruine dreißig Meter von der Straße entfernt hinter einem Restaurant in Besitz genommen haben.

Neben Katzen und Hunden sind Möwen und Tauben häufige Nachbarn, und zu ihnen gesellen sich keine geringeren als die äußerst territorialen Habichtsadler und die Füchse, wie der, der sich nachts dem Campingplatz von Álvaro nähert. Obwohl Arten wie Termiten und Biber in der Lage sind, ihre eigenen Ökosysteme zu erschaffen, sind viele andere Arten davon ausgegangen, dass das Zusammenleben eine räumliche Notwendigkeit ist, und zögern nicht, nach und nach die vom Menschen geprägten Umgebungen zu besiedeln, in der Hoffnung, dass wir Verständnis für ihre Situation haben und sie in Frieden lassen.

Aber die beiden Käfer, die sich ins Licht gewagt haben, liegen jetzt verängstigt als kleine Kugeln zu meinen Füßen. Warum sind sie gekommen? Igel, Würmer, Käfer – das ist die Art von Ungeziefer, das vor der Tür auftaucht und sich dann vor Angst zusammenrollt. Wie die Insekten, die zu den Glühbirnen eilen, von denen sie gegrillt werden. Das Gehirn dieser beiden gibt nicht mehr her: Es wiegt ein Viertel Gramm.

Ich ahne ihre Anspannung, vielleicht bewahren sie in einem genetischen Schlupfloch Momentaufnahmen, die ihre Vorfahren in anderen Unterkünften oder Hütten gesehen haben: Hirten, die Asche in Katzenfelle schütten, bevor sie sie zusammennähen, um daraus Beutel und Kuhglocken zu machen. Igel, die nach dem Braten im Feuer gegessen werden. Käfer, die zerquetscht und anschließend ins Feuer geworfen werden. Sie haben Grund, sich zu fürchten. Ich würde ihnen gerne sagen:

»Käfer, es ist vorbei, die Zeiten haben sich geändert, die Menschen sind nicht mehr so, geht in Frieden zur Tür hinaus.«

Aber ich habe El Cazador[1] heute kennengelernt – ich würde nicht glaubwürdig klingen.

Ich frage mich, warum ein Naturschutzbeauftragter mich auf diesen Mann als Prototyp eines seriösen kommunalen Jägers hingewiesen hat, zumal es sich um jemanden handelt, der sich nach einem städtischen Leben an der Schwelle zum Ruhestand hier niedergelassen hat. Die Irrwege, die einige Landbesitzer, Viehzüchter und Beamte beschreiten, führen zu Empfehlungen, die so weit hergeholt sind, dass sie untersucht werden müssten. Ich vermute, die Bürokraten verlassen sich darauf, dass der diensthabende Journalist oder Schriftsteller sich von der Zurschaustellung von Geld und Macht blenden lässt und den gehörten Unsinn beschönigt, in der Absicht, wieder zu einem Bordón eingeladen zu werden, und wer weiß, ob er oder sie nicht eines Tages selbst auf die Jagd mitgeht.

Die Gesetze, die in den 1950er Jahren den Abschuss von sogenanntem Ungeziefer förderten, wurden offiziell abgeschafft, sind aber im Grunde immer noch in Kraft. Damals, als auch die Stauseen gebaut wurden, die Tausende von Hektar Steineichenwald überfluteten, galt fast alles, was nicht als Wild eingestuft wurde, als Raubwild, so dass ständig auf alles geschossen werden konnte. Die Absprachen zwischen Jägern und Beamten wurden zu Gewohnheiten, und so sehr sich die Gesetze auch geändert haben, gibt es doch nach wie vor eine sehr resistente Schicht aus Komplizenschaft, bewusstem Wegschauen und Kuhhändeln. In der Ära des Staates gegen die Natur wurde für die Köpfe von einhundertvierunddreißig iberischen Luchsen, der seltensten Raubkatze der Welt, Geld bezahlt, während »mehr als zwei Millionen hundertjährige Steineichen und Korkeichen entwurzelt, in Schluchten geworfen und

---

1. Sp. ›Der Jäger‹. Hier ironisch wie ein allegorischer Titel verwendet.

verbrannt wurden, als man die Dehesas von Extremadura entlang des Flusses Guadiana umpflügte. Das Gleiche tat man in anderen Bereichen. Von einer Million Hektar Feuchtgebiet sind wir auf weniger als die Hälfte gekommen [...] Das Duell war ungleich. Auf der einen Seite der Staat und die Landbesitzer, die das halbe Land für die Verfolgung und Ausrottung der fleischfressenden Fauna bezahlten, und auf der anderen Seite ein Verrückter, der predigte, Raubtiere und Aasfresser seien gut für die Erhaltung des ökologischen Gleichgewichts«.

Auswandern

Die Leute reden über den Zug der Kraniche, als ob sie alle an denselben Ort fliegen würden, aber im Februar habe ich entdeckt, dass das nicht der Fall ist. Das war in Puerto Peña. Nachdem sie ihre Jahresration siberianischer Eicheln vertilgt hatten, tauchten gegen elf Uhr vormittags zwei Kranichschwärme vor der Wand des großen Felsens auf. Es waren gleichstarke Gruppen von etwa dreißig oder vierzig Vögeln. Anstatt vorbeizuziehen, begannen sie zu kreisen wie die Geier, die sich zu dieser Stunde rar gemacht hatten, und die wenigen, die dort flogen, taten dies allein oder in Paaren.

Jede Kranichgruppe kreiste für sich, weit entfernt von der anderen. Ein Schwarm zog in nördlicher Richtung los, hielt aber plötzlich an, kreiste und kehrte um. Die andere Gruppe versuchte es mit dem Westen, den sie schließlich auch verwarf. Der Felsen dient womöglich als Orientierungspunkt für Vögel auf der Durchreise. Die Kraniche stiegen abwechselnd auf und ab, manchmal flogen die Schwärme dicht beieinander, immer näher und näher, bis sie sich vereinigten. Ich dachte, dass sie das von Anfang an vorhatten, aber schon kurz darauf bildeten sich wieder zwei Gruppen.

Das Hin und Her in der Luft dauerte etwa zwanzig Minuten, als einer der Schwärme beschloss, in Richtung Villuercas zu fliegen.

Die andere Schar zögerte noch fast eine Viertelstunde lang. Die Wahl fiel schließlich auf den Osten.

Die Autonomie der Kraniche wirft immer neue Fragen auf. Die heutige Lektion hat verdeutlicht, dass der Kranich nicht einer ist, sondern viele, und dass man nicht verallgemeinern kann. Rudel, Gruppen, Schwärme, Horden, Herden ..., auch wenn die konzentrierten Individuen gleich aussehen, weiß jedes einzelne, wo es ist und wohin es geht, und bewegt sich selbstständig. Mein Großvater zog mit seiner Familie nach Barcelona, wie Zehntausende andere auch. Er wusste, was er opferte, und dass Veränderungen nicht immer das erwartete Ergebnis bringen. Er war auch davon überzeugt, dass er es tun musste. Er liebte das Hirtenleben, die Landschaft, den Kranichen Eicheln hinzuwerfen, diesen Wind, aber sein Leben und das meiner Großmutter war sehr hart, und so dachte er an seine Töchter. Mein Großvater starb vier Jahre, nachdem er in die Stadt gezogen war. Er war neunundfünfzig, und als Todesursache wurde Krebs genannt.

Photoperiode

Ein Schwarm Mauersegler saust mit voller Geschwindigkeit durch die Luft und schlägt mit den Flügeln über meiner Herde, und diese unbändige Energie lässt es umso unglaublicher erscheinen, dass sie bis zu drei Jahre lang im Flug bleiben können, ohne irgendwo zu landen. Der Mauersegler frisst, schläft und paart sich in der Luft, und er ist der einzige Vogel, der mich dazu bringt, über Flugmüdigkeit nachzudenken. Stellen Sie sich die Wadenmuskeln von jemandem vor, der drei Jahre lang ununterbrochen gelaufen ist.

Auch die ersten Turmfalken sind aufgetaucht, und ich freue mich auf die Masse der Schwarzstörche, die allein leben, aber gemeinsam und vermischt mit den Weißstörchen ziehen. Jeden Moment können sie eintreffen. Jahr für Jahr überqueren etwa dreihundert Millionen Vögel die Straße von Gibraltar, das hat mit der Photoperiode[1] zu tun. Egal, wie viel es regnet, die Tiere haben die Frühlingssonne bereits entdeckt und sind nicht mehr aufzuhalten. Sie sammeln sich wie Menschen vor den Türen einer Diskothek am Eröffnungstag. Von überall her kommen sie, haben sich herausgeputzt, und die Aufregung, die in ihren Augen glänzt, strahlt eine greifbare Atmosphäre aus.

Die Pionierbienen tanzen schon seit Tagen in ihren Bienenstöcken und warten darauf, dass der Regen aufhört, damit sie den Rest der Bienen auf die Suche nach Pollen führen können, und die Störche, die bereits eingetroffen sind, proben bereits die akrobatischen Figuren, die sie bald bei ihren Hochzeitszeremonien vollführen werden. Die Schafböcke, meine zwanzig Schafböcke, umschwärmen die vierhundertzwanzig Mutterschafe mit neuem Interesse. In einer Nacht kann ein Schafbock zwanzig Weibchen decken, aber tagsüber hört er keineswegs damit auf, so dass die Versuche, sie zu besteigen, inmitten des Gesangs von Vögeln aufeinanderfolgen, die entweder neu sind oder einfach nur weitere Nuancen in die Symphonie von Sanjuanilla bringen, und so an der Wiedereröffnung der Diskothek La Siberia mitwirken.

Diese ganze Hektik bedeutet, dass der Boden bald explodieren wird. Heute hat die erste Zistrose geblüht, ganz in der Nähe, am Anfang des Weges nach Garbayuela. Allein, einem Flüstern gleich, das uns sagt: Jetzt werdet ihr sehen.

Frühling

Der Regenbogen ist majestätisch vollendet, während sich die Dehesa bis zum Horizont erstreckt, ohne von Hügeln unterbrochen zu werden. Der Morgen verströmt den belebenden Duft des letzten

---

1. Tageslänge bzw. Lichtmenge je nach Jahreszeit.

Regens und man hört das Gemurmel der vielen Hufe einer schwarzen Herde, die sich durch das Zentrum auf den Regenbogen zubewegt. Das Farbenspiel und das Gesamtbild strahlen eine unwirkliche Perfektion aus, bis ein eigenartiges Summen hörbar wird. Der Himmel ist so klar, dass er sofort die Quelle des lauten Brummens verrät, das immer dominanter wird. Es sind Bienen. Drohnen, um genau zu sein. Eine hektargroße Insektenwolke bewegt sich auf die Herde zu, die, die Bedrohung witternd, in einem geordneten Ansturm losläuft, ohne ihre Richtung zu ändern, direkt auf das Herz des Regenbogens zu, das sie nie erreichen wird, weil die Drohnen sie bereits zu Tausenden in ihre Bäuche, Beine, Hälse, Augen, Ohren stechen und ein buntes Massaker verursachen.

Spurensuche

»Was für ein Jahr! Was für ein Jahr!«

Miguel ist so euphorisch wie die Landschaft. Es regnet immer noch und viele Liter pro Quadratmeter sind für mindestens eine weitere Woche vorhergesagt. Es regnet fast nie den ganzen Tag, vielmehr ergießt sich der Himmel ganz plötzlich in Kaskaden, hält für Stunden oder Minuten inne und schüttet dann weiter.

Miguel fährt langsam die Straße entlang, die an dem an Sancti-Spíritus angrenzenden Bauernhof vorbeiführt. Seine tägliche Routine besteht darin, zu überprüfen, ob die Zäune geschlossen sind, und die Schafe im Auge zu behalten, falls sich eines von ihnen verirrt oder in Schwierigkeiten gerät. Normalerweise macht er das in der Abenddämmerung, vor dem Whisky.

»Du verbringst mehr Zeit mit mir als mit deinen Schafen«, sagt er, schon in der Dunkelheit. »Willst du mit mir ausgehen oder was?«

Er sieht mich spöttisch an, aber es ist wahr. Es ist sogar eine Untertreibung, denn die Zeit, die ich in seiner ›Welt‹ verbringe, ist nicht nur physisch. Sobald die Schafe von Sanjuanilla fressen, sitze ich lesend auf der Veranda oder am Feuer, je nach Kälte und Regen, und denke an die schwarzen Schafe, von denen ich auch träume. Zur Besessenheit von der Farbe kommen Miguels Kampf, die Symbolik der Vorfahren dieses Schafes und die Geschichte meines eigenen Lebens, das der Suche nach den Perlen im Seltsamen gewidmet ist. Aber ich kann Sanjuanilla nicht verlassen, was würde Juan Alfredo davon halten? Heute Morgen hat er mir wieder Eier gebracht. Und doch saugt mich diese Herde ein wie ein Loch derselben Farbe. Augenärzte sagen, wenn man viel Zeit damit verbringt, aufmerksam in die Dunkelheit zu starren, kann sich die Wahrnehmung um das Hunderttausendfache erhöhen. Jetzt sehe ich, was ich sehe, aber was, wenn ich mich wirklich auf die schwarze Herde einlasse?

Die Wüstentrüffel sind aus dem Boden geschossen, überall sprießen sie, aber nur wenige Menschen sind in der Lage, sie zu finden. Die Schafe können das, und von Zeit zu Zeit kratzen sie mit ihren Hufen die Erde auf, um sich an dem süßen Pilz zu laben. Neulich ging ich mit einem Mann spazieren, der den Pilzwulst erkennen konnte, wo ich nur Steine oder eine winzige Bodenwelligkeit sah. Wie machte er das?

»Tja, keine Ahnung, wie ich das mache«, antwortete er. »Ich bin schon mein ganzes Leben hier. Ich muss nicht nachdenken. Ich sehe sie. Das ist alles.«

Er bückte sich, um zwei weitere zu pflücken.

Spurensuche ist Instinkt. Das Aufspüren von Tierfährten, das Erkennen von Trüffelstandorten oder der Kauf guter Schafe sind Ausdruck eines sinnlichen Prozesses, der die Wahrnehmung geschärft hat. Natürlich erfordert es Geschick, aber das Wichtigste ist Zeit. Nach einer langen Zeit der Spurensuche von einem Klumpen zum anderen diktiert die Intuition, welchen man wählen muss.

»Wenn du jemals Hilfe mit den Schafen brauchst«, sage ich zu Miguel, »ruf mich an.«

Mutter Erde

»Im Taoismus bin ich ein Erdzeichen, also weiß ich, wie man empfängt und sich kümmert. Es ist die besondere Eigenschaft der Erde, Mutter zu sein«, sagt Christine und bestreicht ein Stück selbstgebackenes Brot mit ihrer hausgemachten Cashew-Pastete. Ich bin gekommen, um rohe Pistazienkerne zu sehen, weil man entdeckt hat, dass Pistazien in La Siberia sehr gut wachsen, sie brauchen wenig Aufmerksamkeit und die Schafe mögen sie. Nicht, dass sie die Eicheln ersetzen werden, aber der Pistazienboom hat Unternehmer ermutigt, etwas Neues auszuprobieren, und es zeigt den Mutlosen und Skeptikern, dass eine andere Art von Frucht in dieser Gegend möglich ist. Christine, eine akribische Landwirtin, die sich auf die Wiederansiedlung endemischer Arten konzentriert, plant die Anpflanzung von Pistazienbäumen in dem verwilderten Obstgarten, den sie vor ihrer Haustür bewirtschaftet.

Vor ein paar Minuten waren wir dabei, kniehohe Pflanzen zu sortieren, darunter Salate, Rosenkohl, Rotkohl, Weißkohl, Zwiebeln..., sowie ein Sortiment aus Klee, Chicorée und Petersilie, die sich ineinander verschlungen hatten.

Christine wollte in der Wildnis leben, und so nimmt sie die Löcher, die die Rehe graben, um ihre Kürbisse zu stehlen, oder die Wildschweine, die sich unter den im Garten geparkten Wohnwagen wagen, um die Zwiebeln zu fressen, mit Sportsgeist hin. Trotzdem hat sie einen Zaun errichtet, um zu sehen, ob er sie alle ein wenig in Schach halten kann. Was sie überhaupt nicht mag, ist, morgens Patronen auf dem Gras zu finden. Die Wilderer kommen heraus, sobald es dunkel wird, und schießen manchmal, den Drosseln folgend, vom Hang direkt über ihr Haus hinweg.

Christines Hund döst auf der Türschwelle neben dem stinkenden Magen eines Rehs, das jemand vor nicht allzu langer Zeit im Wald erlegt hat. Auf meinen Landgängen habe ich schon ein enthauptetes Reh und einen ebensolchen Damhirsch gefunden. In der Regel schneiden die Jäger den Kopf des Wildes ab und lassen den Kadaver zurück. Obwohl ein Kilo Reh für zweiundzwanzig Euro und ein Kilo Damwild für zwölf Euro gehandelt wird, entschädigt dieser Preis die Jäger nicht für das Tragen und Zerlegen des Tierkörpers und das Risiko, damit erwischt zu werden, zumal ihr Hauptanliegen darin besteht, Geweihe zu verkaufen, die als Lampenfüße, Griffe oder Dolche dienen.

Von Zeit zu Zeit kommt Christines Hund den Aasfressern zuvor und taucht im Garten auf, etwa mit dem Magen eines Rehs, den er allerdings schnell verspeisen muss, denn hinter dem Haus wimmelt es von Geiern, die sich auf die Kadaver stürzen.

»Die Erde nährt und pflegt unseren Körper und unsere Seele«, sagt Christine und betrachtet die Cashew-Pastete, die vor ihr steht. »Wenn wir wie Geier leben würden, gäbe es keine Verschwendung.«

Sie sagt Sätze, die so gut zu ihrem Leben passen, dass sie nicht einmal gewichtig klingen. Und sie selbst ist es auch gar nicht. Vielmehr verkörpert sie Leichtigkeit. Sie hat grüne Augen und auffallend kastanienbraunes Haar. Ihr sehniger Körper erlaubt es ihr, sich jugendlicher zu bewegen, als ihr verwittertes Gesicht vermuten lässt, und die wenigen Schafe zu melken, die sie hat, um ihren eigenen Käse herzustellen. Auf dem Tisch stehen drei Sorten, alle wohlduftend, gewürzt mit Kräutern, die sie ebenfalls anbaut. Um das Gemüse aufzupeppen, hat sie eine Soße mit Öl und Pflanzen zubereitet.

»Miguel ist ein prima Kerl. Eine Naturgewalt«, sagt sie. Was die Suche nach dem Ungewöhnlichen angeht, habe ich einige Erfahrung.

Christine ist exotisch, und diese Exotik beginnt mit ihrem Haus, das wie eine Art riesiger Pilz mitten aus der Landschaft ragt und an Kindergeschichten und mythische Landschaften erinnert. Die Wände bestehen aus einer polierten Alpakastroh-Paste, in der weißer Kalkzement mit Erde und Disteleinlagen vermengt ist, ein gutes Isoliermaterial. Der Boden besteht aus Steinen, die sie einzeln herausgesucht und gewaschen hat, und denen sie immer kleinere Steine hinzufügte, bis eine Struktur entstand, die sich fast zwei Meter über den Boden erhebt. Ein Unterschlupf, in dem sie buchstäblich auf der Erde schlafen kann und von Erde umgeben ist. Sie trägt Jacken aus Kaninchen-, Reptilien- und Katzenfell und bringt Glöckchen an Eidechsen an. Auf dem Sims, der das Wohnzimmer halb umschließt, hüpft ein Kakadu entlang – auch um ihn kümmert sie sich.

Christine versteht Miguels Einsatz sehr gut, und als sie die Symbolik seiner Herde hervorhebt, erzähle ich ihr von meinem Fieber, indem ich sie nach dem kalligrafischen Gemälde frage, das auf eine vertikale Leinwand gedruckt an der Wand hängt. Christine ist Französin. Sie lernte zwei Jahre lang chinesische Kalligraphie bei einem Meister, dessen Ururgroßvater Kalligraph des chinesischen Kaisers war. Jetzt malt sie mit der Tinte, die sie ebenfalls selbst erzeugt. Sie stellt Stöcke aus Holzkohle und frischem Harz her, das viel öliger ist als Kunstharz.

Christine ist der Meinung, dass sie als Enkelin eines Färbers durch die Vorstellung von sauberen Linien und die Verwendung von Farben geprägt ist. Ihr Großvater kam nach Marseille, nachdem er in Algerien mit einer Färberei sein Glück gemacht hatte. Die Moral ihres Großvaters wurde durch den Krieg geprägt. Unter den verschiedenen Läden, die der Färber eröffnete, befand sich auch ein Lebensmittelgeschäft. Der Widerstand gegen die Nazis traf die Stadt hart, die Lebensmittel gingen langsam aus. Die meisten, die noch Lebensmittel übrig hatten, begannen die Preise zu erhöhen und wurden auf dem Schwarzmarkt noch reicher.

»Mein Großvater hat nicht nur die Preise nicht erhöht, er hat auch ein System eingerichtet, um Lebensmittel an die Bedürftigen zu verteilen. Meine Mutter trug Säcke auf ihrem Fahrrad durch eine Stadt voller Nazi-Kontrollpunkte. Viele Menschen sind später zu mir gekommen und haben gesagt: Für uns ist deine Familie Gott.«

Chinesische Tinte und ein Schwarzmarkt sind die beiden Merkmale eines Morgens, der mit einem Spaziergang zwischen verkohlten Baumstämmen begann, den Zeugen des Flächenbrandes, der im letzten Sommer einen Großteil dieses Tals, das ironischerweise Valdehornos[1] heißt, verwüstet hat. Dieses Feuer ist in La Siberia noch immer sehr präsent, und wer sich daran erinnert, zieht die Stirn in Falten. Es begann an einem Tag, der noch erdrückender war als der Rest des Sommers. Fünfundfünfzig Grad am Brandherd.

Es war so heiß, dass kaum jemand ins Dorf kam, um Urlaub zu machen. Als Christine und ihre beiden Kinder den Rauch rochen, schauten sie in den Garten, und es war schnell klar, dass ihnen nichts anderes übrigblieb, als zu rennen. Das Pferd war durchgebrannt, und die Flammen schlugen mit unglaublicher Geschwindigkeit durch die Kiefern, nutzten jeden Tannenzapfen und breiteten sich angetrieben von einem äußerst ungünstigen Wind aus. Christine schnappte sich ihre Tasche, ihre Kinder, den Computer und rannte los.

Gegen Mittag hatten die Feuerwehrleute den Brand unter Kontrolle gebracht. Doch entweder hatten sie in ihrer Wachsamkeit nachgelassen oder waren leichtsinnig geworden, denn das Feuer flammte bald wieder auf und verzehrte noch mehr Wald als zuvor.

---

1. Zu Deutsch ›Tal der Öfen‹.

Als der Brand endlich gelöscht war, sollten Christine und ihre Kinder nach Hause zurückkehren. Sie kamen vom Anfang des Eukalyptuswaldes her, der sich kurz nach der Abzweigung eines Feldwegs in diesem Teil des Tals erstreckt. Die Bäume waren so kahl wie heute, aber mit Asche bedeckt, was der in Rauch gehüllten Landschaft ein bedrohliches Aussehen verlieh. Heute atmet man hier die Frische sprießender Blätter ein, aber an jenem Tag roch es nicht nur nach Glut und verbrannten Pflanzen, sondern auch nach Verwesung. Christine hatte von ihrer Mutter eine große Geldsumme erhalten, um das Haus zu bauen, das sie in aller Eile hatte verlassen müssen.

»Es war mein Leben, der Rest meines Lebens. Der Ort, in den ich mich verliebt hatte. Es hatte Jahre gedauert, das Haus zu bauen. Ich spürte, dass ich auf das zuging, was meine Zukunft sein sollte.«

Der Riesenpilz befindet sich an einer Wegbiegung. Man muss den kleinen Wald umgehen, um ihn zu finden. Trotz des derzeitigen Mangels an Laub und Gestrüpp ist das Haus erst nach der Kurve zu sehen, an der die Eukalyptusbäume enden, und an jenem Tag konnte man wegen des Rauchs auch nur wenige Meter weit blicken.

Christine bat ihre Kinder, ihr die Hand zu geben.

»Wir gingen Hand in Hand auf unser Ziel zu, der Kakadu flog über unsere Köpfe hinweg. Bevor wir um die Kurve bogen und das Haus in Sicht kam, schlug ich den Kindern vor, die Augen zu schließen. Wir machten ein paar blinde Schritte, ich weiß nicht, wie viele, und als ich kalkulierte, dass wir freie Sicht haben müssten, sagte ich: Jetzt! Da stand es. Vollkommen intakt. Und auch das Pferd, das Auto ... Das Feuer war kurz hinter einem Stapel Brennholz zum Stillstand gekommen. In einiger Entfernung lugte der Kopf einer Henne über den Rand eines mit Wasser gefüllten Fasses und klammerte sich an den Körpern ihrer ertrunkenen Artgenossen fest. Das Feuer war in eine Seitenflanke eingedrungen und hatte den Freischneider, das Gewächshaus, ein Huhn und das Maultier, das beim Pflügen des Landes half, verbrannt. Ich habe nichts davon nachgekauft. Wenn das Feuer es weggenommen hat, dann aus einem bestimmten Grund. Es war der glücklichste Tag in meinem Leben. Ich habe diesem Feuer viel zu verdanken. Mein Leben hat sich verändert, meine Prioritäten haben sich geändert. Du denkst, dass du endlich alles unter Kontrolle hast, und plötzlich zeigt dir die Natur, wie klein und unbedeutend du bist. Seitdem sage ich jeden Tag ›Danke‹.«

Für jemanden, der sich selbst als »Erde« bezeichnet, ist jedes Saatgut einzigartig. Sie schätzt jedes einzelne. Sie versucht, die Unterschiede zu bewahren und in sich selbst zu integrieren. Nachdem wir den Hain aus verkohlten Eukalyptusbäumen durchquert haben, gehen wir weiter bis zu der Stelle, an der sich der Weg zu einem schmalen Pfad für Wanderer verengt. Während wir über ihre Schafe sprechen und darüber, wie die Hirten ihre Herden füttern, sagt Christine:

»Man muss wissen, wie man dem Vieh das Feld gibt.« Sie nimmt eine Zichorienblüte in die Hand und steckt sie sich in den Mund. »Sie ist der Rauke sehr ähnlich. Und irgendwas hat sie auch mit Senf gemeinsam«, sagt sie, nachdem sie sie hinuntergeschluckt hat. »Und der Boden ..., der Boden ist wild, wenn er stark nach Humus schmeckt. Er hat dann mehrere Schichten von toten Dingen, Unkraut, Blättern, Rinde ..., Wald. Hast du sie probiert?«

»Was?«

»Die Erde.«

»Ob ich Erde gegessen habe?«

Christine lächelt.

»Du solltest sie kosten.«

Sie wirft einen Blick auf den Wegrand, bückt sich und schaufelt mit drei Fingern einen kleinen Klumpen auf, den sie mit dem Daumen in der Handfläche zerkleinert. Eine Konstellation von

Mikrowürmern, Fadenwürmern, Pilzen, Bakterien und Spinnmilben quillt über die Bahnen ihres Lebens, ihrer Schicksale, ihrer Herzen hervor.

»Sieh nur, wie schön sie ist. Das war das Erste, was ich tat, als ich auf das Grundstück kam, bevor ich mich zum Kauf entschied. Ich habe die Erde ausprobiert.«

Sie nimmt die Erdklümpchen in den Mund.

»Hm! Sandig, aber vollmundig. Schmeckt nach Pilzen, willst du nicht auch mal probieren?«

Die Enkelin des Färbers, die zur Bodenschmeckerin gereift ist, sieht gesund aus, also mache ich es ihr nach, nur dass ich beschließe, meinen eigenen Klumpen in die Hand zu nehmen und ihn zu schlucken, ohne auf Details zu achten. Winzige Kieselsteine knirschen zwischen meinen Zähnen und scheinen zu wachsen. Geschmack von feuchter Erde. Ich kann sogar diesen Hauch von Pilzen, von Champignons wahrnehmen. Während ich schlucke, wird der Gaumen grob aufgeraut, und ein trockener, pudriger Geschmack haftet an Zunge und Zahnfleisch. Ich fühle den Drang, meine Lippen zu befeuchten und zu spucken, tue es aber nicht.

»Wenn du der Erde nahe bist, kümmert sie sich um dich«, sagt Christine.

Zwei Männer in identischen Overalls fällen Baumstämme an einer Böschung. Christine begrüßt sie und sie erinnern sich gemeinsam an das Feuer vom letzten Sommer.

»Das mit deinem Haus ist unfassbar«, sagt einer von ihnen. »Alles in der Umgebung war niedergebrannt, nur das Haus stand noch. Bevor wir es sahen, sagten wir zueinander: Das Haus der Französin ist dem Erdboden gleichgemacht worden. Und ganz plötzlich … Es war wie ein Wunder.«

Eine Umarmung

Nachdem ich mir die Zähne geputzt habe, gehe ich zur Hundehütte, wo Juan Alfredo Siria wieder angeleint hat. Ich sage ihr gute Nacht, kraule ihr den Nacken und den Rücken und frage sie, was passiert ist, dass sie wieder hier gelandet ist.

Ich schalte die Stirnlampe ein und mache mich auf den Weg in den Steineichenwald hinterm Haus, um nach einem großen, alten Baum Ausschau zu halten, den ich immer betrachte, wenn ich spazieren gehe. Es ist kälter als sonst. Als ich den Baum erreiche, schalte ich die Stirnlampe aus.

Der Himmel regt zu der Frage an, warum in der Stadt so viele Sterne fehlen. Dort wird die Beziehung zum Himmel durch Dächer, Markisen, Antennen, Schichten von verschmutzter Luft und künstliches Licht behindert, sodass wir die klareren und höheren Lichtquellen nicht erkennen. Wie schwer ist es, tagsüber in einer Stadt einen Regenbogen zu sehen? Wenn in Städten der Himmel eine Art Ausgang ist, ist er auf dem Land eine Begleitung.

Ich fürchtete schon, ich hätte meine Fähigkeit zur Bewunderung an den gewaltigen Spektakeln Australiens oder des Sudans abgenutzt, aber heute hat man mich dazu gebracht, Erde zu essen und ich träume von schwarzen Schafen. Ich höre das Geräusch von Eichen im Inneren. Wenn ich aufschaue, sehe ich, wie die Herde mich beobachtet. Das Handy klingelt und die Schafe schütteln sich. Einige weichen zurück, aber die meisten starren weiter.

Es ist Miguel.

»Kommst du morgen?«

Auf allen Vieren

Neben dem linken Reifen meines Autos haben sich heute Nacht elf Ameisenhaufen gebildet. Es handelt sich um kleine Kegel mit einem Eingangsloch an der Spitze, ähnlich wie Zwergvulkane. Die Ameisen suchten die Wärme, die vom Gummi ausging, und den am besten schützenden Winkel vor dem Regen, der gestern schräg von der anderen Seite des Autos herabfiel.

In Siruela erwartet mich Miguel mit seinem gleichnamigen Sohn, um die Herde einzusammeln, die auf den an Sancti-Spíritus angrenzenden Feldern weidet. Die Schafe sind seit einigen Tagen frei und genießen das frische Gras. Wir müssen sie in das Gehege bringen, um sie zu begutachten und die Lämmer auszuwählen, die zur Mast geschickt werden sollen.

Hilario ist schon seit einiger Zeit dort und versammelt Schafe gemeinsam mit Bolo, seinem Viehtreiberhund. Hilario ist ein »halbpensionierter« Schafhirte, der den Cabellos gelegentlich bei ihren Herden hilft. Gestern Nachmittag versuchte er die Schafe ins Gehege zu bringen, aber das Grundstück ist zu groß, um alle auf einmal einsammeln zu können, also kam er heute früh erneut, um die Tiere weiter in Richtung Stall zu bringen.

»Ich habe einige am Straßenrand gesehen«, sagt Hilario.

»Dann lasst uns hingehen.«

Miguel fährt langsam und schaut sich um, ob er noch weitere Streuner entdeckt, während wir anderen uns mit Bolo als Vorhut auf der Wiese aufstellen. Da sind sie. Sieben Schafe. Sobald sie uns sehen, rennen sie zu den Färberwegdornbüschen, und wir laufen hinterher.

»Hier entlang!«, sagt Miguel Junior und zeigt auf eine Lücke im Gewirr der dornigen Pflanzen, durch die er vordringt, während er vorsichtig Äste zur Seite schiebt.

Hilario bleibt außen vor. Die scharfen Dornen der Sträucher ritzen seine Jacke und seine Hose auf und verheddern sich manchmal in ihnen. Die Tiere haben nicht gezögert, sich genau dort zu verschanzen, und auch Bolo ist ihnen sofort gefolgt.

Nach ein paar Minuten treffen Miguel und ich uns mitten im

Gestrüpp, gebückt und mit sehr langsamen Bewegungen, um den Stacheln zu entgehen. Eigentlich sollten die Schafe hier sein.

»Wo sind sie rausgeschlüpft?«

Wir rufen nach Hilario und fragen ihn, ob er sie gesehen hat, aber nein. Nach vergeblichem Suchen entscheidet er, dass diese Schafe mindestens zwei Tage lang kein Zeichen von sich geben werden. Sie sind bergauf gegangen. Das hohe Gras versteckt sie, und bis sie sich beruhigt haben und die Herde vermissen, kommen sie nicht herunter.

Da uns die Verfolgung von den kleinen Gattertoren weggeführt hat, müssen wir eine Zone durchqueren, wo der Färberwegdorn noch dichter steht und parallel zum Bach wächst, über den wir springen während wir unsere Gesichter mit den Armen bedecken, um keine Verletzungen zu bekommen. Es gibt Abschnitte, die für eine aufrecht gehende Person unpassierbar sind, also kriechen wir auf allen Vieren weiter, während Bolo uns beschnuppert.

Außerhalb der Dornenfalle ist die Luft kalt und trocken. Wir gehen nach vorn gebeugt, um uns vor dem eisigen Wind zu schützen, und Hilario erzählt, dass sie noch vor dreißig Jahren »ohne Zäune geweidet und gehütet haben« und dass der Busch damals besser gepflegt war. Er sagt auch, dass die Zäune die Zahl der Mastiffs verringert haben, weil nicht mehr so viele benötigt werden, um die viel sesshafteren und fügsameren Herden zu kontrollieren.

»Ich hatte immer zwei, einen Rüden und eine Hündin, aber jetzt habe ich nur noch einen.«

»Klar.«

»Abgesehen von diesem hier.«

Er meint den Viehtreiber.

Als Hilario Miguel erklärt, dass die Schafe fort sind, nickt der Viehzüchter:

»Die können ihr Latein. Wir werden sie weder heute noch morgen sehen.«

»Wann wirst du sie scheren?«
»Ich weiß nicht. Bald.«
»Ich würde es sofort tun. Es wird heiß werden.«
»Wir werden sehen. Komm, es gibt viel zu tun.«

Markieren wozu?

In den nächsten zwei Tagen bringen wir die Herden von den Ebenen zu den Ställen. Dabei geht es um den Lastwagen des Mastbetriebs. Nach dem Zusammentreiben der Schafe mit den beiden Miguels und Fran – einem weiteren Sohn, der sich dem Team angeschlossen hat –, beginnt der Tanz der Gattertore. Die Brüder ergänzen sich gut. Miguel, ruhig und gefasst, ordnet das Vieh und achtet darauf, dass die Tiere in Reichweite von Fran sind, dem energischsten Mitglied der Familie, dessen Nasen-Piercing immer auf Höhe der Ohrmarken ist und der die Tiere fängt und wirft, als wäre er ein Riese.

Meine Aufgabe besteht darin, Tore zu öffnen und zu schließen, um die Schafe in kleinere Ställe aufzuteilen, in denen sie leichter zu fangen sind. Wir erschaffen ein Labyrinth aus Toren, die sich wie ein Wasserhahn öffnen und schließen und die Schafströme von einem Container zum anderen leiten.

Die beiden jungen Männer prüfen das Alter jedes Tieres anhand der Zähne. Sie packen sie am Kopf und ziehen an der Unterlippe, denn Schafe haben nur im Unterkiefer Zähne. Die Milchzähne von Lämmern sind klein und scharf. Im Alter von einem Jahr werden die beiden mittleren Zähne weiß und verbreitern sich, ein Prozess, der sich auf den Rest der Zähne auswirkt, bis im dritten Jahr alle Mutterschafe harte, glänzende Zähne besitzen. Mit zunehmendem Alter werden die Zähne länger, schwächer und fallen schließlich aus. Wenn das Maul völlig »kaputt« ist, verlieren sie die Fähigkeit, sich ausreichend zu ernähren, und damit auch die

Kraft, Nachkommen zu zeugen. Dann werden sie an die Fleischproduzenten verkauft.

Miguel und seine Söhne bestimmen auch das Gewicht eines jeden Exemplars, indem sie es wiegen und anschließend umarmen. Wenn es sich um ein männliches Tier handelt, das etwa 25 Kilo wiegt und nicht hervorragend ist, wird es über das Gatter in den nächsten Schafstall geworfen, wo die für den Lastwagen bestimmten Tiere hinkommen. Weist seine Wolle eine weiße Spitze auf, wird das Schaf mit Sicherheit ausgewählt, so dass am Ende der Zählung der für den Lastwagen bestimmte Pferch mehrheitlich aus vielen kräftigen Lämmern und einigen mit hellerer Pigmentierung oder weißen Streifen besteht.

Das Merino braucht länger, um die fünfundzwanzig Kilo zu erreichen, ab denen Schafe normalerweise verkauft werden. Dafür ist ihre Wolle besser, und ihr Fleisch ist eher rot als weiß. Diese langsamere Mast ist jedoch für viele Landwirte ein entscheidender Nachteil. Obwohl Juan Alfredo Merino-Schafe wieder in seine Herden aufnimmt, haben mehrere Kollegen, die das Gleiche getan hatten, damit begonnen, diese Schafe loszuwerden, weil sie nicht rentabel sind. Merino-Schafe brauchen eine Woche länger, um gemästet zu werden, was bedeutet, dass der Landwirt eine Woche mehr Futter braucht und folglich mehr Geld ausgeben muss, obwohl er die Tiere am Ende zum gleichen Preis verkauft.

»Die Leute sind unzufrieden mit den Merinos. Sie wollen sie abstoßen«, sagt Juan Alfredo.

»Aber du nicht …«

Zumindest meinte er, kurz nachdem wir uns kennengelernt hatten, er wolle die Merino-Identität wiederherstellen, »die ursprüngliche Rasse«. In einem kürzlich geführten Gespräch schien er sich darüber jedoch weniger im Klaren zu sein:

»Nun«, antwortete er, »ich habe sie immer noch, weil ich einen Zuschuss für die Zucht von reinen Merinos bekommen habe, aber die Wahrheit ist, dass sie, obwohl sie dasselbe fressen wie die anderen, nicht so fett und glänzend sind. Außerdem werden meine Schafe keine reinen Merino-Schafe sein, weil die meisten Mütter keine sind. Ich habe auch Flechas, Manchegas, Île de France ... Ich werde trotzdem mit ein paar Merinos weitermachen."

»Wir verkaufen nur Böcke«, sagt Miguel heute Morgen. »Wir müssen das schwarze Garn auf andere Betriebe ausweiten. Ideen sollten geteilt werden, man sollte versuchen, andere dazu zu bringen, sie zu erweitern.«

»Und welche Tiere behaltet ihr?«

»Die besten Böcke und viele Weibchen.«

Man könnte meinen, dass er eines Tages einen Traum hatte, obwohl er im Moment weit davon entfernt ist, ihn zu erfüllen, und deshalb ist er einer der wenigen, die ihre Schafe nicht markieren.

»Ich habe sie einmal mit dem Familien-MC gebrandmarkt, wie es mein Großvater tat. Und dann dachte ich: Was soll das bringen? Es ist doch egal, wenn sie sich mit anderen mischen, wenn meine die schwarzen sind.«

»Manche benutzen Farbe.«

»Ich will ihre Wolle nicht beschmutzen. Je mehr Farbe, desto weniger Qualität bietest du.«

Er wendet sich an seine Söhne und sagt: »Wir sollten eine Reifekammer für den Käse kaufen.« Er sieht mich wieder an: »Wie siehst du das?«

Futtersaat

Siria spielt mit einer toten Maus, als wäre sie eine Katze. Die Maus hat die gleiche Größe wie die Tatzen der Hündin, mit denen sie das Nagetier auf dem Boden herumrollt, es sieht aus wie ein Miniatur-Stofftier. Anschließend legt sich Siria nieder, mit ausgestrecktem Kopf zwischen ihren Pfoten. Sie reckt den Hals, schaut sich um, geht in die Hocke, tippt erneut auf ihr Spielzeug und erhebt sich plötzlich, als sei die Maus von den Toten auferstanden. Sie steht angespannt da, ihre Pfoten steif. Sie schüttelt sie noch einmal kräftig durch, stellt sich dann schnell in Habtachtstellung auf und hebt ein Vorderbein, das sie wie ein Dressurpferd in der Schwebe hält. Als sie es endlich abstellt, tänzelt sie um die Maus herum und schüttelt schnell, man könnte sagen vergnügt, den Kopf, obwohl sie das Y um den Hals trägt. Sie spielt.

Bevor ich nach Hause zurückkehrte, schaute ich auf dem Campingplatz vorbei, und Álvaro und sein Freund Paché zeigten mir, wie man den Spargel zwischen den Orchideen erkennt. Mit den Stangen, die ich selbst gestochen habe, würde es heute Abend gerade mal für eine Suppe reichen, aber die beiden haben mir einen guten Teil ihrer Ernte geschenkt, und so esse ich ein Spargel-Omelett, das ich mit Eiern von Juan Alfredos Hühnern in die Pfanne geschlagen habe.

Als ich den Generator ausschalte, kehrt Stille ein. Siria kommt zu mir, um sich die letzte Streicheleinheit des Tages abzuholen, und schlägt mir mit dem Fuß des Y gegen das Schienbein. Nachdem ich ihr Rücken und Nacken gestreichelt habe, sage ich gute Nacht und schließe die Metalltür. Obwohl es heute nicht so kalt ist, ziehe ich mich so schnell wie möglich aus, um in meinen Schlafsack zu schlüpfen. Blütenblätter, Zweige, das eine oder andere Insekt fallen aus meiner Hose und dieser Sand der Dehesa, den ich herausschüttle, wie man es tut, wenn man vom Strand zurückkommt.

Die Stirnlampe beleuchtet die Seiten eines Buches, das von einer indischen Autorin geschrieben wurde, die sich an die Spitze ei Bewegung zur Rettung von Saatgut gestellt hat, um Banken mit gesundem, vielfältigem Saatgut anzulegen, das die Landwirte anstelle der geklonten Körner mit programmierter Alterung verwenden können, wie sie typisch sind für die von Unternehmen betriebenen Monokulturen. Vandana Shiva sagt, ohne Saatgutvielfalt gebe es keine Nahrungsmittel- und Nährstoffvielfalt und keine Widerstandsfähigkeit gegen den Klimawandel. Ganz zu schweigen von den Herbiziden, Pestiziden und anderen Chemikalien, die auf die Felder gekippt werden, um sie angeblich von Krankheiten zu befreien.

Die geklonten Samen würden als Futtermittel für die Schafe in Sibirien verwendet, die auf mit Herbiziden behandelten Feldern grasen, und die Herbizide würden auch systematisch auf Oliven- und andere Bäume ausgebracht. Diese Kontaminierung erfolge einvernehmlich und in aller Ruhe dank des wirtschaftlichen und werbetechnischen Drucks mächtiger Organisationen, die einen großen Teil der Verbraucher und Landwirte davon überzeugt hätten, dass sowohl das Saatgut als auch die anderen Erzeugnisse für die Kulturen unerlässlich seien. Gegenüber Kritikern rechtfertigten sie sich mit dem Argument, die Menschheit müsse ernährt werden.

Seit dieses Paradigma in Kraft ist, habe der Hunger jedoch weiter zugenommen. Und der Boden werde so ausgebeutet, dass eine Vielzahl natürlicher Ressourcen sich nicht erneuern könne. Das Imperium der Konzerne habe zu einer Wissens-Apartheid geführt, weil weder das landwirtschaftliche Fachwissen, noch die Intelligenz und Kreativität von Mutter Erde Beachtung fänden.

Die Lektüre ist beunruhigend, ich habe das Buch mehrmals weggelegt. In einer der Pausen höre ich das unangenehme Summen einer Stechmücke. Vielleicht ist es ein trügerischer akustischer Effekt, weil die Saison noch nicht begonnen hat. Aber nein. Es ist eine Stechmücke. Unerklärlicherweise hockt sie auf einer Seitenfalte des Schlafsacks, schemenhaft, aber sichtbar, nur wenige Zentimeter vom Buch entfernt. Ich erschlage sie mit einer schnellen und präzisen Drehung. Die Mücke war hungrig, das stimmt, aber sie war auf mich aus, rechtfertige ich mich vor mir selbst. Dann wird mir bewusst, dass mein Handeln womöglich unverhältnismäßig war: Die Stechmücke wollte einen winzigen Tropfen Blut von mir, und dafür habe ich sie getötet. Vielleicht ist es diese Art von gerechtfertigter Unverhältnismäßigkeit, die uns Menschen allzu freie Hand gibt, wenn es darum geht, unsere Ansprüche gegenüber der Natur durchzusetzen. Die Menschen müssen ernährt werden, also verpesten wir den Boden, Insekten nehmen uns einen Teil unserer Ernte, also rotten wir sie aus. Ob wir auf diese Weise zu einem Gleichgewicht mit der Natur kommen, sollten wir zumindest bezweifeln. Hätte ich zulassen sollen, dass die Mücke mich sticht, um den Fortbestand ihrer Art zu gewährleisten, weil sie viel mehr ist als eine Belästigung, nämlich ein wichtiges Element im natürlichen Haushalt dieses Biotops? Ich spüre, wie sich in mir etwas sträubt. Sie war auf mich aus!

Raboteo

Die aufgeschlagene Zeitung in der Bar *Los Amigos* kündigt ein Themenpark-Projekt in La Siberia an. Der Plan lautet, dass in weniger als einem Jahr mit dem Bau begonnen werden soll. Die regionalen Wirtschaftsbosse sagen einen Millionensegen voraus. Im *Los Amigos* unterhalten sich mehrere Hirten darüber, während Miguel den Aguardiente aus einer Flasche ohne Etikett frühstückt, die der Kellner, wie ich zum ersten Mal beobachte, aus einem von den anderen Getränken getrennten Schrank geholt hat. Es ist der Aguardiente, den Marisa destilliert.

»Anstatt zu Hause trinke ich ihn hier«, sagt Miguel. »Und da die hier *Los Amigos* sind und ich sie oft besuche, bewahren sie ihn ohne weitere Umstände für mich auf. Gehen wir?«

Heute ist es an der Zeit, die Schwänze abzuschneiden. Die Siberianos nennen es *rabotear*.[1]

---

1. Von sp. ›rabo‹ (Schwanz).

»Wusstest du von dem Park?«, frage ich ihn im Auto.

»Wir mussten eine Vertraulichkeitserklärung unterschreiben. Ich konnte nichts sagen.«

»Und was hältst du davon?«

Er schnalzt mit der Zunge.

»Das ist eine politische Angelegenheit. Politik …, lass mich nicht damit anfangen.«

Miguel und Fran, der ein kurzes, dickes Messer in der Hand hält, erwarten uns auf der Farm. Wir richten das Labyrinth aus Gattern ein und führen die erste Gruppe von Schafen in den Operationsbereich. Früher verschonten die Hirten die Schwänze einzelner schwarzer Schafe in weißen Herden. Eine Art Tribut für den Schutz der Gruppe vor Blitzen.

»Geh nach hinten und halte das Gatter!«, brüllt Miguel mir zu.

Die Herde versucht zu fliehen, indem sie sich gegen die Eisenstangen des hinteren Pferchs stemmt, die sich zu neigen beginnen, als ich ankomme, um ein Gegengewicht zu bilden und die Schafe ein wenig von den Stangen zu verscheuchen, die ich anschließend auf dem schlammigen Boden gerade ausrichte. Es genügt, diesen Raum zu besetzen, um die Tiere in der Mitte zu halten.

Fran hat mit dem Schneiden begonnen. Die beiden Miguels suchen in der Herde nach Lämmern mit ausreichend langen Schwänzen, packen sie an einem Bein und geben sie an den Spezialisten weiter. Fran nimmt das Tier zwischen die Beine, hält die Schwanzspitze mit einer Hand fest, während er mit der anderen einen scharfen Messerhieb ausführt, den er öfters ein- oder zweimal wiederholt, wobei er die Klinge wie ein Geiger im Allegro gleiten lässt, bis das Anhängsel in seiner Hand zurückbleibt. Aus dem wolligen Hinterteil spritzt unter Druck ein Blutstrahl heraus. Fran wirft den Schwanz aus den Gattern.

Das Kupieren der Schwänze ist noch nicht illegal, wird aber von denjenigen, die es für unnötig halten, missbilligt, und es sieht so aus, als stünde die Kriminalisierung bevor. Die Cabellos glauben wie Hilario und viele der örtlichen Schäfer, dass es sich um eine wirksame Hygienemaßnahme handelt, die Krankheiten verhindert, obwohl einige Schafe verbluten können, wenn der Schnitt schlecht ausgeführt ist und die Blutung nicht rechtzeitig gestoppt wird. Die Gefahr steigt, wenn nach dem Schnitt die Temperatur sinkt oder es regnet, denn die Schafe sind durch den Blutverlust geschwächt und eine Erkältung kann tödlich sein.

In diesem Jahr geschieht nichts wie üblich, die Hirten vertrauen keinem Zyklus mehr, obwohl sie sich immer noch an die Meteorologen wie an Hellseher wenden, die halbwegs erraten sollen, was die Wolken morgen treiben werden. Sie suchen nach Anhaltspunkten, anhand derer sie erkennen können, wann es Zeit ist, zu kupieren oder zu scheren. In diesem Frühjahr checken sie ihre Handys wie nie zuvor, und ich habe mir selbst die Routine angeeignet, täglich die Vorhersage für die nächsten zehn Tage zu überprüfen. Der Blick in den Himmel ist nicht mehr so nützlich wie früher, er ist jetzt viel irreführender. Aber es gibt keine andere Möglichkeit, etwas vorauszuahnen.

Nachdem ich zwei neue Gruppen hinausgelassen habe, ist der hintere Pferch fast leer und es besteht keine Gefahr mehr, dass die wenigen verbliebenen Schafe die Sperren umwerfen. Bei jedem Messerstreich gibt es ein knackendes Geräusch, das anzeigt, dass Fran die Spitze erwischt hat. Die Schwänze fliegen aus dem Pferch hinaus und bilden einen Flickenteppich aus dunkler Wolle auf dem Gras.

Als Fran fertig ist, sind seine Hose und sein Hemd rot befleckt. Für ihn sind die schlimmsten Feinde der Schafe die Fliegen. Sie werden bald erscheinen und bis Oktober jedes Loch und jede Wunde im Viehbestand nutzen, um ihre Eier abzulegen und sich zu vermehren. Die alten Schäfer schnitten den Schwanz radikal ab, um die Fliegenschwärme zu verhindern, die Ansammlung von Exkrementen zu vermeiden und nebenbei dem Bock das Besteigen zu erleichtern, aber Fran lässt immer fünf Finger Wolle übrig, nachdem er herausgefunden hat, dass das Ergebnis das gleiche ist. Auf diese Weise behält das Mutterschaf einen Teil seines ursprünglichen Aussehens und hebt sein Hinterteil ein wenig hervor.

»Das hat es nötig«, sagt Miguel, »denn das Merino hat keinen Hintern.«

»Ich will nicht, dass die Fliegen meine Schafe fressen«, sagt Fran und wischt die Messerklinge an seinem T-Shirt ab.

Wenn ein Tier infiziert ist, wird es mit einem Entwurmungsmittel besprüht und im Lazarett isoliert, jenem Flügel im Stall, der für die kranken Tiere vorgesehen ist. Wenn es nach seiner Genesung bald wieder erkrankt, gilt es als Fliegenfänger und wird ausgesondert. Mit anderen Worten: Es wird in Erwartung künftiger Komplikationen verkauft und stirbt wahrscheinlich bald.

»Pack die Schwänze in einen Sack«, sagt Miguel, »wir bringen sie zu Lorenzo.«

Lorenzo ist sein Schwager. In La Siberia sagt man, wenn dir jemand den Schwanz eines Lamms schenkt, bedeutet das, dass er dir sehr zugetan ist.

Worüber ich nichts weiß, darüber spreche ich nicht

Nachdem ihre Schwänze kupiert worden sind, versammeln sich die schwarzen Schafe auf der Weide, in deren Hintergrund der Berg Masatrigo aufragt. Die runderen Tiere haben einen hohen Bürzel, ihre Beine und Sättel sind gut mit Fett abgerundet. Miguel zeigt auf ein kompaktes Tier mit dicker, fast krauser Wolle und zwei gewaltigen, gebogenen Hörnern, das nach den Einschätzungen der Viehzüchter in Bezug auf die Körperkondition mit fünf oder sechs Punkten bewertet werden würde.

»Damit du es einschätzen kannst«, sagt Miguel, »du bist eine Zwei.«

Er selbst könnte also etwa eine Drei erreichen.

»Du wirst andere Tiere sehen, die wie dieser Schafbock aussehen, aber viele von ihnen sind aufgedunsen. Es ist wie bei den Menschen, man muss sehen, woher man seine Kondition bekommt, ob auf dem Feld oder im Käfig. Es ist nicht dasselbe, ob einer etliche Stunden ins Fitnessstudio geht oder auf dem Feld Holz hackt. Auch wenn sie gleich aussehen, ist es nicht dasselbe.«

Er fährt die Straße entlang und zeigt auf mehrere Zäune.

»Sieh nur, was für ein Wirrwarr. Wie viele Arten von Schafen gibt es in dieser Herde? Schau da hinten.«

»Woher wusstest du von dem Wasserpark?«, fragte ich.

»Ich bin in einer Reihe von Verbänden. Man rief mehrere von uns zusammen, um uns zu erklären, wie sich dies auf den Bezirk auswirken würde.«

Er fährt langsam.

»Schau«, sagt er und nickt in Richtung einer anderen Herde. »Churras vermischt mit Israelis. Was soll das sein?«

»Was hältst du davon?«

»Nun, man muss wissen, was man will.«

»Ich meine den Themenpark.«

Er wirft einen Blick in den Rückspiegel. Wie üblich, ist niemand hinter uns.

»Na, dasselbe. Dasselbe. Hör mal, mach mich nicht wütend ...«

»Ich habe nur gefragt, was du davon hältst.«

»Was ich davon halte? Dass es bald Wahlen gibt. Ich war vier Jahre lang Politiker, und nach dem, was ich durchgemacht habe, weiß ich bereits, was ich nie wieder tun werde. Allerdings ist mir klar, was passiert, wenn Wahlen anstehen.«

Es kommt vor, dass Dinge versprochen werden, wie z. B. der Bau eines Freizeitparks auf einem siberianischen Grundstück, das für einen Golfplatz reserviert war, der dann doch nicht zustande kam. Und dann heißt es, der Park werde mindestens eine Milliarde Euro, zweitausend Arbeitsplätze und dreitausend Hotelzimmer einbringen ...

Über eine von Palmen gesäumte Allee gelangen wir in das städtische Gebiet von Siruela. Miguel schüttelt den Kopf.

»Was machen zum Beispiel diese Palmen hier? Ich würde sie alle fällen und ein paar schöne Steineichen pflanzen. Schau hin.«

Da ich nichts sage, beharrt er darauf.

»Schau genau hin.«

»Was?«, entgegne ich.

»Siehst du es denn nicht? Glyphosat. Sie haben wieder Glyphosat auf die Grünstreifen gesprüht. Siehst du nicht, dass sie zerstört sind? Das können sie nicht tun, das ist Gift. Wäre es nicht besser, eine Aufräumtruppe einzusetzen, die die Pflanzen ausreißt? Aber nein, her mit dem Gift.«

Als er in seine Straße einbiegt, beginnt er zu lachen.

»Sie haben im ganzen Dorf gesprüht, außer in meiner Straße«, lacht er. An den Rändern der Straße wachsen Wildblumen und Farne. »Bestimmt, damit ich nicht protestiere. Kaum zu glauben, kaum zu glauben ...«

Er parkt in der Garage, in der sich zwei weitere Autos befinden.

»Ich bin selten betrogen worden«, sagt er, als er den Motor abstellt, »aber ich bin betrogen worden. Und diejenigen, die das taten, trugen immer Anzug und Krawatte. Was den Themenpark angeht ... Ich mag ihn nicht wirklich, aber ich werde auch nicht dagegen sein, denn ich kenne Leute, die dafür sind, und ich verstehe ihre Gründe. Diese Gegend ist schwierig – hohe Arbeitslosigkeit –, und es gibt Leute, die die Dinge anders sehen. Was ich zu sagen hatte, habe ich bereits denen gesagt, denen ich es zu sagen hatte. Und das war's.«

Er nimmt das Mobiltelefon aus der Halterung neben dem Kupplungshebel.

»Und es ist nicht so, dass die Leute mögen, was ich sage«, fährt er fort. »Aber es ist mir egal, was andere unterstützen. Niemand wird mir vorschreiben, was ich sagen oder wem ich vertrauen soll. Ich bin dreiundfünfzig Jahre alt und kenne dieses Land und diese Leute, und ich weiß, wem ich vertraue.«

»Was passiert mit dem Reservat, wenn der Park gebaut wird?«

Miguel zuckt mit den Schultern und setzt spielerisch ein gezwungenes Lächeln auf.

»Worüber ich nichts weiß, darüber rede ich nicht«, antwortet er und öffnet die Autotür. »Aber so wie ich die Dinge hier einschätze, glaube ich nicht, dass dieser Park je gebaut wird.«

Er schließt sanft die Tür, die mit einem dumpfen Geräusch zufällt.

Sieben Tage

Eine einzige Woche ist dafür verantwortlich, dass die Landwirte die Merino-Schafe loswerden wollen. Wenn der Markt weiter unter Druck gerät, was der Fall sein wird, werden sie sich ihrer restlichen Merinos entledigen, und eine weitere Tierart könnte in Spanien vom Aussterben bedroht sein, weil die Kosten für die sieben Tage Wartezeit zu hoch sind. Ein Aussterben jagt das nächste, als gäbe es keine andere Möglichkeit, als wäre das Sterben ein Spiel. Mit dem Sterben zu spielen kann ein Kinderspiel sein, bis der Flirt mit dem Tod zu weit geht; und er geht zu weit. In diesem Spiel glauben die Spieler, dass das Schlimmste nicht passieren wird, egal wie sehr sie das Äußerste forcieren, und entlasten sich selbst, indem sie sagen: Wenn es passiert, dann musste es so kommen.

Viele behaupten, das Tempo des Marktes könne zwar nicht aufrechterhalten werden, sei aber das einzig mögliche Tempo, und wo früher zwanzig Schafe für das Überleben eines Schäfers ausreichten, würden jetzt dreihundert benötigt, es gebe also keine andere Wahl, als sich den neuen Anforderungen anzupassen. Eine Verlangsamung steht nicht zur Debatte. Aus diesem Grund wird die Alternative, die das Reservat bieten könnte, torpediert. Der Themenpark wird dagegen sofort aktiv werden.

Es geht immer darum, sich um dasselbe zu drehen, wie die Geier, die ihre Kreise ziehen, oder das Fahrzeug, mit dem ich nun um den Masatrigo fahre. Wie oft habe ich ihn schon umrundet? Dieser gigantische, von Wasser umgebene Naturkegel wird so genannt, weil er wie ein Weizenhaufen aussieht. Man sagt, er sei der größte Kreisverkehr Spaniens, und ich habe beschlossen, dieser sehr städtischen Sichtweise zu folgen, indem ich alles Benzin verbrenne, nur um zu sehen, ob es mich paradoxerweise an einen geeigneten Ort bringt.

Wie üblich ist niemand zu sehen. Sturm droht.

Ich parke an der Baumgruppe vor dem Stausee und beginne den Aufstieg zwischen ungenießbaren Birnen und stacheligen Weißdornen. Vom Gipfel aus hat man einen Gesamtüberblick über diese sanfte Hügellandschaft, in der die Berge wie grüne Dünen aufeinander folgen, die sich zwischen riesigen Wasserläufen hindurchschlängeln. Die gesamte Umgebung ist zu sehen. Regenwolken säumen die Horizonte in mehreren Schichten und entladen sich. Ich zähle siebzehn Schichten. In La Siberia gibt es mehrere Himmel.

Auf dem Gipfel, wo es nicht regnet, weht ein kräftiger Wind. Etwa achtzig Meter entfernt, im Nichts schwebend, steht ein Adler unbeweglich und mit ausgebreiteten Flügeln in der Luft, als ob der Wind nichts mit ihm zu tun hätte, oder als ob er gemalt wäre. Wie fliegt man rückwärts? Ich würde sagen, Vögel können das nicht. Aber wir sind keine Vögel. Wie viel Zeit haben wir, um zu reagieren? Sind wir gelähmt? Oder ist es ein Übermaß an Stolz? Weil sich die Stolzen nie ändern, sehen sie keine Notwendigkeit. Vielleicht ist es nur die Bequemlichkeit, eine Dynamik zu akzeptieren, die als mehr oder weniger gut angepriesen wird, ohne sie ausreichend zu hinterfragen, aus Angst oder Faulheit. Und alles, was dieses Klima stört, wird an den Rand gedrängt. Da haben wir die Merinos, die zu langsam fett werden, und manche von ihnen sind auch noch schwarz. Unsere Evolution ist immer noch unversöhnlich gegenüber Unterschieden. Und dann gibt es diejenigen, die gerne etwas ändern würden, aber nicht wissen, wo sie anfangen sollen.

Untreu?

Obwohl der erste Kuckuck bereits seit zwei Wochen singt, besteht kein Zweifel, dass sich die Schur verzögern wird. Die Regenpausen sind zu kurz, und die Hirten können nicht riskieren, dass die Schafe ungeschützt bleiben und ein paar eiskalte Schauer die halbe Herde krank machen. Bei einer vorzeitigen Schur starben kürzlich in La Serena fünfzig Schafe.

Es gibt eine Wartezeit, die ruhig wirkt, aber nervös ist. In der vergangenen Woche sind Dutzende uruguayische Schafscherer in der Region eingetroffen. Sie vertreiben sich die Zeit, indem sie Mate trinken und durch die Dörfer spazieren, während sie auf ihren Einsatz warten. Jeder Tag, an dem sie nicht arbeiten, ist ein Verlust für die Viehzüchter, die sie angeheuert haben, aber nicht voraussehen konnten, dass es heute noch schütten würde.

Für Juan Alfredo sind die Uruguayer gute Profis, obwohl er die Technik in Australien gelernt hat.

»Diese Jungs sind Maschinen.«

Das sagt er, während wir auf seinem anderen Hof neben der Straße nach Siruela Lämmer in den Kipper werfen. Er kann es kaum erwarten, dass die Saison beginnt, denn was er an seinem Beruf am meisten mag, ist das Scheren und zu sehen, wie die Wolle behandelt wird. Juan Alfredo ist ein Innovator. Als er mit der Schur begann, band er wie alle seine Nachbarn die Beine der Schafe zusammen. Das gefiel ihm einigermaßen, trotzdem informierte er sich über andere Schafscherer, und auf einigen australischen Websites fand er Profis, die die Beine der Tiere frei ließen und sie so setzten, dass sie die Maschine passieren konnten, ohne sich zu sehr zu ducken. Juan Alfredo kann kein Englisch, aber er folgte den Anweisungen, indem er den Google-Übersetzer anklickte. Bald beschloss er, auf eigene Faust zu üben. Die australische Technik war gut, viel entspannter, und er begann, anders zu scheren als seine Landsleute. Als die Bauern in Fuenlabrada de los Montes bemerkten, dass er schneller und mindestens genauso gut scherte, baten sie ihn, ihre Schafe zu scheren. Seitdem hat sich Juan Alfredo den Ruf eines effizienten Schafscherers erworben, der sich mit seiner Lieblingsbeschäftigung etwas dazuverdient. Außerdem verpasst er keine Folge der Serie *Esquiladores*[1] auf *Canal Extremadura.*

Letztes Jahr wurde in Siruela ein Scherwettbewerb veranstaltet. Juan Alfredo trat gegen zwei Experten des alten Stils an. Er gewann die Preisschere im Wert von dreihundertfünfzig Euro. Immer mehr Menschen scheren im australischen Stil, obwohl man in La Siberia fast von ›Juan Alfredos Stil‹ sprechen könnte.

Es regnet immer noch. Die Wunden der Schafe, die den Angriff der wilden Hunde überlebt haben, sind gut verheilt. Bis auf eines, das noch immer eine übertrieben rote Schnauze aufweist, gibt es keine sichtbaren Spuren mehr. Mein Handy klingelt. Miguel.

Trotz des Regens lasse ich Juan Alfredo mit den Lämmern allein, um von der Schwelle des Stalls aus zu antworten. Landwirte sind sehr misstrauisch, ich möchte keine Verwirrung stiften, obwohl mir meine Besuche bei den schwarzen Schafen allmählich wie die Tändeleien eines untreuen Mannes vorkommen. Ich verstecke

1. Zu Deutsch ›Schafscherer‹.

sie nicht, und wenn mich jemand nach meiner Beziehung zu den Schwarzen fragt, antworte ich, wie sehr ich die Art und Weise ihrer Aufzucht schätze und wie gesund sie aussehen, aber ich spreche Juan Alfredo sicher nicht darauf an. Er hat auch nicht danach gefragt, obwohl es nicht ungewöhnlich wäre, wenn ihm jemand gesagt hätte, dass ich von Zeit zu Zeit mit jener Herde gesehen werde.

Miguel teilt mir mit, der Mann, der ihm mehr als jeder andere über das Landleben beigebracht hat, sei gerade gestorben. Er ist sehr betroffen. Für ein paar Tage wird er verschwinden.

Bombardement

Dem Tag fehlt es an Lebendigkeit. Sogar die Temperatur ist, abgefedert durch kompakte Wolkenblöcke, neutral. Ich fahre eine ganze Weile in unbestimmter Richtung und lasse das Auto an einem Weg stehen, in dessen Nähe ich Schafe gesehen habe. Als ich bis auf zwanzig Meter an die Herde herangekommen bin, packe ich eine Brotdose mit Blutwurst und Speck aus, nehme ein Stück Brot heraus und setze mich unter eine Steineiche. Ich esse mehr Fett als je zuvor, ohne Verdauungsstörungen oder Pusteln zu bekommen. Ich führe das darauf zurück, dass ich so viel Zeit zu Fuß verbracht und mich um die Anforderungen des Feldes und der Unterkunft gekümmert habe.

Die Schafe bewegen sich schneller und ungeordneter als sonst, ich nehme an, dass sie durch die Anwesenheit eines Fremden aufgeregt sind, auch wenn sie mich nicht wie sonst frontal anschauen. Die Dehesa ist in eine Art Trance verfallen, in der man trotz der guten Sicht das Gefühl hat, im Nebel zu sein. Die Steineichen wachsen kilometerweit entlang der sanften Hügel. Es ist der am häufigsten vorkommende Baum in Spanien. Solide und doch flexibel, genau wie Siria und die anderen Mastiffs. Die Form und der Charakter dieses Baumes und dieses Hundes sind eine Synthese aus den Essenzen einer rauen und lieblichen Landschaft, die Widerstand erfordert und Schutz bietet.

Es beginnt zu nieseln. Eine tote Stunde, in der die Vögel weder fliegen noch ihr Gezwitscher zu hören ist. Oder es wird vom Wasser übertönt, wie es oft der Fall ist, weil der Regen nur sein Rauschen zulässt. Der blasse Himmel stößt eine Art knisterndes Geräusch aus. In einigen Metern Entfernung blitzt ein Schatten auf und schlägt so heftig im Boden ein, dass die Erde in alle Richtungen spritzt. Dann fällt ein weiterer. Und noch einer. Es ist Hagel. Eine Lawine weißer Kugeln, so groß wie Zitronen, beginnt mit dem Getöse eines Bombardements überall einzuschlagen. Die Wiese ist erfüllt von Explosionen, die Wasser und Erde pulverisieren. Ein Gefühl wie angegriffen zu werden.

Das gleichmäßige Weiß des Himmels lässt einen hellblauen Hintergrund erahnen, aber ich habe Angst, hoch über mich zu schauen, und kann nur daran denken, meinen Kopf zu schützen. Die Schafe haben begonnen, tiefer in die Dehesa zu rennen, und ich kauere, obwohl ich meine gepolsterte sibirische Mütze trage, an der Steineiche und versuche, den Geschossen einen minimalen Rückenstreifen zu bieten. Manche von ihnen sind so hart, dass sie mit voller Geschwindigkeit durch die Baumkronen krachen. Ich drücke mich dicht an den Stamm und suche mir die Seite, die dem Wind am wenigsten ausgesetzt ist, obwohl der Hagel bei dem lauen Wind fast gerade fällt.

Urplötzlich hat sich die Luft abgekühlt. Die Hagelkugeln reißen die Blätter von den Zweigen, im Baum gegenüber bricht unter dem Ansturm ein Ast. Eine Kugel trifft mich auf dem Handrücken, nicht sehr hart, ich vermute, sie wurde von der Steineiche abgefedert. Eineinhalb Meter von meinen Füßen entfernt sammeln sich die Kugeln und beginnen, das Gras zu bedecken, und die, die folgen, prallen an denen ab, die schon daliegen, wie auf einem Billardtisch, und verursachen ein Gemenge aus Erde, schmutzigem Wasser und Eis. Es ist schauderhaft und faszinierend.

Das Bombardement endet so abrupt wie es begonnen hat. Es hat länger gedauert als ein typischer Hagelsturm. Das Feld ist von Weiß übersät, es scheint stillzustehen, aber man kann den Nachhall spüren. Feiner Dampf steigt aus dem Boden auf. Kaum habe ich den Schutz des Blätterdachs verlassen, fliegen zwei Vögel lautlos vorbei. Etwa hundert Meter entfernt kann ich vier Gestalten ausmachen, die nicht weit von der Hecke entfernt im Gras liegen. Sie sind völlig bewegungslos. Ich bin mir nicht sicher, ob sie sind, wofür ich sie halte, aber bald schon kann ich erkennen, dass es sich um Schafe handelt.

Das Hirtenmädchen

Im nächsten Telefonat mit meiner Mutter beschreibe ich das Hagel-Bombardement und seine Folgen. Nach einem Wehklagen und einem Seufzer erinnert sie sich daran, wie ihre Familie an sehr kalten Tagen die Schafe um das Feuer versammelte.

»Es war ihnen bewusst und sie fraßen einem aus der Hand«, sagt meine Mutter. »Wie läuft es?«

»Gut. Das Problem ist der Regen.«

»Aber es muss regnen.«

»Klar.«

»Du denkst nicht wie ein Hirte.«

Ich erzähle ihr von Maria, einer achtjährigen Hirtin, die die Gatter öffnet und schließt, das Vieh füttert und einen Geländewagen fährt. Sie fährt auf unbefestigten Wegen und auf den Oberschenkeln ihres Vaters, der das Gaspedal drückt, während sie das Lenkrad bedient.

»Ich habe gedacht, dass du so gewesen sein musst«, sage ich.

»Wie viele Schafe haben sie?«

»Dreihundert. Und fünfzig Kühe. Die Kleine sagt, dass Schafe mehr Arbeit machen als Kühe.«

Meine Mutter ist erstaunt, dass ein Mädchen heute so viel über Vieh weiß. Ich erzähle ihr, dass Marías Mutter ihre Karriere als Technikerin für Innenarchitektur in Madrid aufgegeben hat, um in ihre Heimat zurückzukehren und als Hirtin zu arbeiten. Sie bündelt ihr Heu selbst, stellt ihr eigenes Futter her und hat durch den Anschluss eines Fahrradkabels an einen Motor die Radialsäge hergestellt, mit der sie den Kühen die Hörner abschneidet, die ihnen im Schädel stecken bleiben, wenn sie nach innen wachsen.

»Was für ein Champion!«, sagt meine Mutter.

»Würdest du zurückkommen?«

»Ach«, seufzt sie.

Ich höre sie ein paar Sekunden lang atmen.

»Zurück, zurück ... Wie denn?«

Quiterios Numerologie

Wenn wir schon dabei sind, von Hirtinnen zu sprechen: Neulich erwähnte jemand Fidela. Sie wohnt im Norden der Region, in der Gegend der Montes Públicos, von denen mehrere meiner Nachbarn behaupten, sie nie betreten zu haben. Diese Kombination ist zu verführerisch, und deshalb habe ich mit Juan Alfredo vereinbart, die Hütte für ein paar Tage zu verlassen, um diese Berge zu sehen, obwohl ich wieder einmal nicht die Absicht verlautbaren lasse, dass ich einen anderen Hirten besuchen will, in diesem Fall eine Hirtin. Es ist wahrscheinlich eine idiotische Vorsichtsmaßnahme, aber Empfindlichkeiten werden hier sehr schnell verletzt, die Schäfer und Hirten sind in zwei Lager geteilt (mindestens), und ich ziehe es weiterhin vor, mir Erklärungen zu sparen.

In diesem Gebiet der Cíjara sind die Hänge steiler und die Wälder erstrecken sich über kleine, üppig bewachsene Gebirgszüge, in denen sich tiefe Täler ausbreiten. Hier gibt es vor allem Luftkiefern, auch als Schwarzkiefern bekannt. Sie eigenen sich gut für die Herstellung von Harz. Es gibt ganze Wälder, wo in jeden Baumstamm ein Stahlpickel getrieben wurde, durch den das Harz in ein Gefäß sickert, das es auffängt.

Bei Helechosa de los Montes taucht ein Harzarbeiter im Wald auf. Er säubert eine Kiefer, indem er ein scharfes Eisen gegen den Stamm reibt, dessen Rinde in Stücken abspringt, vor denen er sich mit einer Schweißerbrille schützt. Er sticht den Pickel ein, macht darunter einen Schlitz und treibt dort das Blech hinein, in das er den Topf für den Saft einfädelt. Da es noch kalt ist, wird es eine Weile dauern, bis sich der Topf füllt, weil das Rohharz bei steigender Temperatur leichter ausläuft. Bei fünfunddreißig Grad kann ein Gefäß mit bis zu tausendzweihundertfünfzig Gramm an einem Tag gefüllt werden, aber wenn das Thermometer auf vierzig Grad steigt, dreht die Kiefer den Hahn zu, weil sie ihre Lebenskraft bewahren muss.

In Garbayuela gibt es einen Harzzapfer namens Quiterio, den ich manchmal in seinem Wald aus zehntausend Kiefern sehe. Von jetzt bis Oktober leben Quiterio und die Harzzapfer so lange in den Bergen, dass sie als Förster fungieren. Zu dieser Jahreszeit bringt Quiterio normalerweise keine Brotdose von zu Hause mit, denn er ernährt sich von Pfifferlingen, Chicorée und Trüffeln, die er auf einem mit Steinpilzen gesättigten Boden sammelt. Er hat sich so sehr auf die Flora eingelassen, dass er seinen eigenen Tabak sowie Feigen- und Apfelbäume anpflanzt, und wenn er in die Bar kommt, sagen die Leute »Quiterio kommt«, weil er nach »miera« riecht, so nennt man das Rohharz. Die klebrige Paste ist so tief in seine Haut eingedrungen, dass er nach Kiefern duftet, aber manchmal bleibt die Miera auch in seinem Gesicht oder seinen Haaren hängen. Obwohl er Alkohol oder bestimmte Sprays zur Entfernung verwenden könnte, zieht er im Allgemeinen Olivenöl vor.

Dieser Baumpfleger im Stierrevier, der den Winter über auf Urlaub fährt und es nicht ertragen kann, wenn einer der Bäume, die er anzapft, gefällt wird, sammelt auch die besten Samen, die er dann anbaut. Für seinen Garten hat er die Samen einer Pinie aufbewahrt, die er »Jenaro« nennt, eine der wenigen, die einen Namen haben. Jenaro hat diese Auszeichnung verdient, weil sie vierzehn Kilo Harz pro Jahr produziert – eine unfassbare Menge.

Man mag das für eine eigennützige Geste halten, aber für Quiterio bedeuten Ziffern mehr als sie zählen.

Jede Kiefer erhält auf vier Ebenen ›Zapfhähne‹, auf einer Ebene und ihren vier Seiten jeweils einen pro Jahr, so dass der Baumpfleger sechzehn Jahre lang eine Beziehung zu ihr hat. Quiterio achtet besonders auf Zahlen, vielleicht wegen des Drucks, unter dem er einst stand. In der Tat wird immer noch viel zu viel Aufmerksamkeit von ihm verlangt, da der Beruf schlecht bezahlt ist. Aber zumindest weiß er jetzt, dass Zahlen nicht nur zum Leiden da sind.

»Eines Tages habe ich den süßen Honig der Selbstständigkeit als Schalungsbauer in Barcelona gekostet«, erzählt er. Sein Wald ist ein Fest der Zistrosen, Bienen und Kiefern, und es scheint, dass der Umgang mit ihren Substanzen seine Redekunst beeinflusst. »Ich entdeckte, dass mir niemand vorschreiben konnte, wann ich zu arbeiten hatte. Dann kam ich in das Dorf, in dem ich leben wollte. Ich komme vom Land. Aber es gab keine Arbeit. Ich musste einen Kredit zurückzahlen, Schulden bei meiner Familie, das Auto ging kaputt ... Harz war das Einzige, was da war. Ich habe noch nie so gern gearbeitet wie hier.«

Durch die Zahlen kam er zu den Kiefern, und mit ihnen rechnet er täglich weiter: Zehntausend Bäume, die Rohharz zu einem Euro pro Kilo absondern, das er in fünfundzwanzig Fässer zu je zweihundert Kilo schüttet. Fünftausend Kilo Stoff, der zu Enthaarungscremes für 10,17 Euro, zu Farbstoffen für 6,90 Euro, zu Terpentin für 2,05 Euro oder zu Tontaubenschießscheiben für 16,49

Euro in 150er-Schachteln verarbeitet werden kann. Die Farbe, die zur Markierung der Schafe verwendet wird, ist aus Harz hergestellt. Fünf Kilo schwarze Farbe kosten 29,40 Euro.

Obwohl er weiß, dass die Natur nicht mathematisch ist – letztes Jahr sah er im November Libellen –, haben die Berechnungen des Überlebens in ihm jene zählende Gewandtheit geweckt, mit der er ohne zu wollen erkennt, dass Rehe in Dreiergruppen laufen, Mungos sich zu sechst in den Schwanz beißen, um ihre Formation nicht zu verlieren, Libellen paarweise fliegen und er jedes Jahr dreißigmal an jeder einzelnen seiner zehntausend Kiefern vorbeigeht.

Quiterios Numerologie ruft mir das Bild meiner Mutter ins Gedächtnis, die nach dem Tod meines Großvaters Addition und Subtraktion durchführte. Eloísa, Königin der kleinen Zahlen und der Illusionen.

Wie viele Raupen schlängeln sich im Zickzack durch den Kiefernwald? Der Boden ist übersät mit Prozessionsraupen, die noch nicht auf die Bäume geklettert sind. Ihre Vermehrung deutet darauf hin, dass der Winter warm war, und warnt davor, dass in dieser Saison einige Schäfer und Harzbauern mit Nesselsucht zum Arzt gehen werden. Im Inneren der Gefäße gibt es immer noch kaum Rohharz. Nicht einmal hundert Gramm ertrunkene Insekten, nicht einmal Skorpione. Aber in ein paar Monaten werden sie mit Harz und wirbellosen Tieren, die der Neugier zum Opfer gefallen sind, überfüllt sein.

Schreie

In Richtung Norden, wo Fidela lebt, sind die Berge und Wälder größer. Von der Brücke in El Portillo sehen die Schleusentore des Cíjara-Stausees zu meinen Füßen wie eine schwindelerregende Rutschbahn aus. Das Beige des Betons glänzt hell in der

Sonne dieses strahlenden Nachmittags, den jemand schreiend vor Freude genießt, während er ein Bad im Wasser nimmt. Unten, wo sich der Sumpf ausbreitet, gibt es kleine Inseln und Landzungen, die von wilder Vegetation zwischen Kiefern und Eukalyptusbäumen überwuchert sind. Das Wasser glitzert wie vergoldet in der Fünf-Uhr-Nachmittags-Sonne, untermalt vom Summen der Bienen, der Fliegen und dem Getöse der Jugendlichen, die trotz der kalten Temperatur baden. Sie sind mutig. Die Landschaft macht sie so. Schönheit will geteilt, erforscht werden, damit man sie in gewisser Weise besitzen kann, um so die eigene Schönheit zu spüren. Sie sind zu fünft, Jugendliche, und sie schreien unablässig, während sie im Wasser plantschen.

Herde

In der Nähe des Stausees erhebt sich eine kolossale Felswand, El Muro – die Wand – genannt, wo die Förster, die mir gestern Nacht Unterschlupf gewährten, normalerweise patrouillieren, und ich wache am Fuße eines Waldes auf, den ich durchqueren werde. Durch die Aufforstung mit Kiefern hat sich die Zahl der Pfifferlinge vervielfacht, ebenso wie das Damwild. Hundert Meter entfernt grasen etwa siebzig Tiere. Ich habe sie an einer Biegung entdeckt, und dank des Abhangs und des Windes, der mir entgegenbläst, haben sie mich noch nicht entdeckt. Doch das geschieht genau jetzt, obwohl ich mein Fernglas ganz langsam angehoben habe. Sie brauchen drei oder vier Sekunden, bevor sie über die Wiese rennen. Der Wind spielt wieder zu meinen Gunsten und trägt mir das Klappern der Hufe im Galopp ans Ohr. Die schnellen, langen und anmutigen Sprünge strahlen die geisterhafte Schönheit der Schwerelosigkeit aus, Essenz einer Eleganz, von der mir meine Mutter erzählt hat. Als sie eines Nachmittags, während sie Schafe am Fluss hütete, plötzlich einige Meter entfernt ein Tier in vollem Galopp auftauchen sah, das, als es das Ufer erreichte, einen außergewöhnlichen Sprung machte und sich einen kostbaren Augenblick lang mit angewinkelten Beinen in der Luft hielt, rief sie:

»Papa, schau! Ein Pferd!« Sie war acht Jahre alt. Mein Großvater sagte ihr, es sei ein Reh, das vor den Jägern flieht. Das Reh fiel klatschend in den Fluss, verschwand in der Tiefe und als es wieder auftauchte, versuchte es mit heftigen Tritten, das andere Ufer zu erreichen. Es gelang ihm nicht. Sein Kopf wurde immer kleiner, während es von der unerbittlichen Strömung davongerissen wurde.

Die Herde ist hinter einem Hügel verschwunden, aber ich höre sie noch galoppieren.

Macarias

Im Norden ist die Landschaft noch unberührter. Die zerstörte Straße nach Bohonal de los Montes gibt das Maß für eine neue Verwilderung an. Schlaglöcher reihen sich aneinander und bilden manchmal größere Vertiefungen, die durch den Regen zu Pfützen geworden sind. Tiefe Risse durchziehen den Asphalt quer zur Fahrtrichtung und zwingen mich, an den Fahrbahnrändern entlang zu manövrieren, oder den ersten Gang einzulegen, um über die Löcher hinwegzukommen. Eine Ziegenherde erscheint mitten auf der Straße. Die Tiere lassen sich von mir nicht stören und weichen erst zur Seite, als ich langsam anfahre und hupe. Sie werden von einer Dogge begleitet, die sich genauso verhält. Kein Hirte in Sicht.

Über mehr als zwanzig Kilometer begegnet mir nur ein einziges Auto, es kommt mir entgegen, in meine Richtung fährt keines. Die Wälder werden dichter, die steilen Schluchten wirken nach den Regenfällen noch beunruhigender. In Richtung Villarta stehen Transparente der Anwohner, die eine Erneuerung der Straße fordern. Danach wird die Straße abschnittsweise besser. Jede Kurve bietet eine andere Perspektive, manchmal mit dem Anblick von Herden. Eine von ihnen ist die von Fidela.

Vom Gipfel des El Manzano aus kann man über Dutzende von Kilometern den Lauf des Guadiana und die ihn begleitenden Berge überblicken, die das endlose Tal bilden, in dem die Hirtin ihre mehr als zweihundert Schafe frei umherlaufen lässt. Im Norden sieht man die königliche Viehtrift, die über den Puente de la Mesta führt, der heute vom Stausee verdeckt, aber bei Trockenheit immer noch sichtbar ist. Letztes Jahr tauchte die Brücke auf und blieb bis vor ein paar Wochen, als der Regen kam, an der Oberfläche. Es sieht so aus, als ob wir noch viel mehr davon sehen werden, denn Prognosen zufolge wird Spanien eine der Regionen sein, die am stärksten vom Klimawandel betroffen sind. Wie Quiterio sagen würde, sind in den letzten Jahren die lokalen Temperaturen um 1,5 Prozent gestiegen und die Niederschläge um 20 Prozent zurückgegangen, also fast doppelt so stark wie im weltweiten Durchschnitt. Was in diesen Tagen am Himmel geschieht, ist also noch merkwürdiger.

Der Puente de la Mesta erzählt die Geschichte von Millionen von Samen, die durch die Weidenwechsel zwischen Kastilien und der Extremadura verstreut wurden und die jahrhundertelang die Wolle zu Spaniens weißem Gold machten und den Bauern eine überwältigende Macht verliehen. Manche üben sie immer noch so aus, als wäre heute damals. Drei Schmetterlinge umflattern uns und kämpfen gegen einen ungestümen Wind an, der vom Gipfel herabkommt. Sie sind so zerbrechlich, warum setzen sie sich einem solchen Wind aus? Trotz einiger Schwankungen erwecken sie den Eindruck, dass sie die gewünschte Richtung beibehalten.

Um an diesen Ort zu gelangen, sind wir einen steilen, bewaldeten Hang hinaufgeklettert, an dem eine Reihe gebrochener Kiefern stehen, als ob ein Wirbelsturm vorbeigezogen wäre. Einige

Baumstämme lagen teilweise auf dem holprigen Feldweg und ließen kaum Platz für den Geländewagen von José Luis, Fidelas Ehemann, aber wir mussten die Kettensäge nicht herausholen. Sie haben immer eine im Auto dabei, außerdem ein kleines Messer, eine Schere und ein paar Meter Seil.

Fidela sucht mit ihrem Fernglas das Tal nach Schafen ab. Keine Spur von ihnen.

»Manchmal muss man sie rufen«, sagt sie.

Sie holt eine Pfeife heraus und bläst hinein.

»Ich kriege den Pfiff der Hirten nicht hin, deshalb …«

Fidela ist eine der wenigen Hirtinnen in La Siberia. Sie beschloss, in die Fußstapfen ihres Vaters zu treten. Sie kaufte Schafe, um den Teil der Herde zurückzugewinnen, den ihr Vater aufgegeben hatte, als er Förster wurde, studierte zehn Jahre lang Viehzucht und bewirtschaftet heute 26 Hektar. Da die Gesellschaft von Stier-Männern durchdrungen ist, waren ihre Freundinnen überrascht, sie in einem Beruf zu sehen, den sie Männern zuschrieben. Sie nannten sie verrückt und fragten, ob sie ein sauberes Haus habe. Einige baten sie aufzuhören, weil ihre Ehemänner sie gebeten hatten, Fidela nachzuahmen und ihnen bei den Schafen zu helfen. Fidela antwortete:

»Dann sagt ihnen, sie sollen zu Hause putzen und kochen, so wie ich es tue.«

Noch immer keine Schafe in Sicht.

»Sie können in irgendeinem Tal sein. Die Gegend ist so kurvenreich, dass sie nur irgendwohin gehen müssen, wo die Sicht verdeckt ist, und schon entdeckt man sie nicht mehr. Macaria! Macaria!«

»Macaria?«

»So nenne ich sie. Macaria!«

»Warum?«

Sie lacht.

»Keine Ahnung. Wenn irgendein dickköpfiges Schaf nicht mitkommen wollte, nannte ich es Macaria. Es ist einer der seltsamsten Namen, die ich mir vorstellen kann, und da ich ihn verwendete, um die Verirrten zu rufen ... Allerdings nenne ich sie jetzt alle so.«

Dieser Ort ist ideal, um die Herden verwildern zu lassen und den *Gran Pastoreo* zu praktizieren – das große Hüten. Hier können die Schafe das Lebensgefühl ihres Vorfahren, des Mufflons, wiederentdecken. Benigno Varillas sagt, dass sich viele Tiere zusammenschließen, um sich besser verteidigen zu können, und dass wir, wenn die Institutionen die Herden freilassen würden, von ihren Fähigkeiten überrascht wären, auch wenn das Gehirn eines Schafes zehnmal kleiner ist als das eines Menschen. Da die Domestizierung sie in den Schlaf wiegt, schlägt er vor, sie aufzuwecken.

Der Kopf eines Schafes lugt zwischen zwei spitzen Felsen hervor. Dahinter folgen zwei weitere. Fidela nimmt einen halben Laib Brot aus einer Plastiktüte, in der sie auch Feldsalat und Spargel mit sich führt, und bricht Stücke ab, die sie manchmal auf den Boden wirft und manchmal mit der Hand verteilt.

Zurück im Wagen fahren wir das Tal hinunter, am Rande von ungesicherten, glitschigen Steilhängen, wo jede Kurve in den Abgrund führt. Die Hirtin sagt, dass die Stürme ihr Angst machen. Wir fahren zu der Schlucht, in der sie einen der schlimmsten erlebt hat. Hier ist der Abhang durchgehend und der Wald noch dichter. Außerdem ist er voller Bäume, die der Sturm umgerissen hat. Außer jungen Kiefern liegen hier Pappeln und Mandelbäume, aber keine oder nur wenige Olivenbäume. Es ist ein Mekka für jeden Blitz, abgesehen von einer geologischen Lage, die Überschwemmungen begünstigt, und aus der man bei starkem Regen nicht einfach wegkommt, weil der steile Abhang und der unsichere Straßenbelag es schwer machen, den Hang zu erklimmen. An dieser Stelle befindet sich der Schafstall der kleinen Macaria-Herde, die in der Nähe des Stausees weidet. Das Gras ist dank der Neigung des Geländes wie abrasiert, denn die Schafe beißen unterschiedlich, je nachdem, ob sie bergauf oder bergab gehen.

Vom Dach der Hütte tropft Wasser auf einen Stapel Strohballen, was die Schafe ignorieren, da sie sich Fidela nähern, sobald sie aus dem Fahrzeug steigt, und ihre Schnauzen auf der Suche nach einem Stück Brot recken.

»Habt ihr einen Mastiff?«, frage ich, während sie die Finger in den Laib kneift.

»Hatten wir. Und Viehtreiber auch. Aber hier gibt es immer mehr Unruhe. Einige sind uns vergiftet worden, andere sind verschwunden, und so haben wir beschlossen, keine zu haben. Bei Hunden geht es mehr um die Verteidigung als um die Ordnung, und Verteidigung macht heute wenig Sinn.«

Als ich an einer Böschung entlanglaufe, rutscht der Hang plötzlich ab und zieht mich zusammen mit einem Gewirr aus Schlamm und Wurzeln ins Tal hinunter. Erst als ich mich an mehreren Farnen festklammere, gelingt es mir, die Rutschpartie zu stoppen. Dieser vage Untergrund gibt mir die Sicherheit, in jener Ungewissheit zu sein, für die ich mich entschieden habe, aber es ist seltsam wahrzunehmen, wie ich in einer unsicheren Position angespannt kauere und mich dennoch so gut fühle.

»Du musst immer aufmerksam sein«, sagt Fidela, als ich zum Stall zurückkomme. Sie hat mich nicht ausrutschen sehen, aber ich habe ihr erklärt, dass ich das Hüten lerne. Sie geht ein paar Schritte in den Wald hinein und deutet auf die Ausbuchtung im Boden hinter einem Felsen:

»Wir haben entdeckt, dass es dort einen Fuchsbau gab. Zwanzig Meter von den Schafen entfernt.«

»Das nenne ich eine gute Tarnung.«

»Sie wissen immer mehr als du.«

Es hat zu regnen begonnen.

Bevor wir uns verabschiedeten, erzählte Fidela von der Panik, die sie eines Tages im Tal verspürte, als ein Gewitter losbrach. Sie war von Bäumen umgeben und dachte, wenn es weiter so stark regnete, könnte sie in der Falle sitzen und die rutschigen Hänge nicht mehr erklimmen. Quiterio hat gesehen, wie ein Blitz eine Kiefer nur wenige Meter von der Stelle entfernt gespalten hat, an der er einen Baum schälte, und es gibt viele Geschichten von Bauern, Holzfällern und Harzarbeitern, die, als sie ihre Hacken oder Äxte in die Hand nahmen, ebenso durch einen Stromschlag starben wie der Geier, den ich gerade bei einem Spaziergang am Stadtrand von Villarta gefunden habe. Der allerdings wurde von einer Hochspannungsleitung getötet.

Es kommt häufig vor, dass ein Geier beim Versuch, von einem niedrigen Punkt abzuheben, die Stromleitung falsch einschätzt oder nicht wahrnimmt, sie berührt und tödliche Schläge erleidet. Der Geier liegt da, seine Flügel und sein Schnabel sind halb geöffnet. Er ist steif und durchnässt. Ich versuche, ihm eine Feder zu rupfen, sie sauber herauszuziehen und den Kiel intakt zu lassen, aber sie sitzt beeindruckend fest. Es gelingt mir nicht.

Die Hand im Feuer

Zirruswolken säumen den violetten Horizont, als ich Sanjuanilla erreiche. Siria wedelt mit dem Schwanz, dreht sich im Kreis und stellt ihre Vorderpfoten auf meine Brust. Bei einem ihrer Sprünge umarme ich sie, so gut ich kann, denn das Y trennt uns. Sie ist größer als ich.

Während des Wiedersehensspaziergangs ist sie überglücklich. Jedes Mal, wenn wir uns einer Herde nähern, wartet sie darauf, dass ich sie einhole, oder sie kommt und passt sich meinem Tempo an, um zu zeigen, dass sie eine Lektion gelernt hat, von der ich nicht weiß, worin sie besteht.

Als wir wieder nach Hause kommen, ist es dunkel. Ich schalte den Generator ein, Siria kommt mit mir auf die Veranda. Während ich koche, steckt sie ihre Nase durch die Tür, die ich einen Spalt offengelassen habe. Ich brülle sie an und sie zuckt zurück. Eigentlich hätte ich es gerne, wenn sie reinkäme, aber ich verwöhne sie schon zu sehr mit Plaudereien und Streicheleinheiten, die Juan Alfredo nicht gutheißen würde, weil er überzeugt ist, dass diese Behandlung die Mastiffs weich macht und sie von ihrer Aufgabe abbringt.

Das Haus ist geschwängert mit dem Geruch von Holz und Rosmarin. Ich habe ein Bündel des Krauts in die Flammen gelegt, in aller Ruhe, da ich inzwischen problemlos meine Hand ins Feuer halten kann. Ich habe auch ein paar Pappelzunder hineingeworfen, damit es besser zündet. Heute Morgen hat Fidela die heilenden und aromatischen Eigenschaften verschiedener Pflanzen beschrieben, und ich habe ein Duftprogramm für die nächsten Tage vorbereitet.

Der Rauch riecht noch frischer oder grüner, obwohl er wegen des trockenen Klimas genauso dunkel durch den Schornstein steigt. Die Qualität des Rauchs erklärt viel über die Welt der festen Bestandteile. Altes, trockenes Holz kommt blau aus dem Schornstein. Junges, grünes Holz bildet kompakte weiße Wolken.

Siria wagt es, eine Pfote ins Haus zu stellen. Ich brülle sie erneut an und mache einen Sprung auf sie zu, sie weicht hastig bis zur Mitte der Veranda zurück. Sie bleibt dort, bis sie mir, gemäß unserem allabendlichen Ritual, beim Zähneputzen und Urinieren zusieht, mich zum Ausschalten des Generators begleitet, ich sie ein paar Minuten streichle und ihr gute Nacht sage, worauf sie sich aufmacht in die Dehesa.

Am frühen Morgen rüttelt der Sturm an einer schlecht verankerten Plane des Dachs, das bei manchen Böen überall zu wackeln scheint. Ich höre das undefinierbare Klappern von etwas

Metallischem. Hinausgehen werde ich nicht. Ich könnte das gekippte Fenster schließen, das der Durchzug manchmal knarren lässt und durch das die Luft zischend fährt. Aber es ist zu kalt.

Juan Alfredo kommt an, als ich gerade auf die Veranda gegangen bin, und wir stellen gemeinsam fest, dass der untere Teil des Futtertroges auf dem Boden liegt.

»Die Hündin«, sagt Juan Alfredo. »Das war die Hündin: Siria! Siria!«

»Heute Nacht war es sehr windig.«

»Es war die Hündin. Der Wind macht sowas nicht.«

»Er war sehr stark.«

»Die kleinen Gatter sind festgenagelt und fallen nicht einfach ab. Wo ist die Hündin? Siria!«

Mehrere Gatter neigen sich nach außen, und die Achsen tanzen eingebettet in einen Boden, dessen Konsistenz je nach angesammelter Wassermenge und den Stößen der einzelnen Schafe variiert. Aber ich möchte weder Juan Alfredo in Misskredit bringen, noch möchte ich, dass er mich verdächtigt, auf Sirias Seite zu stehen.

»Wenn ich sie erwische, wird sie was erleben«, sagt er.

Nach einiger Zeit ist Siria gefunden und wird ans Hundehäuschen geleint.

Chlorophyll ist trügerisch

Heute Nachmittag geschah auf den Tafelbergen von Guadalemar etwas Seltsames. Ich kletterte den steinigen Hang in der Nähe des Baches hinauf, der den Berg teilt, als ich ein Schwarzstorch-Nest entdeckte. Ich kletterte die Steineiche hinauf, was mich an die Baumhäuser in den Kiefernwäldern meiner Kindheit erinnerte. Die Rinde war ausreichend griffig, so dass ich mich mit den

Händen festhalten und meine Beine auf einen dicken Ast hieven konnte, der eine Plattform mit einem Durchmesser von mehr als anderthalb Metern trug. Der Kreis aus Zweigen, Schlamm, Moos, Flechten, Gerstenhalmen und gelegentlichen Lumpen- oder Plastikfetzen war viel tiefer, als es am Fuß des Baumes den Anschein hatte. Von der Höhe des Nestes aus konnte ich Dutzende Stämme von Steineichen sehen, deren Löcher nicht mit dem Heilmittel behandelt worden waren, mit dem man sie versiegelt, um zu verhindern, dass Pilze und bohrende Insekten die Bäume von innen auffressen. Aus einem der Löcher lugte ein Siebenschläfer hervor. Von irgendeinem Hang aus bellte ein Mastiff etwas an, das ich nicht sehen konnte, bis mehrere Schafe oben auftauchten und dem Hund vorausliefen.

Nach einer Weile kam ich an jenem Hügel vorbei. Der Mastiff und die Schafe weideten nicht weit entfernt, beobachtet von ihrem Hirten. Als ich ihn auf den Vorfall ansprach, zeigte er auf die Felsenrosen. Die blühende Zistrose ist ein gefährlicher Leckerbissen für die Schafe, die sich ihr nähern und sich von den Farben täuschen lassen. Wenn du ein Schaf siehst, das schwankt, als ob ihm schwindelig wäre, hat es vielleicht eine Zistrosentrompete gefressen. Und es ist wahrscheinlich, dass es plötzlich wegläuft und innerhalb weniger Meter zusammenbricht. Die Zistrose schließt die Schafe auf spektakuläre Weise kurz, es ist nichts Schlimmes, es sei denn, sie haben sich damit vollgefressen, aber sie werden ein paar Stunden brauchen, um den Kater zu überwinden.

Allerdings gibt es eine noch schlimmere Auswirkung, denn wenn Zucker beim Menschen Diabetes verursachen kann, so sterilisieren Zistrosen die Schafe. Sie enthalten Stoffe, die an den Nieren nagen und die Tiere dazu bringen, mehr zu urinieren als üblich, was ihre Fortpflanzungsfähigkeit einschränkt, auch die der Merino-Schafe, obwohl immer wieder hervorgehoben wird, sie sei eine der wenigen Rassen, bei denen keine künstliche Besamung vonnöten sei. Erstaunlicherweise scheint der Mastiff sich dieses Problems irgendwie bewusst zu sein, denn er versucht, seine Herden vom Verzehr der Zistrosen abzuhalten.

Neben der Stelle, an der ich mich mit dem Schäfer unterhielt, gab es auch lindgrüne Fingerhutknospen, die appetitlich aussehen, aber von den Tieren ebenso gemieden werden wie wilder Safran. Beide sind giftig. Chlorophyll ist nun mal trügerisch.

Ein schlechtes Geschäft?

Viele natürliche Codes sind schwerer zu entziffern als erwartet. Die Hirten, die ich nach den umgestürzten Gattern frage, antworten, der Sturm der letzten Nacht habe nicht ausgereicht, um sie umzureißen, schuldig sei die Hündin. Ich nehme an, Juan Alfredo hat recht. Ich sollte Siria nicht verhätscheln, zumindest nicht in meinem städtischen Stil. Juan Alfredo weiß, wovon er spricht, er respektiert die Gesetze seiner Vorfahren, und ich bin sicher, dass meine Zweifel geeignet sind, ihn mehr als einmal zu beleidigen.

Ich habe auch einige der Hirten gefragt, was sie von der schwarzen Merino-Herde halten. Die meisten haben mich auflaufen lassen. Aber einer, der meine Beziehung zu Miguel nicht kannte, sprach von »dem mit den Schwarzen« und sagte, seine Schafe seien vor allem im Sommer dünn, weil er sie nicht gut füttere und sich nicht jeden Tag um sie kümmere wie andere Hirten, so dass viele von ihnen an Myiasis, der Mückenkrankheit, litten und ihm einige schon gestorben seien.

»Ein schlechtes Geschäft, nicht wahr?«, fragte ich weiter.

»Das kümmert ihn nicht, denn er erhält besondere Subventionen, wegen schwarz und ökologisch und so.«

»Warum tun andere nicht dasselbe?«

»Dasselbe was?«

»Einheimische oder vom Aussterben bedrohte Rassen züchten. Wenn es Unterstützung gibt, sollte das doch weiter verbreitet sein.«

»Keine Ahnung. Weißes Lammfleisch erzielt bessere Preise. Das heißt ... ich weiß nicht, ob es besser bezahlt wird, aber der kümmert sich nicht um seine Schafe, das sage ich dir.«

Das Fleisch schwarzer und weißer Lämmer wird gleich bezahlt.

Am Sonntag kommt Juan Alfredo mit seiner Freundin nach Sanjuanilla, um den Tag dort zu verbringen. Er bindet den Hund los, und sobald Siria Inés sieht, springt sie auf und ab, wirbelt in der Luft herum, stellt ihr die Pfoten auf die Brust und leckt sie ab.

Inés ist Bibliothekarin in Siruela und die Partnerin meines Hirten bei den regionalen Tänzen, denn Juan Alfredo tanzt und spielt Theater. Bei den Aufführungen tragen sie zarte Kostüme, die denen der Vögel zu dieser Jahreszeit ähneln.

Die drei spielen auf der Wiese im Sonnenlicht. Siria geht es großartig, sie ist glücklich. Sie rennt kurz auf mich zu, um dann zu Inés zurückzutraben und mit ihr zu toben.

»Wir sollten zusammenleben, aber ich wohne bei meinen Eltern«, sagt Juan Alfredo.

»Würdest du dich in Siruela niederlassen?«

»Wo sonst? Hier gibt es weder eine Tankstelle noch eine Bank oder sonst irgendetwas. In der Schule gibt es vier Kinder.«

Die Herde beobachtet uns von dem Hügel aus, der das Wasserloch überragt.

»Bald beginnt die Schur«, sagt er und schaut zu den Schafen hinauf. »Ich muss anfangen zu trainieren.«

Yijing

In Villarta habe ich gesehen, wie Blauelstern die Hälse von Rehen lausten, die sich dankbar die Hygiene gefallen ließen. In

Sanjuanilla gleiten diese Vögel nach Belieben durch den Steineichenwald. Obwohl der Start in Spanien eine große Umstellung für sie gewesen sein muss. Der Wandel und die asiatischen Blauelstern erinnern an die Philosophie des Tao und die Hell-Dunkel-Kontraste, zwischen denen ich buchstäblich hin und her fluktuiere.

Kurz nach der Geburt meines Sohnes unternahm ich zwei lange Reisen nach China, bei denen ich mich nicht daran erinnern kann, Blauelstern gesehen zu haben, aber ich ließ mich auf den Taoismus ein und dachte, wenn ich jemals einer Religion folgen würde, wäre es wahrscheinlich diese. Der Taoismus mahnt zur Notwendigkeit, ein Gleichgewicht zwischen Schwarz und Weiß, zwischen Yin und Yang zu finden. Und das Standardwerk, das *Buch der Wandlungen*, das auch als *Yijing* bezeichnet wird, bietet Vorschläge, wie man sich unter bestimmten Umständen verhalten soll, indem man die Konstanten bewertet, um nichts zu überstürzen und einen Hafen zu erreichen, den das Buch als *glückbringend* bezeichnet. Das *Yijing* geht davon aus, dass wir uns oft nicht in einer *klaren Position* befinden, und schaut deshalb auf den Gecko, eine Eidechse, die in der Lage ist, an einem Tag zwölfmal die Farbe zu wechseln. Auf diese Weise konstruiert das Buch eine vollständige moralische Erziehung, die einem mehr oder weniger helfen soll, eine Position zu finden. Die eigene Position.

Ziel Weidenwechsel

Das Heidekraut und der Thymian blühten bereits, aber das Aufblühen von Millionen von Zistrosen hat den Frühling erst richtig eingeläutet. Bei so vielen Kuckucken könnte man meinen, die Landschaft sei voller Uhren. Die Nester sind voll mit farbenfrohen Küken, die unter dem klaren Himmel flattern und im Licht funkeln. In die schwarze Herde haben sich eine verirrte weiße Mutter und ihr Lamm eingeschlichen, die derart auffallen, dass die anderen fast unsichtbar wirken. Wenn ein Kind gebeten würde, auf ein Schaf zu zeigen, würde es dann auf diese beiden zeigen? Wenn man es bitten würde, ein Lamm zu malen, wie würde es dieses Lamm malen?

»Was mit meinem Freund José passiert ist, war sehr hart«, sagt Miguel. »Ich mache eine schlechte Phase durch. Solche Dinge passieren. Aber man muss weitermachen, nicht wahr?«

Er sieht mich die drei oder vier Sekunden lang an, die er normalerweise nach seiner klassischen Frage verstreichen lässt, und die ich gewöhnlich mit einem Brummen oder einem »klar« beantworte, und fügt hinzu:

»Ich möchte einen großen Weidenwechsel vollziehen.«

Miguel kennt seine Position seit Langem, aber der Verlust jenes Mannes, der ihn am meisten über das Land gelehrt hat, hat seinen Wunsch erneuert, nicht seine schwarzen Schafe, sondern die Idee, die sie vermitteln, zu konsolidieren.

»Man muss sich ein Ziel setzen, denn ohne Ziel gibt es gar nichts«, sagt er oft, und so hat er sich das jetzt vorgestellt: »Einen Weidenwechsel durch La Siberia, der zeigt, dass die schwarzen Schafe noch da sind und dass sie allen gehören.«

Miguel bückt sich, um ein abgerissenes Blatt aufzuheben. Er legt es in seine Handfläche. »Wenn du eine Frucht mit einem Wurm siehst, zieh den Wurm raus und iss sie.« Er zeigt auf die nächstgelegene Steineiche. »Und wenn du in der Reifezeit eine Steineiche siehst ohne Eicheln am Boden, dann iss die Eicheln von diesem Baum. Die Tiere zeigen uns, wo die Qualität ist.«

Um den Weidenwechsel zu organisieren, wird Miguel Hilfe brauchen. Hirten, Genehmigungen für den Durchzug von Schafen, Kontrolle bestimmter Viehtrifte und Straßen. Er wird also auf die Mitarbeit einiger Personen zählen müssen, deren Verwaltung der Ländereien er oft in Frage stellt.

»Aber am Ende wissen die Leute, was es wert ist«, sagt er. »Ich vertraue immer darauf, dass jeder das Beste will.«

»Und dann?«

»Mal sehen, was passiert.«

Merino-Schafe oder nicht

Ich bin stolz auf meinen Hirten, wenn ich die dicken Wollfransen auf den Schafsrücken sehe. Morgen findet in Castuera ein Schafschurwettbewerb statt. Juan Alfredo hat sich nicht angemeldet, weil er einige Olivenbäume reparieren muss, und da der Termin auf ein Wochenende fällt, wäre es für ihn schwierig, Inés zu sehen. Er würde gerne hingehen und von den Cracks lernen, die sich anscheinend dort treffen, aber die Freundin hat Vorrang, nachdem er die Woche damit verbracht hat, sich irgendwo draußen um Lämmer und Olivenbäume zu kümmern.

Der Wettbewerb ist Teil der von der *Escuela de Pastores*[1] organisierten Messe, die heute beginnt. Miguel fährt durch die weitläufigen Schluchten von La Serena, die mit spitzen, kurzen Zacken, die wie steinerne Reißzähne anmuten, übersät sind. Dieser Boden, der fast kein Erdreich besitzt, erinnert in seiner Trostlosigkeit an Landschaften nach einem Vulkanausbruch. Vereinzelte Schafe mildern diesen Eindruck ein wenig ab.

Wir befinden uns außerhalb von La Siberia. Für viele viehspezifische Fragen muss man die Region verlassen, und ehrlich gesagt ist es schwer, zu verstehen, warum. Denn obwohl Hunderttausende von Schafen unter freiem Himmel aufgezogen werden, mit allen damit verbundenen Qualitätsgarantien, gibt es in La Siberia noch immer keinen Schlachthof oder eine auf Schafe spezialisierte Metzgerei.

---

1. ›Hirtenschule‹.

In *El Sitio de Garbayuela*, *Los Amigos de Siruela* und vielen anderen Lokalen der Region schimpfen einige Gäste über die Gesetze, die den Verkauf ihres eigenen Fleisches verhindern, über das Subventionssystem und die kleine Gruppe an Gurus, die das Monopol über den Nationalen Verband der Merino-Züchter haben und außerdem über *El Libro* – Das Buch –, das festlegt, wie viele Schafe jeder hat oder halten darf. Die Subventionen werden nach den Vorgaben von *El Libro* verteilt.

»Und *El Libro* sagt oft, was es will«, heißt es an den siberianischen Theken, wo die Leute darauf bestehen, dass die Großgrundbesitzer ihre Höfe schützen, indem sie Genossenschaften auflösen oder Projekte wie das Biosphärenreservat angreifen, und zugleich so viele hoffnungsvolle Vorschläge ablehnen, dass sie selbst für die Landflucht mitverantwortlich sind, ganz gleich, wie oft sie die Metropolen beschuldigen, alles zu verschlingen, oder die Regierung, nicht genug zu subventionieren.

In Wirklichkeit betrifft die Situation viele Großgrundbesitzer der Branche, nur dass in La Siberia, das noch isolierter und leerer ist, alle diese Bewegungen deutlicher zu erkennen sind.

Landwirte wie Miguel versuchen, die Kontrolle von *El Libro* abzuschütteln, und haben eine alternative Vereinigung gegründet, die es ihnen ermöglicht, die Merinos, die sie besitzen, ohne die Vermittlung anderer zu zertifizieren. Aber *El Libro* ist immer noch *El Libro*, und das Geld kommt nur durch das Buch. Geld ist notwendig, denn alle sind sich einig: »Ohne Subventionen überlebt das Merino nicht.«

»Es gibt eigentlich viele Möglichkeiten, dem Merino zu helfen«, sagen die Siberianos, die zunehmend verärgert sind, weil die europäischen Subventionen planmäßig gekürzt wurden. Obwohl sich hier nicht viel geändert hat, werden die zu verteilenden Euros immer weniger. Viele, die in der Branche tätig sind, warten seit Jahren auf ihren Anteil.

»Gelder, die nie eintreffen oder von den üblichen Verdächtigen eingeheimst werden«, grummeln die Leute in den Bars. Jetzt, wo Europa begonnen hat, den Hahn zuzudrehen, kommt alles zum Vorschein.

»Und warum protestiert ihr nicht? Warum streikt ihr nicht oder so?«

»Die Gewerkschaften sind gekauft«, sagt Miguel. »Wenn jemand aufmuckt, erhält er nicht die Subventionen, auf die er Anspruch hat.«

»Aber sie bekommen sie doch jetzt auch nicht.«

»Wenn sie murren, werden sie sie ganz sicher nicht kriegen.«

Natürlich gelingt es der regionalen Verwaltung nicht, der Ausbeutung Einhalt zu gebieten, sie investiert lieber Hunderttausende von Euros in nicht ausgelastete Projekte wie diese Hirtenschule.

»Wie viele Schüler hat sie?«, frage ich zum vierten Mal die zuständige Person, die nun mit einem Kommentar zu dem wunderbaren Buch von James Rebanks über Hirten antwortet. Der Verantwortliche offenbart, dass er Kultur und Geld zum Verwalten hat, aber keine Antwort auf das, was auch Quiterio ihn fragen könnte. Vielleicht liegt es daran, dass die Antwort der Ursprung aller Zahlen ist: null.

Zu den Zitaten, an die sich der Verantwortliche erinnert, gehört nicht der Absatz, in dem Rebanks sagt, dass sein Großvater wusste, was in der modernen Welt neu war, und dass er sich darauf einzustellen wusste. Wenn man Rebanks Großvater oder Miguels kürzlich verstorbenen Freund gefragt hätte, wie man den Beruf des Schafhirten in Spanien wiederbeleben kann – indem man eine Schule wie diese besucht oder das nationale Verteilungssystem für landwirtschaftliche Erzeugnisse überarbeitet –, was hätten sie geantwortet?

In der Haupthalle der Schule sind mehrere Arbeiter dabei, die Plattform, auf der morgen die Schur stattfindet, und die Stände, an denen Viehzeug, Wolle und Lammbraten verkauft werden, fertigzustellen. Die große angrenzende Halle ist in Unterrichtsräume und unmöblierte Büros unterteilt.

»Wir haben zwanzig Jahre Zeit, um das Wissen wiederzuerlangen. Aber dafür sind wir ja da, um den Hirten 4.0 zu erschaffen«, verkündet der Verantwortliche. Synthetisches Schafblöken ertönt. Es ist sein Handy.

»Entschuldigung«, sagt er.

Miguel spricht mit einem Designer für Wollkleidung. Alberto hat aufgehört, für die großen Modeunternehmen zu entwerfen, und konzentriert sich auf seine eigene Marke. Die Tatsache, dass sein Großvater Hirte war, muss eine Rolle gespielt haben. Er hatte genug von den verrückten Rhythmen des Marktes, sagt er. Er wollte zu seinen Ursprüngen zurückkehren, und bei dieser neuen Erfahrung stören ihn besonders die lächerlichen Preise, die der Geschäftsmann dem Bauern zahlt, um seine Wolle zu bekommen. Er arbeitet mit italienischen Spinnern zusammen, damit sie das Garn in Spanien herstellen. Seine Entwürfe haben die Qualitätskontrolle einer ausländischen High-Fashion-Marke bestanden. Er glaubt, dass sich der Markt in einigen Jahren in zwei Hälften teilen wird:

»*Low Cost*. Und mit Seele.«

Dies sind die Worte, die er verwendet.

»Und ich weiß, wo ich sein will.«

Miguel weiß, dass seine Schwarzen eine fett- und lanolinreiche Wolle ergeben, die ideal für einen Designer wie Alberto ist. Aus diesem Grund sind wir hier. Er möchte ein wenig vom Fleisch wegkommen und eine Linie mit Wolle eröffnen, obwohl die Dynamik der Viehzucht einen Produktionsrhythmus erzwungen hat, der dem Fleisch eine schnellere Rentabilität verleiht. Die Geschichte und die Australier haben gezeigt, dass man mit gut behandelter Wolle weit kommen kann, und Miguel möchte sich darin versuchen.

»Wie viele Schafe hast du?«, fragt Alberto.

»Fünfzehnhundert.«

»Und mehr kannst du nicht haben?«

»Nein. Wenn ich mehr habe, kann ich mich nicht mehr so um sie kümmern wie jetzt, ich werde anfangen zu rennen und an andere Dinge denken als an die Tiere, und die Wolle wird anders sein. Ich weiß, was ich glaube und was ich tue, und mehr kann ich nicht haben.«

Die Bandbreite von Miguels großen Sprüchen ist unendlich.

»Aber das ist nicht genug. Man braucht viel mehr, um das Minimum zu decken.«

»Hallo, entschuldigt. Eine Frage für morgen ...«

Das ist Melquíades, ein Schafscherer mit langjähriger Erfahrung in Australien, der oft im Fernsehen auftritt und morgen den Wettbewerb und die Modenschau für die Models moderieren wird, die Albertos Kleider tragen sollen. Melquíades trägt die Kraft seines Berufs in Muskeln, die so imposant sind wie seine Statur, und doch verleihen ihm sein vorstehendes Kinn und seine roten Wangen mit sichtbaren Kapillaren eine paradoxe Zerbrechlichkeit. Als der Schafscherer seine Zweifel geklärt hat, bittet Miguel ihn um ein gemeinsames Foto. Dann erklärt er, dass er eine Herde schwarzer Merino-Schafe hat. Sie sprechen über die ursprüngliche Farbe der Merino-Schafe und ihre Winterweiden.

»Hier gibt es die besten Weiden«, sagt Melquíades. »Dieses Land *merinofiziert*[1] wie kein anderes. Ich war schon in Australien und Neuseeland, und es stimmt, dass sie Wolle besser als jeder andere behandeln, aber nichts *merinofiziert* wie dieses Land hier. «

---

1. »amerina« im Original.

»Das brauchst du mir nicht zu sagen«, entgegnet Miguel, »ich habe alles auf eine Karte gesetzt, weil ich weiß, dass dies das Land der Merinos ist. Die Schafe werden hier hart, robust, stark. Sie passen sich perfekt an Temperaturschwankungen an. Und was du sagst, ist ja schön und gut, aber wer setzt hier ernsthaft auf das Merino?«

»Dort steht spanische Merino-Meisterschaft«, antwortet Melquíades und deutet auf das Schild hinter der Bühne.

»Richtig: Merino«, sagt Miguel und schnalzt mit der Zunge. »Merino.«

»Genau, Merino.«

»Du warst in Australien und Neuseeland, nicht wahr?«

Melquíades schaut ihm in die Augen, ohne zu antworten.

»Wie viele der Schafe, die hier morgen geschoren werden, sind reine Merino-Schafe?«, fragt ihn Miguel.

Melquíades zögert, schaut zum Schild.

»Das ist eine Merino-Meisterschaft«, antwortet er. »Und die, die mitmachen, müssen mindestens einen guten Anteil Merino haben.«

»Wie viel?«

»Mindestens fünfzig Prozent.«

»Meine sind hundert Prozent Merino. Wie viele dieser Merino-Schafe«, – diesmal ändert Miguel seinen Tonfall, als er ›Merino‹ sagt –, »die hier morgen geschoren werden, sind 100 Prozent Merino-Schafe?«

»Wir werden uns doch nicht über Prozentsätze streiten.«

»Nein. Es ist nur so, dass, wenn ich sage, dass eines meiner Tiere Merino ist, dann deshalb, weil es Merino ist. Und wenn ich eines Tages sage, dass ich eine Merino-Meisterschaft veranstalten werde, dann deshalb, weil die Schafe Merino sind. Denn man kann nicht weiter Dinge verkaufen, die nicht sind, was sie zu sein vorgeben. Es gibt Leute, die schwarze Schweine aus Intensivhaltung so verkaufen, als ob sie aus extensiver Haltung kämen, und am Ende zeigt sich das, weil etwas falsch oder sehr falsch gemacht wird und die Dinge geändert werden müssen. Oder nicht?«

Dringlichkeit

Ich weiß, dass ich noch nicht lange geschlafen habe, als ich mit einem stechenden Schmerz im Unterleib aufwache. Meine Eingeweide sind in Aufruhr und es ist klar, dass ich austreten muss. Der Wind pfeift durch das halb geöffnete Fenster, während ich schwitzend in der luftdichten Dunkelheit nach der Stirnlampe am Kopfende des Schlafsacks suche. Übel ist mir auch.

Nachdem ich mich vor ein paar Stunden in Siruela von Miguel verabschiedet hatte, fuhr ich frühmorgens auf der kurvenreichen Straße zurück nach Sanjuanilla, als in einer Kurve drei Meter vor dem rechten Rad ein Kaninchen auftauchte. Es erstarrte, wie es im Buche steht, eine Sekunde lang, zwei, und im letzten Moment versuchte es zu fliehen, aber anstatt zurück in den Busch zu gehen, kreuzte es vor dem Auto. Es gab einen Schlag. Auf dieser Strecke kann man nicht anhalten, ohne einen Unfall zu riskieren. Ich stoppte den Wagen erst, als ich zur Guadalemar-Brücke kam. Dann saß ich da, beobachtete das Mondlicht, das sich auf dem Wasser spiegelte, und wartete darauf, dass sich Nutrias zeigten. Ich hörte das Rufen eines Uhus. Zu Hause aß ich Spargel und Pilze, die ich ein paar Tage zuvor in der gleichen Gegend gepflückt hatte, und ging zu Bett. Vielleicht waren es die Pilze. Oder die Eier, die jetzt, wo die Temperaturen steigen, zu schnell schlecht werden, zumal ich immer noch keinen Kühlschrank habe.

Ich ziehe meine Jacke an und trete in meinen ungebundenen Stiefeln und meiner Pyjamahose nach draußen, eine Rolle Toilettenpapier in der Hand. Durch den Wind fühlt es sich kühler an, aber so kalt ist es gar nicht, obwohl ich, sobald ich mich neben meinen Toilettenbaum hocke, spüre, wie die frostige Luft mein Gesäß streift. Da ist noch etwas anderes. Das Atmen eines trabenden Tieres. Ich blicke so gut es geht am Stamm des Baums vorbei und sehe diese elektrischen Augen, die ich so gut kenne.

»Nein, Siria! Nein, nein!«

Gleichgültig gegenüber meiner Situation und dem Gestank, die ich verbreite, kommt sie, um mein Gesicht zu lecken, das sich auf gleicher Höhe mit ihrem eigenen befindet. Ich schreie sie immer ernster an, bis sie sich hinsetzt und mich aus drei Schritten Entfernung anschaut. Was für eine Situation! Ich stelle mich auf und fühle mich schwindlig wie ein Schaf nach einem Festmahl aus Zistrosen, mein Körper brennt trotz der Kälte, die mich wahrscheinlich etwas auskühlt. Ich möchte mich einfach nur hinlegen. Als ich das Haus betrete, werfe ich das schmutzige Papier in die Glut des Feuers, das ich gestern Abend angezündet habe, und krabble in den Schlafsack.

Ich schließe den Reißverschluss nur bis zur Hälfte, um kühl zu bleiben. Nach kurzer Zeit fühle ich mich wie betäubt und schließe die Jacke bis zum Anschlag. Ich hoffe, ich werde nicht krank. Morgen gibt es eine Modenschau.

Schafsglocken wecken mich zur üblichen Zeit. Ich spüre die klassische Magenleere nach dem Brechreiz, begleitet von einem sauren Gefühl, das sich über den Kehlkopf bis in den Mund ausbreitet. Meine Muskeln sind schlaff, aber ich glaube, wenn ich nicht frühstücke, kann ich funktionieren. Ich spüre etwas Seltsames in dem Haus, etwas Ekelhaftes, das ich nicht definieren kann. Ich schiebe es auf meine körperliche Fehlanpassung, aber wenn ich auf den Kamin schaue, denke ich daran, was ich gestern Abend in die Flammen geworfen habe, und an die Qualität des Rauches.

Eine unvergessliche Parade

In den Ebenen westlich von La Siberia pflügen bereits Traktoren das Land um. Da ich früh nach Castuera aufgebrochen bin und Miguel heute nicht kommt, halte ich vor einem riesigen rechteckigen Feld, das in sehr gerade Kämme unterteilt ist, um den Traktor und sein Gefolge von etwa dreißig Störchen zu beobachten. Die meisten von ihnen folgen den Schaufeln, die Furchen ziehen und picken nach den Insekten und Kleintieren, die herausgeworfen werden oder fliehen, wenn der Traktor vorbeifährt.

Rundum stehen Hafer und Weizen hoch. Bald wird das Mähen beginnen, das bedeutet Gefahr für die Wiesenweihe, die über meinem Kopf schwebt und ihre Eier oder frisch geschlüpften Jungen zwischen den Ähren versteckt haben muss. In diesem Jahr haben sich die Mäher verpflichtet, den Boden vor der Arbeit mit den Traktoren gründlich zu kontrollieren, um die Eier der Bodenbrüter nicht zu zerdrücken, und sie haben sich auch vorgenommen, so wenige Trappen wie möglich zu enthaupten.

Von der Straße nach La Serena aus sieht man vereinzelte Gruppen von Schafen, die je nach Entfernung und Sonnenstand mit den Bergspitzen verschmelzen. So geht es über viele Kilometer bis nach Castuera.

Der Regen hat das Fell der weißen Schafe gesäubert, die in kleinen Pferchen hinter der Bühne, auf der der Wettbewerb stattfinden soll, auf ihren Einsatz warten. Jedenfalls hat das im Laufe eines Jahres angesammelte Wollfett die Haut und Wolle jedes einzelnen Schafes eingefettet. Außerdem sind alle unterschiedlich weiß. Die Ernährung ist der Schlüssel dafür, dass diese Schafe mit feiner, langer und fettiger Wolle hier eingetroffen sind und ein gewisses Maß an Spektakel bieten können.

Wenn ich meine Hand in Miguels Schwarze tauche, trieft sie nur so von wasserabweisendem Fett, das außerdem verhindert, dass sich die Fasern verheddern und verfilzen. Bevor ich nach Sanjuanilla kam, hatte ich bei meinen Recherchen über Schafe eine Faser aus Merinowolle unter dem Mikroskop betrachtet. Die Zellen verklumpen wie Schindeln oder Fischschuppen und verzahnen sich mit einer Kraft, die für das bloße Auge beeindruckend ist. Stark und flexibel – nur Hunger oder plötzliche Wetterumschwünge können eine solche Faser zum Reißen bringen. Und damit das nicht passiert, gibt es Wollzüchter, die sie mit Decken einkleiden, wenn das kalte Wetter einsetzt.

»Das machen nur sehr wenige«, sagt Miguel, »ich kenne hier keinen.« Früher wurde nur die Wolle zur Bezahlung des Landes verwendet, und es blieb Geld übrig. Mit Wolle kann man heutzutage nichts mehr bezahlen, weil die Qualität verlorengegangen ist.

Der Saal füllt sich mit Menschen, die die Stühle vor der Bühne besetzen, wo die ersten vier Kandidaten Platz genommen haben, jeder neben einem ans Stromnetz angeschlossenen Schlauch. Die Schläuche sind eine Art dicke, elastische Kabel, an die die Scherer ihre Rasierapparate anschließen. Neben jedem von ihnen wird ein Richter in einem weißen Kittel die Schertechnik und die Behandlung der Schafe begutachten. Bei den Wettbewerben wird das Tier von der Mitte des Bauches bis zum Euter geschoren, wobei die Vene, die durch den Bauch verläuft, zu meiden ist, da Nervosität und Eile dazu führen könnten, dass die Ader durch eine falsche Bewegung durchtrennt wird und das Tier vor den Augen des Publikums verblutet.

Melquíades leitet die Veranstaltung ein und stellt die ersten Teilnehmer vor. Sie beginnen.

Alle klemmen das Schaf zwischen den Beinen ein und schieben den Rasierer in einer geraden Linie auf und ab, wobei sie versuchen, nicht zweimal drüber zu fahren, da dies zu einem ungleichmäßigen Schnitt im Vlies führt und bestraft wird. Die Teilnehmer sind in der Regel groß und muskulös, aber es gibt auch einige schlanke und sehr sehnige. Die Wolle fällt wie Klebestreifen auf den Boden, ein Sammelteam wirft sie in einen großen Sack am Fuß der Plattform. Jeder Schafscherer muss fünf Schafe scheren, und obwohl der erste Platz eine hohe Punktzahl bringt, wird der Sieger erst ermittelt, wenn die Richter den Zustand jedes Tieres überprüft haben.

Die Schafscherer treten den ganzen Vormittag über zu viert gegeneinander an. Es gibt mehrere Kategorien und Teilnehmer aus ganz Spanien, insbesondere aus der Extremadura, sowie einige belgische und französische Meister. Die Runden werden zur Klassifizierung der Besten herangezogen. Mitten in der Ausscheidung der Königsklasse sagt jemand hinter mir:

»Da kannst du mal sehen, hier sind gute Leute am Start.«

Es ist Juan Alfredo. Was für eine Überraschung. Einerseits musste mein Schäfer ein paar Einkäufe tätigen, um seine Scherausrüstung zu vervollständigen, andererseits wollte er diese Zusammenkunft der Scherstars auf keinen Fall verpassen, und so hatte Inés Verständnis für seinen … Herzenswunsch. Eine Sekunde lang denke ich an Miguel und ein Schauer durchfährt mich, da ich mich nicht erinnern kann, ob ich in seiner Begleitung oder allein gekommen bin, obwohl dies vielleicht ein guter Ort für ein Treffen zu dritt gewesen wäre. Ich würde Juan Alfredo nicht belästigen wollen. Er ist ein toller Kerl, der mich jetzt darauf hinweist, wie gut ein Teilnehmer sein Schaf packt; die Technik dieses einen; die Anzahl der Meisterschaften, die der Scherer aus Cabeza del Buey gewonnen hat, einer seiner Favoriten. Er will sich einen Snack aus Lammbraten kaufen, als Melquíades ankündigt, dass wir in den nächsten Minuten, ohne dass der Wettbewerb unterbrochen wird, eine Modenschau sehen werden.

Alberto sagte gestern, dass nur eines der Mädchen schon einmal auf einem Laufsteg gewesen sei. Die anderen seien einheimische Mädchen, die das zum ersten Mal tun.

Und dann passiert es.

Über dem Gemurmel der Rasierapparate, die Vliese im Akkord rasieren, beginnt die Technomusik zu donnern, die dem Auftreten der jungen Frauen mit Wollschals, Wollmützen, Wollmuffs und sogar Wollohrringen vorausgeht. Die Models gehen über den Laufsteg, der parallel zu der Plattform verläuft, auf der die Schafscherer gegeneinander antreten, die Schafe mit weit aufgerissenen Augen zwischen ihren Beinen. Jedes Model bleibt am Ende des Ganges stehen, dreht sich um und geht auf die Kreuzung zu, wo der Laufsteg senkrecht zwischen den Stühlen der Zuschauer verläuft, die mit offenen Mündern dasitzen und abwechselnd einen Blick auf die Schur und die Parade über ihren Köpfen werfen.

»Das ist ganz schön seltsam«, sagt eine Frau aus dem Publikum.

»Nun, die Mädchen machen es sehr gut«, antwortet der Mann neben ihr.

Am Ende der Show herrscht das freudige Erstaunen einer großen Gruppe von Menschen, die sich bewusst sind, dass sie etwas ganz Besonderes und Einzigartiges erlebt haben, während die Halbfinalspiele der unteren Kategorien beginnen. Juan Alfredo nutzt die Gelegenheit, um seine Ausrüstung an einem Stand zu erneuern, an dem Maschinen und Kleidungsstücke ausgestellt sind, wie sie von den Schafscherern auf der Bühne verwendet werden. Die Hose ist doppelt gefüttert, um das von der Wolle freigesetzte Fett einzudämmen. Die Hemden sind am Rücken länger, um vor Kälte zu schützen, denn die Schur wird gebückt durchgeführt. Der Rücken leidet bei der Schur am meisten, weshalb die Filz- oder Ledermokassins ohne Absätze konzipiert sind. An der Vorderseite der Mokassins befindet sich je eine harte Schlaufe, die dabei hilft, das Schaf mit den Füßen festzuhalten und das Getrampel der Hufe abzufedern.

Auf der Bühne entkleiden die Spezialisten in Höchstgeschwindigkeit die Tiere, die im Allgemeinen sehr ruhig bleiben. Unter jeder abgelösten Bahn Wolle kommt ein neuer Streifen zäher, blasser Haut zum Vorschein, und wenn der Schnitt abgeschlossen ist, sieht das Schaf anders aus, verletzlicher.

Ein Mann verbiegt sich, um in den mit Wolle gefüllten Sack zu klettern. Als er es geschafft hat, springt er auf der Stelle und trampelt auf den Vliesen herum, als wären es Weintrauben. Glänzend vor Fett kommt er nach einer Weile wieder heraus. Fast die Hälfte des Sackes ist wieder frei, um noch mehr Wolle aufzunehmen.

Einige uruguayische Schafscherer beobachten den Wettbewerb und trinken Mate, während sie im Stall herumgehen und darauf warten, mit der Arbeit zu beginnen. Sie treiben sich seit zwei Wochen hier herum. Laut Juan Alfredo werden sie aus Südamerika hergerufen, weil sie viel billiger sind als die hiesigen Schafscherer. Sie verlangen für das Scheren eines Schafes fast vierzig Cent weniger als ein einheimischer Schafscherer, deshalb hat eine Gruppe einheimischer Viehzüchter siebenundachtzig uruguayische Fachleute mit dem Ziel eingestellt, in drei Monaten eine Million Schafe zu scheren. An acht- bis neunstündigen Arbeitstagen scheren sie jeweils etwa 200 Tiere pro Tag und ernähren sich in dieser Zeit hauptsächlich mit Sandwiches und Obst.

»Die Schafe hier sind leichter zu scheren«, sagt einer der Uruguayer, den wir gefragt haben, wie es ihm mit diesen Schafen ergehe, »weil sie weniger Wolle haben. Merino-Schafe haben kürzere Strähnen. Aber jetzt kommen viele dieser Schafe nach Uruguay. Einige Landwirte haben gesehen, dass die Australier mit Wolle Geschäfte gemacht haben und wollen es nun auch versuchen.«

»Und sehen Sie eine Zukunft dafür?«

Der Schafscherer zieht eine Augenbraue hoch.

»Der uruguayische Boden ist nicht schlecht und die Hirten sind geduldig. Es könnte funktionieren.«

Der Midas der Dehesa

Sieben Männer in doppelt gefütterten Hosen rasieren schwarze Schafe im Schutz eines Schuppens, denn es ist Wind vorhergesagt, und dann schert es sich sehr schlecht. Einige haben ihnen die Beine zusammengebunden, andere scheren sie einfach so, der Stil ist das Unwichtigste. Nur Doroteo, der Älteste, benutzt eine große, breite Schere. Das Geräusch der Maschinen und das Klappern der Hufe auf dem Pflaster hallen durch den Scherbereich und erzeugen ein Echo, das sich mit Zwischenrufen, Blöken und gelegentlichen Flüchen vermischt. Das Licht, das durch die Tür eindringt, macht eine Vielzahl von Schwebeteilchen sichtbar, darunter auch hauchfeine Wollfäden, abgesehen von den Fliegen, die Menschen und Tiere umschwirren. Unter den Schafen krabbeln Insekten auf der Suche nach neuen warmen Körpern herum.

Die Vliese bestehen aus Strängen mit eher matten Fasern, was auf ihre Feinheit und die Tatsache zurückzuführen ist, dass es sich um Merino-Schafe handelt, denn je glänzender eine Faser ist, desto gröber ist sie in der Regel. Die Vliese werden in Säcken aufgestapelt, um sie vor dem Schmutz auf dem Boden zu schützen. An einem bestimmten Punkt der Schur halten einige Schafscherer kurz inne, um zu beobachten, wo sie die Maschine entlangführen müssen, denn die Tiefen des Vlieses sind so schwarz wie die Haut, und je nach Lichteinfall und je nachdem, wie genau man hinschaut, kann man leicht daran zweifeln, ob das, was man sieht, Wolle oder die Haut der Schafe ist, bei denen sogar die Zungen schwarz sind.

Eine junge Frau geht mit einem großen Sack in der Hand durch den Schuppen. Sie befühlt die Vliese, riecht an ihnen und reibt sich den Handrücken und den Arm mit ihnen ein. Sie wartet vor allem auf die Wolle vom Rücken, vom Brustkorb, dem Hals und dem Widerrist, denn das ist die feinste. Wenn sie ein Vlies mag, steckt sie es in den Sack. Jedes Jahr macht Miguel ihr dieses Geschenk.

»Bevor ich die Wolle zu einem erbärmlichen Preis verkaufe, soll sie jemand bekommen, der sie gut behandelt«, sagt der Landwirt.

Almudena strickt. Miguel möchte, dass sie noch mehr mit schwarzer Wolle webt, aber jedes Mal, wenn er die Möglichkeiten erkundet, tiefer in diesen Bereich vorzudringen, erlebt er eine Enttäuschung. Damit Wolle verarbeitet werden kann, muss man sie waschen und kämmen. Die Frage ist nur, wo. In Spanien gibt es nur eine einzige Waschanlage, die in der Lage ist, die Wolle bei so hohen Temperaturen zu säubern, dass das Fett entfernt wird, und Fäden oder Kunststoffe zu schmelzen, die eventuell in das Vlies eingedrungen sind. Diese Waschanlage befindet sich in Béjar. Für das Spinnen und Kämmen muss man in die mehr als achthundert Kilometer entfernten Fabriken in Sabadell und Terrassa fahren. Es sind Überbleibsel einer einst gut funktionierenden Industrie, die heute im Niedergang begriffen ist. In den letzten zehn Jahren ist der nationale Verbrauch von Lammfleisch von vier Kilo pro Person und Jahr auf anderthalb Kilo gesunken, was zeigt, dass die Gesellschaft nicht mehr das ist, was sie einmal war, und dass es sich vielleicht lohnen würde, zu Praktiken und Branchen zurückzukehren, die mehr der Gegenwart und der Geschichte entsprechen. Die Wiederaufnahme der Wollproduktion wäre eine Möglichkeit.

Almudena webt Umhänge in der Größe eines Quadratmeters und häkelt Blumen von der Dehesa darauf. Sie ist der Midas der Wiese, denn alles, was sie auf der Wiese sieht, verwandelt sie in Wolle. Neben Schafen – die sie natürlich schwarz häkelt – webt sie Figuren von Geiern, Wölfen, Kröten, Störchen ... Sie mag Miguels Wolle so sehr, dass sie sich selbst um eine kleine Herde schwarzer

Schafe kümmert, die der Bauer ihr als Zeichen seines größten Vertrauens vermacht hat. Die Idee ist, diese schwarzen Schafe zu bewahren, so wie die Mongolen das Trampeltier bewahren, aus dessen langem, seidigem Fell sie starke Seile und Decken weben. Wie die Tibeter das Yak bewahren, dessen Haar Mäntel füttert. Wie die Eskimos, die sich in Moschusbullenschals wickeln. Oder wie die hochentwickelten Australier, die, nachdem sie das Merino hundert Jahre lang verwöhnt haben, Fasern mit einer Dicke von zwölf Mikrometern erzielt haben, die feiner sind als die von Baby-Kaschmirziegen.

Wir sprechen lange über exotische Tiere, auch über solche, die es nicht mehr gibt oder die so selten sind, dass man sie kaum noch zu sehen bekommt. Der Moa, der Schuhschnabel, der weiße Tiger, das Spitzmaulnashorn, der Dodo, der Quastenflosser. Einige sind eher in Vergessenheit geraten und haben einen gewissen Ruf als schwarze Schafe der Fauna, nachdem einige ranzige Etikettierer sie als dumm, gefährlich, impotent oder feige abgestempelt haben. Eine Idee führt zur nächsten, und wir stellen uns einen Wollbaum vor, an dem Figuren all dieser Tiere hängen, die aus demselben Material gewebt sind.

Es gibt Antworten, die durch das Weben zum Ausdruck gebracht werden. Gandhi reagierte auf den kolonisierenden Druck des britischen Empire, indem er das Spinnrad hervorholte, um seine eigene Kleidung zu weben, und lehnte die aus England importierte Kleidung ab, die aus indischer Baumwolle hergestellt wurde. Gandhis Spinnrad inspirierte Vandana Shiva zur Gründung der Nichtregierungsorganisation Navdanya, die den ökologischen Landbau durch den Schutz des ursprünglichen Saatguts fördert. Und was für Saatgut und Baumwolle gilt, gilt auch für diese Wolle.

»Es lebe die Revolution!«, ruft der Midas der Dehesa aus.

Reinheit

Es weht ein leichter, für das explosionsartige Sprießen in der Landschaft idealer Westwind, der mir den Abstieg nach Arroyo Hondo erleichtert, wo ich einen alten Viehtriebweg überquere, auf dem drei Hirten Kühe führen, die sie mit Pfiffen leiten. In Spanien gibt es noch hunderttausend Kilometer dieser Wege, die je nach Breite in *Cañadas*, *Cordeles* und *Veredas* unterteilt werden. Die *Cañadas* sind bis zu fünfundsiebzig Meter breit. Die *Cordeles* siebenunddreißig Meter. Und die *Veredas* zwanzig. Manche *Veredas* heißen *Cordeles*, und manche *Cordeles* heißen *Cañadas*, obwohl alle Benutzer darin übereinstimmen, dass die Wegbreiten, egal wie sie sie nennen, nicht mehr das sind, was sie einmal waren. Vielleicht versuchen sie, durch die Beibehaltung des Namens ein Stück Erinnerung an frühere Zeiten zu bewahren. Es macht allerdings Sinn, dass sie noch existieren.

Einer der Hirten sagte, unten am Weg, am Ufer des Orellana-Stausees, herrsche ein sehr gutes Mikroklima, und dieses Wort, *Mikroklima*, klang fremd und versetzte mich gleichzeitig in die Stadt mit all ihren Präfixen, Suffixen und ihrer Gesellschaft.

Der Westwind schüttelt den Ginster ein wenig durch. Manchmal verreibe ich Rosmarin- oder Lavendelstängel in meiner Handfläche, bevor ich mir den Nacken abklopfe, auch mit Majoran, Miguels Lieblingsduft. Die Wolle wird bald genauso riechen.

»Wenn sich die Landschaft lila färbt, ist das wunderschön«, sagte er neulich angesichts Tausender *Argamulas* – Wegerichsblättriger Natternköpfe.

Zwei Herden unterhalten sich von Zaun zu Zaun, aber wenn man in das Sumpfgebiet hinabsteigt, richtet sich der Blick nach oben, wo eine Vielzahl von Vögeln über das Wasser gleitet und sich gegenseitig anzwitschert. Das Flussbett hat die Breite von mindestens drei alten Cañadas und verläuft im Zickzack, wodurch

Fischgründe und Mini-Inseln entstehen, die von Enten, Kiebitzen und Kormoranen besiedelt werden. Die Klosterruine am anderen Ufer beherbergt mehr als vierzig Störche.

Ich habe seit zwei Tagen nichts anderes als mein Gesicht und meinen Hals gewaschen. Es ist heiß und die Wassertemperatur ist immer noch nicht sehr hoch, aber die Sonne hat mich wirklich aufgewärmt, also los geht's. Schwimmen. In ruhigem Wasser. Allein. Unter Tieren. Hier, jetzt, ist *Leben* ein reineres Wort, das auf klare Weise mit dem verbunden ist, was es vor langer Zeit war. Die Macht der Gegenwart lässt alles andere kleiner werden. Das sind Dinge, an die man denken kann, wenn man sich in der Sonne auf einer der Schieferplatten trocknet, die an einem Hang liegen, der sich ins Wasser neigt. Die Kindheit meiner Mutter war so. Und meine, vor Jahren. Selbst jetzt kann ich von Zeit zu Zeit noch so leben. Ein Ort, um wie Eloísa und Quiterio zu denken. Enten fliegen in Fünfergruppen durch die Luft.

Das Zeichen des Geiers und die Hummel

Ich nutze das gute Wetter, um auf allen Wegen und Pfaden zu spazieren, die ich finden kann, vor allem auf denen, die sich an Flüssen und Stauseen entlangschlängeln. Für die Schafe ist die Nähe der Stauseen eine ständige Versuchung, und obwohl sie das Baden hassen, schlüpfen einige von ihnen so schnell wie möglich unter den weniger gespannten Drahtzäunen hindurch, um zu trinken. Der Draht verbiegt sich, wenn die ersten Ausbrecher an ihm reiben, so dass andere Schafe dazu neigen, es ihnen gleichzutun, wodurch das Loch immer größer wird, denn durch das Reiben ihrer Bäuche und Hufe am Boden wird ebenfalls ein Loch gegraben, das es den nächsten Schafen erleichtert, zu entkommen. Oft fliehen sie nur für kurze Zeit, um das Gras außerhalb zu fressen oder ihre Nachbarn zu besuchen. Auf der Straße nach Sanjuanilla habe ich gesehen, wie Schafe Schlange standen, um durch ein Loch zu schlüpfen und durch ein identisches Loch wenige Meter entfernt hindurch ins benachbarte Gehege zu gelangen. Dass sie über den Weg dazwischen auch entkommen könnten? Sicherlich wissen sie, dass diese Möglichkeit sie nicht weiterbringt.

Am Ufer, nicht weit von Puerto Peña, taumeln fünf einsame Schafe, zwei erwachsene Tiere und drei Kälber, orientierungslos über eine felsige Fläche, die zehn Minuten später von einem Fuchs genutzt wird, um den Fluss zu überqueren, ohne nasse Pfoten zu bekommen. An den Ufern findet man Rehkot, zerquetschte Krabbenscheren, schwarze Pilze und zerfurchte Süßwasserschildkröten. Die wilden Olivenbäume dienen mir als Halt, wo das Terrain schlammig oder schwierig wird, und ich abgelenkt bin vom Murmeln des Wassers, von Ästen, von Flügelschlagen.

Als eine Hummel gegen meine Lippen stößt, glaube ich, dass ich etwas erreicht habe, denn vor ein paar Tagen, als ich einem anderen Schaf durch eine bewaldete Schlucht folgte, deren Felsen und Schiefer manchmal den Abhang hinabstürzten, spürte ich plötzlich einen Meter über meinem Kopf die Luft, die von den Flügeln eines herabfliegenden Geiers verdrängt wurde. Ein einziger dichter Busch trennte uns. Ich bildete mir ein, dass der Geier mich entweder nicht gehört hatte oder mich mit einem vertrauten Tier verwechselte, was beides darauf hindeutete, dass ich vielleicht anfing, mich wie andere Tiere hier zu bewegen. Dass ich mich ein wenig einfügte. Ich war mir noch nie so bewusst, dass ich mich in eine Gruppe integrieren möchte, wie ich mir jetzt wünsche, dass dieses Umfeld mich akzeptiert. Es ist zu spät, ein Baum zu sein, es würde eine andere Natur erfordern, aber wenn eine Hummel gegen mich fliegt und der Geier eine Weile braucht, bis er wieder abhebt, bedeutet das, dass etwas funktioniert. Und das alles geschah im Gehen.

»Tiere müssen in Bewegung sein«, sagt Miguel immer.

Jeder in seinem eigenen Tempo und je nach Ort. Ich gehe hier anders als in der Stadt. Man kann in Puerto Peña nicht im gleichen Tempo wie auf der Gran Vía[1] laufen, weil das absurd ist und weil, auch wenn das Gegenteil der Fall zu sein scheint, keine Hummel gegen einen fliegt, wenn man schneller läuft.

Auf dem Rückweg nach Sanjuanilla mache ich mehrere Male Halt. Zuerst im Wald. Später stehen die Bäume in größeren Abständen. Kreisende Geier führen mich zu der Stelle auf der Weide, wo eine Festgesellschaft sich um ein verendetes Schaf versammelt hat.

Elstern, Dohlen und andere kleine Rabenvögel entdecken Kadaver in der Regel als erste, aber da sie die Haut nicht abreißen oder das Fleisch nicht zerschneiden können, warten sie auf das Eintreffen der Geier, und an diesem Punkt bin ich dazugekommen. Die Gänsegeier fressen in einer Mulde, die von der Straße, die keine fünfzig Meter entfernt verläuft, nicht einsehbar ist. Überall sind Elstern und Rotmilane zu sehen, aber das Zerschneiden übernehmen die Geier, die nach und nach landen, nachdem sie sich lange vergewissert haben, dass ich weit genug weg bin und sie nicht stören werde. Sie können zwei Stunden lang kreisen, bis sie davon überzeugt sind, dass keine Gefahr mehr besteht, denn wenn ihre Mägen voll sind, müssen sie einige Zeit am Boden verbringen, bis sie durch die Verdauung ihr Fluggewicht wieder erreichen.

Wer zuerst unten ist, hat in der Regel den größten Hunger. Im Moment sind sechs Geier am Kadaver beschäftigt, sie reißen Sehnen, Nerven und Knorpel heraus. Einige haben ihre Schnäbel bereits in die Eingeweide versenkt. Am Himmel fliegen drei, die im Begriff sind herabzukommen. Nicht weit entfernt wartet ein Mönchsgeier. Als sieben Gänsegeier das Schaf vertilgen und zwei weitere im Begriff sind, ihren Festschmaus zu beenden, macht

---

1. Eine der großen Avenidas im Zentrum von Madrid.

sich der schwarze Geier auf den Weg zu den Überresten und bläht seine Brust auf, um die Rabenvögel einzuschüchtern, die darauf warten, dass sie an der Reihe sind. Während er die Fleischfetzen verschlingt, picken zwei Elstern und ein Milan heimlich daran herum und weichen dem routinemäßigen Flattern des Geiers aus, der nach ein paar Minuten mit dem Fressen alleingelassen wird.

Sehen

Das Symphonieorchester von Sanjuanilla hat mit seinen zahlreichen Nachkommen ein breites Spektrum an hohen Tönen in sein Repertoire aufgenommen. Das schrille Blöken der Lämmer weckt mich fast eine Stunde früher als bei meiner Ankunft, weil sich die Sonne früher zeigt, und in den Bäumen hat eine Unzahl von Küken das nüchterne Allegretto von vor ein paar Tagen in ein ständiges Getöse verwandelt.

Die Herde erschnüffelt die Wucherungen, die sich in Form von Pilzen oder Zunderschwamm auf umgestürzten Baumstämmen ausbreiten, Knollen, die schon da waren, aber ins Riesenhafte gewachsen sind. Manchmal beißt eines der Schafe versuchsweise hinein. Eine grün-schwarze Raupe, die man hier *Lagarta Barrena*[1] nennt, bohrt sich gewissenhaft in den Stamm einer unversiegelten Steineiche. Es ist seltsam, ein Tier mit dem Namen eines anderen zu identifizieren, aber wenn man sich das Aussehen der geschorenen Schafe ansieht, könnte man sich fragen, ob es nicht sinnvoll wäre, sie anders zu nennen, solange ihre Wolle nachwächst.

Durch die gründliche Rasur wurden die Verfärbungen der Sonne entfernt, und ihre Schwärze ist so kompakt und tief, dass sie eher wie Flecken oder Schatten als wie Tiere aussehen. Tatsächlich ist es oft schwierig, sie als solche zu erkennen. Als etwas

1. Wörtlich übersetzt in etwa ›Bohrspinner‹.

anderes als eine Farbe. Wenn sie zusammenkommen, bilden sie ein wahres Schattenbataillon.

Entkleidet wirken die weißen Schafe noch schwächer und entblößter, während die schwarzen eine Ausstrahlung haben, die irgendwo zwischen hart und beunruhigend liegt, als ob sie zu etwas anderem fähig wären. Und das sind sie. Neulich, als ich die Pappelallee entlangging, die durch La Celada führt, begann eine Gruppe schwarzer Schafe, sich mit dem weißen Flaum, der von den Bäumen fiel, zu bekleckern. Der Bach, der sich durch das Tal schlängelt, war mit diesem unwirklichen frühsommerlichen Blütenschnee komplett weiß bedeckt, aber noch beunruhigender waren die Säugetiere, die vor meinen Augen zu etwas mutierten, das einem Zebra oder einem Gepard ähnelte. Ich hetzte sie ein wenig, um zu sehen, ob eines von ihnen ins Wasser springen würde. Ich wollte sehen, wie ihre schwarzen Hälse aus der weißen Decke der Wasseroberfläche herausragen. Sie rannten flussabwärts am Ufer entlang, und ich blieb zurück.

Wie können sie so schwarz sein, woher haben sie die Farbe? Genau jetzt sendet die Sonne Lichtphotonen aus, die von der Haut dieser Schafe mit offenen Poren aufgenommen werden. Sie sind zwar keine australischen Paradiesvögel, die den Rekord für die meisten in einem Gefieder absorbierten Photonen halten, und sie verfügen auch nicht über den optischen Lichtfangmechanismus, mit dem der superschwarze Tiefseefisch nur eines von tausend auf ihn treffenden Photonen abgibt, aber diese Schafe halten so enorme Lichtmengen zurück, dass sie, jetzt, da sie nackt sind, bei zu starkem Sonneneinfall verbrennen könnten. Letztlich ist es jedoch das kleinere Übel, wenn man bedenkt, dass die Herde nach der Schur fünf Mutterschafe verloren hat. Vier von ihnen erkrankten an einer unheilbaren Erkältung und eines starb noch am selben Tag, an dem es geschoren wurde.

Als ich mich vom Bach und den Pappeln entfernte und den

Zebra-Schafen folgte, entdeckte ich zufällig Spargel. Ich dachte darüber nach, wie sich die Dinge verändern, einschließlich der peripheren Sicht, aber vor allem kam mir das Abendessen in den Sinn, und so sammelte ich eine gute Handvoll.

Eine Menge Geschichten

Ich verbringe mehr Zeit bei den schwarzen Schafen als in Sanjuanilla. Und nicht nur bei ihnen, denn ab und zu muss das Wasser von Miguels Hühnern und Truthähnen gewechselt werden, oder die Esel sind zu füttern oder eine schwarze Ziege ist zu melken, was ich gerade gemeinsam mit Marce tue, der den Druck auf die Euter verlangsamt hat, damit ich auf seine Gesten achten kann. Dann lässt er los und sagt:

»Übernimm du.«

Die Zitzen sind heiß, als wären sie gekocht worden. Sie haben die holprige Geschmeidigkeit von pickeligen Backen. Wenn ich drücke, kommen *Veredas* von Milch heraus, verglichen mit den *Cañadas*, die der Ziegenhirte melkt. Mir gelingt nicht einmal ein durchgehender Strahl.

»Schau, mach es so.«

Seine Hände sind doppelt so groß wie meine. Seine Finger vielleicht dreimal so dick. Egal, wie sehr ich seine Bewegung nachahme, Technik, Größe und Kraft sind nicht auf meiner Seite. Also drücke ich weiter gegen die heißen Euter, während ich die Zitzen ein wenig komprimiere, indem ich Marces Drehung des Handgelenks kopiere, um zu sehen, ob nicht doch ein dicker Strahl herauskommt.

Marisa wartet auf den Kübel, um ihre durchschnittlich vier oder fünf Käsesorten pro Tag herzustellen, die ihr mehrere Nachbarinnen abkaufen. Außerdem hat die Hirtenschule den Cabellos angeboten, eine Melkmaschine an zweihundert ihrer Schafe auszuprobieren. Sie produzieren weniger als die Ziegen, aber sie geben die Milch mit so viel Fett, dass sie eine äußerst nahrhafte Delikatesse darstellt. Marisa und Miguel wissen noch nicht, ob sie sich auf solche Experimente einlassen wollen. Vorher möchten sie wissen, wie sich das Melken in diesem Ausmaß auf die Schafe auswirkt – unter Verwendung elektrisch betriebener Saugnäpfe und ohne, dass sie sich mit der von ihnen gewünschten Sorgfalt um jedes einzelne Tier kümmern können.

»Wir werden sehen«, haben sie auf den Vorschlag geantwortet.

Ein Bier im *El Escorial* beendet einen weiteren Arbeitstag, bevor ich zu den weißen Schafen zurückkehre und mich fühle, als hätte ich sie erneut betrogen. Vermutlich ist es nicht so, aber vielleicht doch. Die Weißen sind wunderschön, sie haben fast alles, was man von einem Schaf verlangen kann, und Juan Alfredo ist ein umsichtiger Schäfer, der seinen Beruf liebt. Ich lebe in einer guten Hütte mit weitem Weideland, einer liebevollen Hündin ...

»Gib mir noch ein Bier«, bitte ich Juan Antonio.

Er knallt es auf die Theke.

»Noch ein Bier ohne Alkohol!«, sagt er.

Heute Abend hat es wieder abgekühlt. Fünf Männer unterhalten sich am Kamin der Bar. Einer von ihnen formt einen Draht zurecht, während er kommentiert, dass der Themenpark die Umwelt verschmutzen und voller Zuhälter und Spielsüchtiger sein wird, da das Projekt offenbar ein Kasino vorsieht. Ein anderer entgegnet, dass in der Gegend Arbeitsplätze benötigt würden und der Park viel Geld einbringen könne.

»Wenn sie das Volk entzweien wollen ...«, sagt Miguel zu mir und nimmt einen Schluck von seinem Whisky an der Theke. »Und alles, damit letztlich nichts draus wird. Denn es wird nichts draus werden.«

»Woher weißt du das?«

»Viele Jahre Erfahrung. Daraus wird nichts.«

Es heißt, das Projekt werde von einem kanadischen Tycoon mit Kontakten zum Königshaus vorangetrieben. Dass ein ultraschneller Zug durch La Siberia fahren und der Park aquatisch sein werde.

»Die Menschen wittern überall große Geschäfte«, sagt Miguel. »Aber dann muss man sie umsetzen.«

Bevor es dunkel wird, rufe ich meine Mutter an. Während ich mit Siria über die Wiese spaziere, frage ich sie, wie es den Geranien auf der Terrasse geht. Sie ist überrascht von diesem neuen Interesse, und so erzähle ich ihr von Javier, einem Freund von Miguel, der nach dem Tod seines Vaters vor ein paar Jahren nach Siruela gezogen ist.

Nicht viele junge Leute sind bereit, ins Dorf zurückzukehren, und in seinem Fall war es noch außergewöhnlicher, weil er aus einem Leben zwischen Madrid, Ibiza und so weiter kam. Hinter seinem Haus gab es einen kleinen, vernachlässigten Gemüsegarten, den Javier bei seiner Ankunft nicht angerührt hatte. Als er eines Tages von einem Spaziergang zurückkam, fand er den Garten umgegraben und bewässert vor.

»Ich schloss daraus, dass es mein Nachbar war. Es kann kein anderer gewesen sein. Er konnte es nicht ertragen, die Pflanzen sterben zu sehen, also schlich er sich von hinten an und goss und pflegte sie ohne mich«, hatte mir Javier erzählt. »Mein Nachbar ist in seinen Achtzigern. Für ihn ist das Graben wie das Tippen auf einem Computer für mich. Das brachte mich auf den Gedanken, dass ich verkümmerte Muskeln hatte. Das merkt man erst, wenn man aus der Stadt zurückkommt.«

Seitdem kümmert sich Javier um seinen Gemüsegarten, gerbt Häute, ist in der Lage, Schafe zu binden und baut Miniaturbäume, indem er Drähte, die aus einem Gipsverband ragen, miteinander verflechtet. Die Blätter erhält er, indem er Matratzenschaum zerkleinert.

»Richte ihm aus, wenn er gute Geranien will«, sagt meine Mutter mit einem Lächeln in der Stimme, »schicke ich ihm Samen aus Barcelona.«

Wenn wir uns unterhalten, versuche ich, ihr Geschichten dieser Art zu erzählen. Ich habe bislang weder das Projekt des Freizeitparks erwähnt noch die Streitigkeiten unter den Viehzüchtern oder meine Zweifel, die wie ein Witz wirken: Welche würdest du wählen, die weißen oder die schwarzen Schafe? Ich versuche nicht, irgendetwas vor ihr zu verbergen oder ihre mythischen Erinnerungen zu beschützen, aber ich habe ihr gesagt, dass ich hergekommen sei, um die Natur zu erforschen, und ich möchte die Geschichte nicht mit der Art von Streitereien besudeln, die oft im Fernsehen gezeigt werden, oder ihr das Gefühl geben, dass die unguten Leute hier immer noch so viel Macht haben. Sie wird es ohnehin lesen, wenn ich das Buch veröffentliche.

Neulich habe ich ihr zum Beispiel erzählt, dass die Temperatur im Orellana-Stausee auf siebzehn Grad angestiegen war und Hunderte von Barschen zum Laichen an Land geschwommen waren und sich entlang des sichtbaren Ufers drängten, wobei sie mit den Flossen schlugen, als würden sie kämpfen. Manchmal versammelten sich sieben, acht, zehn und lagen ganz still, bis einer mit der Schwanzflosse schlug und alle sich wie Piranhas schüttelten. Sie legten Eier. Die Geschichte enthielt nicht die Gruppen von Fischern, die mit Knüppeln an der Küste entlangzogen.

»Erzähl mir mehr«, sagt meine Mutter.

Ich spreche von einem Fischadler, der an einer senkrechten Felswand lebt, die sich in einen Stausee senkt. Dieser Adler bleibt selbst dann ruhig, wenn ein Boot in zehn Metern Entfernung vorbeifährt. Er hat sich an den Menschen gewöhnt, genau wie seine Nachbarn, das Schwarzstorchpaar, das ich dank eines befreundeten Bootsfahrers entdeckt habe. Paco stoppte den Motor, als er die Spalte entdeckte, in der die beiden gerade kopulierten. Wir beobachteten sie durch das Fernglas, während das Boot im Wasser schaukelte. Sie hielten sich in ihrem Liebesspiel mehr als eine Minute lang, bevor einer vom Nest abhob, mehrmals über uns mit den Flügeln schlug und sie, nachdem er an Schwung gewonnen hatte, mit seiner faszinierenden Eleganz ausbreitete. Da die Sonne hinter uns stand, konnte man die Kontraste von Weiß, Rot und Schwarz und die kobaltblauen Streifen, die die Flügel manchmal aufweisen, gut erkennen. Er glitt stilvoll geradeaus und hob sich von den alten Steinmauern und den grünen Hügeln im Hintergrund ab. Er kehrte nicht zum Nest zurück, bis wir wegfuhren.

Meine Mutter sagt, sie hätte ihn gerne gesehen. Als ich vorschlage, ein Haus in Garbayuela zu suchen und ein paar Tage dort zu verbringen, antwortet sie, dass mein Vater bereits einen Termin für eine Operation wegen eines heiklen und hartnäckigen Problems habe, das diesmal seine Niere betreffe.

Der Rabe

»Du bist wie ein Käuzchen«, sagt Miguel, »du schaust einfach nur.«

Gestern habe ich ihm angekündigt, dass ich bald nach Barcelona zurückkehren werde.

Wir befinden uns inmitten einer riesigen Steppe, in der alle Horizonte weit entfernt sind und eine Art riesigen Kreis um den Hof ziehen. Sie heißt El Cuervo. Genauer gesagt, El Cuervo de Abajo, denn einen halben Kilometer entfernt liegt der Hof von Arriba – von Oben –, einer der wenigen anderen Höfe in der Steppe, auf die Miguel im Sommer seine Herde bringt. Im Hintergrund ist die Pyramide des Masatrigo zu sehen, die jedoch zu La Serena gehört.

»Um etwas zu wissen, muss man viele Fragen stellen«, fährt Miguel fort, nachdem er sich eine Zigarette angezündet hat. »Wenn ich etwas nicht weiß, frage ich zwanzigtausend Mal. Wenn man das nicht tut, können dumme Sachen passieren. Wie der Mexikaner, der mit einer Planierraupe Brombeeren entfernte und als wir zurückkamen, hatten wir fünfzig tote Schafe. Dann fand er heraus, dass er Erde voller Schierling aufgeworfen hatte.«

Das Haupthaus ist unbewohnbar. Obwohl die Fundamente fest sind, wirkt das Innere, als wäre es von einem Wirbelsturm getroffen worden. Keine Möbel, Fußleisten oder Türen – der Staub bedeckt den Boden, die Regale, alles. Überall liegen Putzstücke, Werkzeug, Plastik und Küchenutensilien verstreut herum. Im Außenbereich befinden sich baufällige Gatter, ein großer leerer Stall und ein moderner Schuppen, in dem landwirtschaftliche Geräte, vor allem Absperrungen und Paletten, gelagert sind. Ein Großteil des Materials stammt aus dem *Punto Limpio*[1] in Siruela. Miguel recycelt das alles. Er hat sich vorgenommen, El Cuervo sein ursprüngliches Aussehen zurückzugeben, indem er die arabischen Ziegel auf den Dächern von Haus und Scheune sowie das Holz der Zäune und Gatter wiederherstellt. Für das Museum der schwarzen Schafe, das er sich ausgedacht hat, sammelt er auch alte Töpfe, Schüsseln, Tröge, Dachstroh, Bolzen und andere weggeworfene Gegenstände, die er in den Containern seines Dorfes oder wo immer findet und für nützlich erachtet.

Er öffnet einen Wasserhahn und stellt eine große Gießkanne unter den Auslauf.

»Dies ist der Ort, an dem ich mich entspanne.«

Auf jeder Seite des Hauses gibt es eine Veranda. Die größere, nach Osten ausgerichtete, grenzt an einen kleinen Garten mit einigen Oleanderbäumen. An dem Mäuerchen, das den Garten vom Haus trennt, stehen aufgereiht alte Farbeimer und große Dosen von gebratenen Tomaten, die als Blumentöpfe verwendet werden, In ehemaligen Behältern für Apis und Titanlux blühen Geranien, Minze und Basilikum.

---

1. Abgabestelle für Sperrmüll, wörtlich etwa ›saubere Stelle‹.

»Hier wird alles recycelt. Seit zwei Jahren lebt hier niemand mehr. Es ist an der Zeit, es wiederherzustellen. Das Haus ist perfekt. Ein paar Renovierungsarbeiten, und schon ist es bezugsfertig.«

Ich ziehe die Augenbrauen hoch.

»Ein paar oder drei«, sage ich.

»Sehr witzig.«

Er lässt die große Gießkanne stehen, hält eine kleinere unter den Wasserhahn und beginnt anschließend Pflanzen zu wässern. Das Leitungswasser gluckert von tief unten.

»Ich arbeite mir den Hintern wund für all das. Und ich tue es nicht, um Geld zu verdienen. Ich möchte, dass meine Söhne hier eine Zukunft haben. Ich glaube, eine Möglichkeit, das zu erreichen, besteht darin, Dinge zu erhalten, die es wert sind. Wer nicht in die Vergangenheit blickt, blickt nicht in die Zukunft.«

Er hält inne. Er weiß, dass er eine seiner typischen Phrasen gesagt hat und lässt sie in die Steppe sinken.

»Verdammt, Miguel, wie du manchmal redest.«

Wir lachen beide.

»Ich wirke wie ein Priester, nicht wahr?«

Wir lachen erneut.

»Marisa sagt mir, dass ich außerdem immer alles tausendmal wiederhole.«

Wir lachen weiter.

»Aber wenn ich mich wiederhole, dann nur, weil ich an das glaube, was ich sage, das weißt du. Ich glaube daran.«

Wir blicken auf die riesige, mit wachsendem Hafer bedeckte Fläche.

»Dann kommen sie zu einem und sagen, warum machst du dir die Mühe, Amerika wirst du nicht entdecken. Amerika nicht, aber ich habe Socken von meinen Schafen, einen Pullover von meinen Schafen, den Käse, den Marisa macht ..., wie findest du das?«

Er sieht mich an.

»Wie findest du das, habe ich gefragt.«

»Ich wünschte, ich hätte Socken, die sich so sehr wie meine eigenen anfühlen.«

»Nimm die da«, sagt er und zeigt auf die kleine Gießkanne, die fast voll ist.

Als ich sie nehme, hält er die große unter den Wasserhahn und geht zum Schlauch. Er stellt das Wasser an, schleppt den Schlauch in den Garten und redet weiter, während wir gemeinsam die Pflanzen wässern.

»Mein Vater kam aus der Geschäftswelt. Er sah, wie viel Arbeit ich für Siruela leistete, und sagte zu mir: ›Wie wenig man dir dankt, warum machst du weiter?‹ Er verstand es nicht. Aber er kam nun mal aus dem Handel. Er wollte immer Geld im Portemonnaie haben, und wenn er etwas vorschlug und der andere nicht darauf einging, dann hieß es: schön, auf Wiedersehen. Ich habe andere Gedanken. Die Sache ist die, dass man die Menschen im Dorf braucht, um wirklich zu funktionieren, und wenn sie sich nicht engagieren ... Für mich ist klar, dass dies das Projekt meiner Familie ist. Aber es ist nicht nur unser Projekt, denn es gibt viele Menschen da draußen, und die Idee ist, dass noch viel mehr Leute biologisch anbauen und kultivieren. Jeder mit seinem eigenen Ding, aber gut für alle, oder nicht?«

Ich nicke zustimmend.

»Wie du. Warum bist du hier?«

»Keine Ahnung, Miguel. Ich habe es dir schon gesagt. Meine Mutter und meine Großeltern ...«

»Ja, ja. Aber du, du! Warum bist du hier? Warum bist du zu den Cabello gekommen, um Zeit mit den Schafen und den Truthähnen und den Eseln zu verbringen?«

Ich antworte, dass ich einen Unterschied in der Art und Weise gesehen habe, wie sie ihr Vieh aufziehen, und dass die Farbe

Schwarz diesen Unterschied gut repräsentiert, wobei sich herausstellen könnte, dass die schwarzen Schafe nicht unbedingt die schlechten sind.

»Okay. Im Klartext. Seien wir ehrlich. Ich habe genug von schmutziger Politik und Leuten, die betrügen. Vor einiger Zeit ging ich zu einem Arzt, denn obwohl die Menschen in der Stadt etwas anderes glauben, herrscht hier manchmal ein enormer Druck, und er gab mir Tabletten gegen Angstzustände. Trankimazin. Ich habe sie einer Freundin gezeigt, die sich damit auskennt, und sie sagte mir, dass sie sehr stark sind und mich platt machen würden. Ich habe also nichts eingenommen und mich auf meine Weise erholt. Zum Beispiel, indem ich hierherkomme. Oder zu der Senke in Sancti-Spíritus, weiter draußen noch, als wo ich die Ziegen habe. Das sind die Orte, an denen ich meditiere.«

»Du meditierst?«

»Ich atme ein. Ich atme aus. Ich bin ruhig. Ich kann drei Stunden damit verbringen. Ich atme ein. Ich atme aus.«

»Und betest du?«

Er sieht mich mit einer hochgezogenen Augenbraue an.

»Keine Ahnung«, fahre ich fort. »Da du gläubig bist, dachte ich, vielleicht zur Jungfrau von Altagracia …«

»Wenn ich bete, dann zur Jungfrau. Zu der von Altagracia … Jungfrauen sind alle gleich, seien wir realistisch. Letztendlich sind sie alle Maria. Was ich am Ende dieser Geschichte mitbekomme, ist, dass man sehen muss, wie gerne sie einen auf Pillen setzen. Wie kann das sein?«

Er nimmt die Zigarette aus dem Mund und schaut sie an.

»Das müsste ich wirklich aufgeben.«

»Die Churros auch.«

»Willst du damit sagen, dass ich den Willen dazu nicht habe?«

Seine mittelgroße Gestalt mit dem beginnenden Bauch zeichnet sich gegen den zunehmend bernsteinfarbenen Horizont ab, den Schlauch in der einen und die Zigarette in der anderen Hand.

»Um ehrlich zu sein, für manche Dinge nicht«, antwortet er sich selbst und lächelt schief. »Aber man muss Charakter haben.« Er blickt auf die Steppe. »Mein Vater mochte La Serena nicht. Er hat in diesem Land nichts gesehen. Jeder sieht, was er sieht. Schau.«

Der Hafer ist bereits gewachsen, und vom Rand der Mauer aus kann man eine Art grünes Meer sehen, das El Cuervo zu einem Eiland macht. In der Ferne sind ähnliche weiße Inseln zu sehen, vereinzelte und verstreute Bauernhöfe, die auch Boote sein könnten. Und Miguel ein Kapitän.

»Ich habe erlebt, wie mein Vater mit zweitausend Schafen auf einer Messe ankam, erkannte, wie die Dinge liefen, und anfing zu kaufen, obwohl wir eigentlich verkaufen sollten. Als ich ihn das erste Mal fragte, warum wir mehr Tiere wollten, weißt du, was er sagte? ›Wir haben die Messe bereits vorgewärmt. Wir haben den Preis für die Schafe festgelegt und werden sie nun zu dem Preis verkaufen, der für uns interessant ist.‹ Was ich meine, ist, dass man wissen muss, wie man etwas macht. Und wenn die Dinge nicht gut zu laufen scheinen, wenn die Dinge nicht in Gang kommen, muss man darauf vertrauen, dass das schon noch wird. Deshalb werde ich dieses Haus sanieren. Es kann ein Ort für Leute sein, die auf Weidenwechsel sind. Oder für Familien, die hier einziehen wollen.« Er sieht mich an. »Wir brauchen Menschen, die aufs Land kommen und hier leben. Dies sind die Sommerweiden für meine Schafe. Wenn ich sie herbringe, werde ich mindestens ein Zimmer bereithalten. Wenn du willst, kannst du kommen. Es gibt zwar kein WLAN oder ähnliches, aber das ist auch nicht das, was du suchst, oder? Es wäre wie in Sanjuanilla, nur dass man hier das Wasser nicht aus dem Brunnen, sondern aus dem Stausee holt.«

Es gibt zwei große Zisternen, eine neben dem Stall und eine an der Seite des Hauses, die zu den Pferchen hin liegt.

Während Miguel spricht, huscht eine Feldmaus auf der Veranda herum und weicht Holz, Plastik, Eimern und einem kleinen Stuhl mit einem großen runden Loch in der Mitte der Sitzfläche aus, der als tragbare Toilette dient. Im Inneren des Hauses sind überall Spinnweben mit einem Durchmesser von einem halben Meter zu sehen.

»Vielen Dank, Miguel. Obwohl der Sommer bald beginnt und das hier in einem Zustand ist …«

»Schau nicht darauf, wie es ist, sondern stell dir vor, wie es sein könnte. Ich habe dir bereits gesagt, dass ich hier bei den Schafen und den Pflanzen durchatmen kann. Bedenk nur, dass ich nicht immer kommen kann, wenn ich will, und wenn du im Sommer einziehst, muss ich dich bitten, die Pflanzen jeden Tag zu gießen, denn die Hitze hier ist sehr hart. Wie siehst du das? Denn das ist ein wahrer Wandel, oder?«

Die Erwartung des Haubentauchers

Im Stausee von Valdecaballeros ist der Haubentaucher, ein Wasservogel mit einem punkigen Kamm und einem scharfen Schnabel, ein häufiger Anblick. Er schwimmt herum und taucht plötzlich vollständig unter Wasser. Obwohl man ihn leicht aus den Augen verlieren kann, wissen wir, dass der Haubentaucher auf eine Weise taucht, dass sein Schnabel nach einer Weile und viele Meter entfernt das Wasser senkrecht durchbricht und der Vogel wieder auftaucht. Es macht Spaß, den Tauchgang zu beobachten und zu berechnen, wo und wie er wieder an die Oberfläche kommt: Wie lange hält er durch? Taucht er mit einem Fisch im Schnabel auf?

Jetzt, da die Monate vergangen sind, betrachte ich meine Abreise aus Sanjuanilla wie den Tauchgang des Haubentauchers, nur dass ich nicht ins Süßwasser, sondern in die Stadt abtauchte. Einige Wochen bewegte ich mich in einer dichteren, sauerstoffärmeren Atmosphäre, manchmal ein bisschen wie im Traum, und diese Atmosphäre wurde noch dicker, als die Krankenschwester ein Stück Gummiband nahm, es um den Bauch meines Vaters wickelte und sagte:

»Heute Nacht ist er fünf Zentimeter gewachsen.«

Offenbar war die Operation gut verlaufen, aber unerwünschte Nebenwirkungen hatten ihn gezwungen, sich einer zusätzlichen Notoperation zu unterziehen. Nach Angaben der Chirurgen war auch die zweite Operation ein Erfolg. Dieses Mal bestand die unerwartete Folge darin, dass sein Darm gelähmt wurde. Die Ärzte sagten, dies sei eine mehr oder weniger häufige Nebenwirkung und es genüge, abzuwarten, bis der Körper ihn reaktiviere. Bis dahin könne er weder essen noch trinken und werde sehr sparsam per Sonde ernährt.

Nach den ersten zwei Tagen hatte sich sein Magen in erschreckendem Maße vergrößert. Als wir ihn anfassten, stellten wir fest, dass er steinhart war. Und er wuchs weiter, als wäre er ein eigenständiges Wesen, während mein Vater an Kraft verlor. Er hatte Mühe zu sprechen, zu atmen und brach unter dem ohnehin schon beängstigenden Klumpen zusammen, der von Stunde zu Stunde wuchs. In der Nacht der fünf Zentimeter beschlossen die Ärzte, ihm einige Schläuche einzuführen und begannen, ihn zu entleeren. Der Vorgang war schmerzhaft und anstrengend, es genügte, zu sehen, wie aus der historischen Nummer vier eine sterbende drei wurde, aber mein Vater überlebte mit Hilfe seiner unermüdlichen Frau, die ihn wusch, mit ihm redete, ihn streichelte, an manchen sehr dunklen Tagen weinte und darauf bestand, dreiundzwanzig Nächte in Folge mit ihm auf der halb ausklappbaren Liege des Krankenhauses zu schlafen, ohne sich ablösen zu lassen oder die Pausen einzulegen, zu denen ihr sogar die Krankenschwestern rieten.

Mein Vater hat nie gesagt, wie wir mit seinen sterblichen Überresten umgehen sollen, wenn er stirbt. Auch meine Mutter nicht. Ich habe auch nicht wirklich darüber nachgedacht. Ich nehme nur Asche wahr, ich denke, ich setze auf Einäscherung. Aber mir fehlt das Bewusstsein, dass ich bald sterben werde, ich schätze, meinem Vater auch, Bewusstsein muss nicht realistisch sein. Auf jeden Fall erinnerte ich mich mehr als einmal an die Holländerin, die eines Tages auf dem Campingplatz von Puerto Peña auftauchte. Nachdem sie versucht hatte, die Klippe auf eigene Faust zu erklimmen, kehrte sie mit einer Wunde am Bein zum Campingplatz zurück. Sie war gegen einen Felsen gestürzt, und die Schnittwunde hielt sie von dem Versuch ab, den Gipfel zu erreichen. Während Álvaro die Wunde auf dem Campingplatz desinfizierte, gestand ihm die Frau, dass sie dort war, um die Asche ihres Mannes vom Gipfel zu werfen. Vor Jahren waren sie beide im Urlaub auf dem Campingplatz gewesen, und die Fahrt nach Puerto Peña bestätigte den Eindruck, den der holländische Reisende bei seinen Ausflügen durch die restliche Siberia gewonnen hatte: Sie waren im Paradies. Nun war der Mann tot, und die holländische Frau und ihre Kinder wollten seine sterblichen Überreste an dem Ort verstreuen, den er für Eden gehalten hatte. Die Söhne, die Musiker in einer Blaskapelle waren, trafen am folgenden Abend ein. An dem Tag, an dem die Niederländer die Urne auf dem Gipfel öffneten, gab es auf dem Campingplatz ein Konzert bis in die frühen Morgenstunden.

Álvaro erzählte die Geschichte an einem bewölkten Frühlingsmorgen, als wir denselben Gipfel erklommen und es plötzlich zu schneien begann, winzige Flocken, die sich auflösten, sobald sie den Gipfel der Steilküste berührten. Vielleicht war es der Schnee, der ihn an die Asche des Holländers erinnerte. Álvaro erzählte, dass auch andere Leute die Asche geliebter Menschen vom Gipfel des Puerto Peña verstreut hatten, und wir fragten uns, was sie an diesem Ort gefühlt haben mochten, dass sie beschlossen, sich dort in Luft aufzulösen. Woran erkennt man sein Paradies? Warum will man dort enden, auch wenn es weit weg von dem Ort ist, an dem man sein Leben verbracht hat? Das einzig Unbestreitbare ist, dass das Paradies zur Rückkehr einlädt. Sogar, um dort zu sterben.

Ich weiß nicht, wie viele Paradiese meine Mutter hat, wenn überhaupt, aber ich habe den Eindruck, dass sie es vermeidet, physisch in ihr Kindheitsparadies zurückzukehren. Sie hat es so oft und mit so viel Enthusiasmus erzählt, dass sie die Reinheit, die sie bewahrt, vielleicht nicht besudeln möchte. Sie verhindert, dass die neue Realität ihre Erinnerungen verwischt, die sie frisch zu halten versucht, indem sie ihre denkwürdigen Episoden immer wieder in fast identischer Weise wiederholt: die Geschichte vom Esel, der im Sturm aufstand; das Reh, das in den Fluss sprang; der Tag, an dem sie Palomo vor einem Hund rettete ... Alles stets unter den Fittichen einer vertrauten Einheit. Der Ursprung des Lebens, ihres Lebens. Auf dem Land lernte sie, dass man mit einer Landschaft und einer Familie alles schaffen kann. Als sie in die Stadt reiste, verlor sie die Komplizenschaft der Landschaft, und die Familie nahm einen noch absoluteren Platz ein. Ich würde sagen, dass für meine Mutter die Familie, ihre Familie, diese Landschaft enthält. Rein, schön und treu, auch wenn sie manchmal feindlich erscheint. Für sie ist die Familie die fleischgewordene Natur, die festen Gesetzen unterliegt, die nur durch Jahrtausende oder einen riesigen Meteoriten verändert werden können.

Es gab eine Zeit, in der meine Mutter und ich aufeinanderprallten. Schuld daran war die Trennung von meiner Frau.

Wenn ich an freiwillige Veränderung denke, kommen mir zwei Momente in meinem Leben in den Sinn: die Zeit, als ich beschloss, selbständig zu arbeiten, und die Zeit, als ich mit einem Argument von zu Hause wegging, das einige der Menschen, die ich am meisten liebe, für unzureichend hielten: Ich wollte anders leben. Der

Tausch einer Herde weißer Schafe gegen eine Herde schwarzer Schafe, die nicht einmal mir gehören, wird vielleicht nicht mit der vitalen Transzendenz der beiden anderen Schritte wahrgenommen, aber ich weiß, dass er, wenn ich es tue, zur dritten Veränderung wird. Was mich am meisten zögern lässt, ist das Gefühl, meine Gastgeber in Sanjuanilla verraten zu haben. Wieder diese verdammte Schuld, die an mir nagte, als ich mich trennte, obwohl ich überzeugt war, dass es keine Alternative gab. Es stimmt, dass alles genauso hätte weitergehen können wie bis dahin, die Dinge liefen gut genug, entspannt genug. Elsa war und ist eine sehr wichtige Frau in meinem Leben. Aber ich musste mich aus Gründen verändern, die so sehr meine eigenen waren, dass sie als eine Laune angesehen wurden. Meine Eltern hatten andere Vorstellungen von einer Ehe mit Kindern. Meine Mutter empfand es als Verrat, als unverzeihliche Verantwortungslosigkeit ausgerechnet von ihrem Erstgeborenen. Ich besudelte ihre Landschaft, indem ich mich wie eine verwöhnte Wetterfahne benahm, ihre Erziehung, ihr Vorbild und ihre Vorstellung von der Zukunft missachtete, so dass unsere Beziehung, die bis dahin großartig gewesen war, zwei Jahre lang in einer Weise belastet wurde, die sich keiner von uns hatte vorstellen können. Nicht einmal sie, obwohl sie einen gewissen Vorteil hatte.

Als Eloísa jung war, ging sie in kritischen Momenten zu einer Wahrsagerin. Das hatte sie aus La Siberia. Das Gebet zur schwarzen Jungfrau von Guadalupe, die Deutung des Flugs der Krähen, ihres Gesangs und ihres Verhaltens, oder die Entschlüsselung der Schildkrötenpanzer sind Möglichkeiten, die die Region denjenigen bietet, die vor einer Entscheidung Rat suchen. Tatsache ist, dass niemand und nichts meine Mutter vor dem heranrasenden Meteor gewarnt hat.

Aber die Zeit linderte den Schmerz, relativierte das Drama und eröffnete spannende neue Geschichten, die uns an andere gemeinsame Orte führten. Elsa, mein Sohn, meine Eltern, ich, wir haben die Traurigkeit verdrängt, die Spannung vermindert, und als wir alle im Krankenhaus mit dem Unbehagen der ramponierten Niere zusammenkamen, hatten wir den Ballast längst abgeworfen und konnten uns auf das Wesentliche konzentrieren: meinen Vater.

»Menschenleben sind das Wichtigste«, sagt Miguel. Und der Rest? Vor nichts muss man sich fürchten. Vielleicht vor dem Tod.

Von Zeit zu Zeit rief ich jemanden in La Siberia an, um mich zu erkundigen, wie die Schafe mit der Hitze zurechtkamen, wie viele Zentimeter Wolle bereits nachgewachsen waren und wie es Siria ging. Juan Alfredo hatte auf mehr Höfen als üblich Aufträge zur Schur erhalten. Seine Technik war für die Landwirte in der Region so attraktiv, dass sie ihn von überall her anriefen, und er hatte noch nicht einmal Zeit gefunden, Herbizide auf den Feldern auszubringen. Gute Nachrichten, die durch das Verschwinden von Siria völlig überschattet wurden.

»Sie ist weg und nicht mehr zurückgekommen«, sagte Juan Alfredo.

Mehr als ein Monat war seit ihrem Verschwinden vergangen. Wir wussten bereits, dass die Hündin normalerweise nach zwei oder drei Tagen allein zurückkehrte, und wenn die Abwesenheit länger dauerte, meldete sich bald ein Nachbar, der sie in den Olivenhainen oder auf irgendeinem Landgut gesehen hatte. Es stimmt, dass sie in letzter Zeit mehr Tage als sonst fort war, aber nie länger als eine Woche. Dieses Mal blieb sie fort.

»Das ist mir noch nie passiert«, sagte Juan Alfredo.

Siria hatte gewählt. Ohne an Verrat zu denken. Ohne zu wissen, dass der am häufigsten wiederholte Satz im Yijing lautet: »Es wird von Vorteil sein, den großen Fluss zu überqueren.« Elfmal. Siria brauchte dieses Buch nicht zu lesen, sie musste nur ihrem Instinkt folgen.

Als Siria verschwunden war und mein Vater sich erholt hatte, begann ich im Dickicht der Stadt, der Aufwärtskurve des Haubentauchers zu folgen. Ich sehe mich in jener Zeit auf einem längeren Tauchgang als ich geplant hatte, der mich aber schließlich an die Oberfläche von El Cuervo brachte, wo ich mit einer Neuigkeit eintraf: meinem Sohn.

Sommer

Ein toter Fuchs liegt am Rand der Straße, die von Sancti-Spíritus kommend nach La Serena führt. Nach ein paar Kilometern taucht ein weiterer Fuchskadaver auf. Beide wirken angesichts der Hitze des Tages sehr intakt, sie müssen erst kürzlich überfahren worden sein. Zwei Tiere auf dieser wenig befahrenen Straße bedeuten, dass sich die Füchse noch stärker vermehren.

In der Nähe von El Cuervo liegen Hunderte von Haferballen in der Steppe verteilt. Viele von ihnen werden im Winter als Futter für das Vieh dienen. Eine der Tausenden von Heuschrecken, die umherhüpfen, ist auf der Windschutzscheibe des Lieferwagens gelandet und hält ihr Gleichgewicht wie beim Surfen. Wir biegen in die Farm ein und hinterlassen eine große Staubwolke.

»Ich hatte noch keine Zeit, es richtig vorzubereiten«, sagt Miguel. »Sie sollten die Matratzen heute bringen, aber ...«

Der größte Teil des Hauses befindet sich im selben Zustand wie bei meinem Besuch vor ein paar Wochen, obwohl jemand die beiden an die Küche angrenzenden Zimmer ausgefegt hat und in einem das Gestell eines Bettes ohne Beine auf dem Boden liegt. Das wird für die erste Nacht ausreichen. Es gibt einen Kühlschrank und einen Wasserhahn. Der Strom wird auf dieselbe Weise wie in Sanjuanilla geliefert, nämlich per Generator.

Über den Holzzaun gefaltet, trocknen zehn in Salz getauchte Häute. Sie stammen von den Schafen, die Miguel für das Fest zur Priesterweihe seines Neffen geopfert hat. Am Ende des Geheges, hinter dem großen Tor, das als Hintereingang dient, traben etwa fünfhundert schwarze Schafe über eine gelbe, von der Dämmerung verdunkelte Weite auf uns zu. Der Kontrast ist unvergesslich. Die Tiere bewegen sich in einer langen Reihe vorwärts, die sich wie ein schwarzer Fluss ausdehnt und sich erst dann zu einem Delta erweitert, als sich die Schafe an der Spitze der Herde versammeln. Nach etwa fünfzehn Schritten bleiben sie stehen und blicken gemeinsam in Formation geradeaus auf die beiden Väter und ihre Kinder, die sie anstarren.

»Was denkst du, Abimael?«, fragt Miguel sen.

»Gut«, sagt mein Sohn.

»Gael«, sage ich. »Sein Name ist Gael.«

»Also, Gael, was denkst du?«

»Sehr schön.«

»Das reine Merino auf eigenem Land. Hier können nur gute Dinge herauskommen. Ich bin gleich wieder da.«

Er klettert ins Auto, um eine Runde um das eingezäunte Gelände zu drehen, während sein Sohn Miguel auf die Mulde zeigt, in der sich die Wasserstelle befinden soll, aus der die Schafe ihr Wasser schöpfen, und empfiehlt uns, beim Spazierengehen nach Bäumen, Bauernhöfen und Orientierungspunkten Ausschau zu halten, denn obwohl die Steppe ziemlich flach und eben erscheint, ist sie voller Kurven und Wellen, die viel verwirrender sind, als die meisten Menschen ahnen. Als wir einen Blick über die Ebene werfen, entdecken wir, dass sich ein Lamm im Stacheldrahtzaun verfangen hat, der die Farm umgibt. Irgendwie ist es mit dem Kopf zwischen die Drähte geraten und kann nun nicht mehr heraus.

»Willst du ein Lamm retten?«, sagt Miguel jun. zu Gael.

Er packt eines der Hinterbeine des Tieres und dreht es diagonal, so dass es fast auf dem Bauch liegt und halb in der Luft schwebt. Das Lamm hat die Bewegung begleitet, indem es seinen Hals verdreht hat, um den Körper in einer Linie zu halten, so dass der Kopf nun gerade herausrutscht, als Miguel ihn herauszieht, und das Tier freikommt.

»Komm und fass es an«, sagt er.

Mein Sohn, der strahlend lächelt, wie immer, wenn er mit Tieren zusammen ist, beugt sich zu dem schwarzen Schaf hinunter und streichelt es.

Als die beiden Miguels gehen, schalte ich den Generator ein. Wir speisen auf der westlichen Veranda. Es weht ein erfrischender Wind. Alle zwanzig Minuten hören wir in der Ferne die Detonation einer Kanone, die darauf programmiert ist, Nagetiere und Ungeziefer zu verscheuchen. Wir sind allein inmitten einer flachen Leere, die scheinbar rund ist. Es ist wie das Zentrum einer Sonne, eines Mondes auf der Erde. Drei winzige Lichterketten sind in den entfernten Hügeln zu sehen.

»Wir sind allein«, sagt Gael. »Wirklich allein.«

Dank des klaren Sternenhimmels kann man einen großen Teil der Landschaft erkennen.

»Was würdest du tun, wenn jetzt jemand die Straße entlangkäme?«, fragt mein Sohn.

»Keine Ahnung.«

»Was ist das?«

Man hört einen Motor röcheln, der gerade anspringt. Miguel hatte erzählt, dass die Bauern, die den letzten Hafer mähen, es vorziehen, in der Dunkelheit zu arbeiten. Der Wind trägt ein paar Rufe heran, die so dumpf sind, dass sie auch etwas anderes sein könnten. Als wir genau hinhören, stellen wir fest, dass es sich um zwei, vielleicht drei Bauern handelt. Mit einem einzigen Traktor.

»Sollen wir draußen schlafen?«, fragt Gael.

Man merkt ihm an, dass er es gerne ausprobieren würde, also nehmen wir das Bettgestell mit auf die Veranda, wo wir gerade zu Abend gegessen haben, decken die Latten mit einem Sommersack und einem Laken ab und legen uns hin. Nach fast einer Stunde ist der Wind zu stark und zu kalt, also gehen wir ins Zimmer, das sauberer wirkt, vielleicht weil die Wände weniger abgeplatzt sind, aber genauso viele Spinnweben haben, und versuchen zu schlafen, während sich die Holzlatten des Rostes in unsere Rücken bohren.

Gelb

El Greco war kein beliebter Maler, vor allem wegen der Art und Weise, wie er Formen darstellte, und wegen seiner Verwendung von Gelb. Und doch stehe ich hier, mitten am Vormittag, vor einem Feld in den Farben des Sommers und frage mich, wie dieser Mann, der vor allem für seine Harmonie bekannt ist, es wohl gemalt hätte. Antiochos von Athen sagte, Gelb sei die Farbe des Sommers und Schwarz die des Herbstes. Schwarz. Die Farbe von Zurbarán, dessen Geburtsort sich ein paar Stunden von El Cuervo entfernt befindet.

Sommerweiden mit Herbstschafen überlagern einander wie ein Gemälde, weil sich nichts bewegt. Ein sommerliches *Hügel mit Kuh*. Die Sonne scheint den Wind weggeblasen zu haben, und die Schafe stehen im engen Kreis, die Köpfe gegen die Rücken ihrer Gefährten gepresst, um Schatten zu finden. Das Gedränge wird so lange andauern, bis die Hitze nachlässt. Es wird nur für kurze Spaziergänge auf der Suche nach einem Wasserloch unterbrochen, oder für einen kleinen Sprint, wenn sie vor Eindringlingen wie uns fliehen wollen.

Fünf Maurer haben das El Cuervo eingenommen, um dessen Renovierung zu beschleunigen. Sie arbeiten bis mittags, denn die Hitze am Nachmittag ist gefährlich. Im Moment arbeiten sie an den Ställen und ersetzen die eisernen Zaunlatten durch Holz aus recycelten Paletten.

Einer der Männer hilft uns, zwei gute Stöcke zu finden, mit

denen wir in die Steppe hinausgehen können. Auf unserem Weg heben wir mit ihnen Steine hoch, um zu sehen, ob es Skorpione gibt. Meine Mutter tat das immer, bevor sie sich auf Steine setzte. Ich habe Gael gesagt, dass das, was meine Mutter mir erklärt hat, ihr Vater ihr erzählt hatte. Es wäre gut, dieses Thema weiter zu verfolgen, bis wir herausfinden, wer es Gael zuerst gesagt hat.

»Was sollen wir tun? Hier gibt es nichts«, sagt er nach mehr als einer halben Stunde.

Er trägt eine rosa Baseballmütze und das Trikot seiner Schulfußballmannschaft. Ich nerve ihn mit meinen Erklärungen darüber, wie viel man im Nichts sehen kann oder wie wichtig es ist, die Zeit an der Sonne abzulesen, und er nervt mich mit seinem Grummeln, also antworte ich dieses Mal:

»Geh einfach weiter.«

Er schürzt die Lippen und murmelt Proteste und Flüche, die ich zum Glück kaum hören kann. Die Straßen verbinden Bauernhöfe, die oft kilometerweit auseinander liegen. Dazwischen gelbe Weiten, die von kompakt stehenden Herden bevölkert werden, und einzelne Bäume, die als Wegweiser dienen. Alle Herden bestehen aus weißen Schafen, die zu dieser Jahreszeit eher grau und staubgeschwärzt sind. Heuschrecken hüpfen umher und prallen von uns ab. Wenn sie eine Hand oder einen Arm streifen, kratzen sie mit ihren zahnartigen Flügeln. Jeden Tag fressen die kleinen Tiere ihr Gewicht in Gras, obwohl sie von allem anderen Pflanzlichen auch gern kosten. Nur Kiefernholz mögen sie nicht. Es gibt so viele Heuschrecken, dass sie zu viele zu sein scheinen, aber sie sind weit davon entfernt, zu einer Plage zu werden, was der Vernichtung von Frühjahrseiern durch Landwirte und Viehzüchter geschuldet ist, die ihre Weiden erhalten wollen.

Die Vergangenheit hat sie gelehrt, vor dem Sommer zu sprühen, wenn dieses einsame Insekt dazu neigt, sich zusammenzutun, gesellig zu leben und, gestresst durch die neue Gesellschaft und die Hitze, aggressiv zu werden, bis hin zum Flügelkratzen oder Beißen in alles, was es findet, während es seine Eier ablegt.

Ein riesiger Rabenschwarm kreist über einer Stelle, die ich wegen des Abhangs noch nicht sehen kann. Ein seltener Anblick, wenn man bedenkt, dass die Zahl der Raben in den letzten Jahren zurückgegangen ist. Als wir den leichten Hang hinaufsteigen, taucht unter der Wolke aus schwarzen Flügeln ein Schaf mit seinem Jungtier auf, das allein in der Mitte des einsamen Landes steht. Am Boden sind sie von weiteren Raben umzingelt. Die Fliegenseuche der Mutter wird sie beide töten.

Das Bild von Fran, der im April Schwänze im Akkord abschnitt, bekommt jetzt eine neue Dimension.

»Für mich ist der schlimmste Feind der Schafe die Fliege ... und die Wölfe, die durch Asturien streifen«, hat Fran mehr als einmal gesagt. Fran hat oft Flaschen mit Fliegenschutz- und Entwurmungsmitteln in seinem Auto, die er den Schafen mit einem Treibgas durchs Maul schießt.

Die extreme Hitze und der Einsatz von Insektiziden und Pestiziden auf mehreren Bauernhöfen in La Serena hatten die Zahl der Fliegen etwas reduziert, aber in diesem Jahr hat sich wieder etwas verändert, und während die Ameisen und Moskitos fast verschwunden sind, vermehren sich die Fliegen. Für Schafe ist das keine gute Nachricht. Es genügt eine Wunde, damit das Insekt sein Ei ablegen kann, wie es bei diesem Schaf der Fall gewesen sein muss. Die Schmerzen und der Juckreiz veranlassen das Tier, in die Wunde zu beißen, wodurch sich die Verletzung in ein Loch verwandelt, in dem neue Fliegen weitere Larven ablegen. Bald tauchen Maden auf, die sich von dem zunehmend verwesenden Fleisch ernähren. Wenn sie niemand aufhält – und ›niemand‹ ist das richtige Wort, denn nur ein Mensch kann sie aufhalten –, bilden die Maden Taschen über den Wunden, die abscheulich zu stinken beginnen und die Infektion verbreiten, an der die Schafe schließlich sterben. Deshalb kann ein Kampf zwischen Widdern tödlicher sein, als es scheint. Wenn die Hörner aufeinanderprallen, ist es nicht ungewöhnlich, dass sie sich Schürfwunden zuziehen, und es ist immer eine Fliege da, die sich darum kümmert. Wenn die Eier schlüpfen, nagen sich die Maden bis in das Gehirn des Tieres. Handelt es sich um einen schwarzen Schafbock, wird Fran ihn in die Wildnis bringen, um ihn zu opfern. Und weil er das vermeiden will, weil er es hasst, seine Tiere leiden zu sehen, schneidet er im Frühjahr so viele Schwänze.

Die Schafe vor uns werden vielleicht von einem Landwirt, der es satt ist, sich mit einer fortgeschrittenen Fliegenseuche zu befassen, als Opfergabe angeboten. Es kann aber auch sein, dass der Verantwortliche seit langer Zeit nicht mehr nach ihnen gesehen hat. Diese Tiere sind womöglich von der Herde verstoßen worden, weil sie krank sind, und warten jetzt einfach auf ihr Schicksal. Es spielt keine Rolle, ob nur einer von ihnen infiziert ist: Sie sind Mutter und Kind und werden sich nicht trennen.

Viele Hirten hassen alles Schwarze mit Federn, für sie wäre dies hier eine albtraumhafte Szene. Sie sind es leid, dass Schnabelhiebe die Lämmer einäugig machen. Sobald die Raben uns entdecken, ergreifen die am Boden hockenden die Flucht und schließen sich den kreisenden an. Wir beschleunigen das Tempo, um den Schwarm hinter uns zu lassen. Ich habe gesehen, wie einige von ihnen einem Falken nicht nur Paroli boten, sondern ihn verfolgten und angriffen. Es ist schwierig, nicht zu glauben, dass diese Vögel die Zukunft voraussehen und dementsprechend planen. Sie können bis mindestens sieben zählen, Werkzeuge herstellen und sich nicht nur in einem Spiegel erkennen, sondern sich auch an ein menschliches Gesicht erinnern, selbst wenn sie es nur einmal gesehen haben. Es ist schwierig, nicht daran zu denken, dass es mehr als sechzig Raben sind und dass sie unser Verhalten mit einer Genauigkeit abschätzen, die für viele andere Tiere unerreichbar ist, denn sie führen diese obskure Abteilung an, die aus Elstern, Dohlen, Krähen oder Eichelhähern besteht und die sich durch ihre erstaunlichen geistigen Fähigkeiten auszeichnet. Es ist auch schwierig zu vergessen, dass die einhundertvierzig Gramm des Schafgehirns ausreichen, um den Menschen als möglichen Verbündeten zu identifizieren, und dass die Mutter und ihr Nachwuchs vielleicht schon Zeit hatten, einen Blick auf uns zu werfen. Um zu sehen, wie wir an ihnen vorbeigehen.

Als wir etwa vierzig Meter entfernt sind, nehmen die Raben ihre Positionen um die Schafe wieder ein. Wir gehen etwas weiter weg, weit genug, um sie nicht zu stören, mit einem guten Blick durch das Fernglas, das wir abwechselnd benutzen.

Schon bald stürzen sich die mutigeren Raben auf die Mutter, um ihr in die Augen zu picken, und sie wehrt sich mit dem Kopf gegen den ersten Angriff. Aber dieser Angriff war ein Signal, und die restlichen Raben – inzwischen vielleicht bis zu achtzig – attackieren das Paar in Wellen, fast immer mit dem Ziel, die Augen und Euter oder den unteren Bauch zu treffen. Anstatt zu fliehen, verteidigen sich Mutter und Lamm, ohne sich von dem Ort zu entfernen, an dem sie sich die ganze Zeit aufgehalten haben, einem ungeschützten Platz in der Mitte der riesigen Ebene. Sie werden immer wieder von den Raben gepickt, die sich wie ein Bienenschwarm um sie schließen. Sobald das Junge isoliert ist, geht es zu Boden. Die Mutter hält noch ein paar Minuten durch, dann stirbt auch sie. Wenn man sieht, wie die Raben über den Kadavern kreisen, wird für die Geier wohl nicht viel übrigbleiben.

Zurück zu Hause, sagt Gael:

»Am Ende war doch etwas los.«

Die Abstraktion unseres Lebens

Auf dem Scheunendach haben sich zahlreiche Turtel- und Türkentauben eingenistet. Ihre Anwesenheit lockt Mäuse, Schlangen und andere Raubtiere an und beschädigt die Dachziegel. Deshalb hat Miguel vor ein paar Wochen eine Katze und ihre vier Jungen in der Scheune untergebracht. Seitdem sind die meisten Vögel bis auf einige wenige fort und keiner landet mehr auf dem Boden.

Gael hat die Aufgabe bekommen, die Kätzchen mit Milch und Futter zu versorgen. Da er angekündigt hat, er wolle Tierarzt werden, hat Miguel erste Tiere mitgebracht, unter der Bedingung, dass mein Sohn für sie verantwortlich ist, so dass nun hinter der westlichen Veranda etwa zwanzig Hühner- und Truthahnküken piepsend umherlaufen.

Wenn Gael nach seinem morgendlichen Spaziergang durch die Steppe und seinem Mittagessen auf der Westseite seine Pflicht getan hat, macht er es Miguel und den Schafen nach und hält ein Nickerchen. Um vier Uhr nachmittags ist die Hitze noch deutlicher spürbar, vor allem, wenn der Wind einem die Hitze entgegenbläst. Während Gael also schläft, gehe ich mit einem Stuhl und einem Buch durchs Haus und lasse mich auf der Ostveranda nieder, wo es zu dieser Stunde am erträglichsten ist, obwohl ich trotz meines nackten Oberkörpers schwitze, egal wie still ich sitze. Es dauert eine Weile, bis der Schweiß austritt, denn diese Hitze ist trocken. Ich fühle, wie er beginnt, herauszuströmen. Das hat nichts mit dem schnellen Ausschwitzen der mediterranen Luftfeuchtigkeit zu tun. In der Extremadura dringt die Hitze ein, setzt sich fest und verbreitet eine leichte Überhitzung, die zunimmt, als wäre die Sonne in jede Pore eingedrungen und hätte sie versiegelt. Man hat das Gefühl, als würde etwas in einem wachsen und sich ausdehnen, ohne dass es nach außen dringen kann, was eine äußerst bedrückende Erstickung verursacht, die sich sofort auf den Rest des

Körpers überträgt und ihn zum Pochen bringt. Du spürst, wie du von oben bis unten pulsierst.

Heute wäre ich gern eine Kiefer, die kiloweise Harz ausstößt. Bei dieser Hitze wird Quiterio glücklich sein. An Tausenden von Stämmen gleiten genau jetzt Harzzungen herab, und ich kann mir kaum vorstellen, welcher Geruch von den Wäldern ausgeht. Andererseits ist es so heiß, dass die Bäume vielleicht schon seit ein paar Stunden nicht mehr triefen.

Manchmal bringt mich die Hitze beim Lesen aus dem Konzept. Oder ein Wirbelsturm wie der, der das Stroh schüttelt und sechzig Meter vor der Veranda über das Feld zieht. Die Schafe, die näher dran sind, beobachten die Kapriolen des Windes. Einige Sekunden lang verschlingt der Minitornado die zerbrochenen Haferhalme, Partikel und Insekten, die seinen Weg kreuzen, bevor er verschwindet oder sich im Staub auflöst wie ein Gespenst, ein Luftkörper, der er ja auch ist.

Ich bin in El Cuervo, einem Bauernhof, der nach einem listigen Tier benannt ist, das mit Magie und schlechten Omen in Verbindung gebracht wird. Umgeben von schwarzen Schafen. Der Rabe wird auch mit Veränderungen in Verbindung gebracht. Er ist ein Symbol der Metamorphose, weil er in der Lage ist, Aas aufzuwerten, abgesehen davon, dass er zu den flexiblen Tieren gehört, die sich an jedes Biotop anpassen können. Der Meister der Veränderung der Veränderung der Veränderung. Das Tier, das Zweifel am besten ausräumt, oder mit am besten. Kein Vergleich zu der eklatanten Ungeschicklichkeit dieser Insekten, die versuchen, auf der Motorhaube eines Autos zu brüten. Nein, der Rabe macht aus dem Zweifel eine Tugend, indem er immer die optimale Option wählt. Er reduziert den Zweifel auf seinen wesentlichen Binarismus: jagen oder nicht jagen. Allein oder in Gesellschaft fliegen. Vorrücken oder anhalten.

Das Buch der Veränderungen befürwortet die Verschmelzung

von Dunkelheit und Gelb, den Farben, die den Himmel und die Erde darstellen. Vor mir liegt eine absolute *Yijing*-Landschaft der Extremadura, über die ich erst jetzt, nach mehreren Monaten der Blockade, zu schreiben beginne. Monate, in denen ich auf der Suche nach dem richtigen Gefühl war. Der Vogel verliert seine Stimme beim Fliegen, daran erinnert sich auch das *Yijing*. Es erzeugt höchstens einen breiigen Klang, weil er seine Stärke benutzt, um eine Position zu finden.

Veränderung ist das zentrale Konzept des Tao. Seine Grundlage ist der Blick in die Zukunft mit dem Ziel, die richtige Position einzunehmen. Um diese Geschichte zu erzählen, habe ich vielleicht diesen Platz auf der Ostveranda mit Blick auf die schwarze Herde gefunden. Die Frage ist, wie ich hierhergekommen bin.

Neue Technologien deuten an, dass wir unser Leben bereits kartieren können. Man müsste nur akzeptieren, dass man die ganze Zeit mit einem diskreten, vielleicht implantierten Gerät lebt, das dazu dient, uns zu orten. GPS hat es ermöglicht, die Bewegungen unzähliger Tiere zu verfolgen. Jedes Mal, wenn sich das Tier bewegt, sendet das GPS Informationen an Computer, die die Spur in eine maßstabgetreue Linie umwandeln. Nach und nach füllt sich der Computer mit Linien, die die Aktivitäten des Tieres zusammenfassen – wann es kommt und geht, aufsteigt, absteigt oder innehält –, bis eine abstrakte Komposition aus gekreuzten Linien entsteht, die am Ende den physischen Lebensweg des Tieres wiedergeben.

Bald werden wir Menschen in der Lage sein, die Abstraktion unseres Lebens in einer Art Landkarte zu betrachten, die fast immer verworren, aber vielleicht nützlich ist, um zu verstehen, wie jemand zum Beispiel auf seine Ostveranda kommt. Wenn wir uns selbst aus einer solchen Perspektive betrachten, könnte dies einen Hinweis darauf geben, warum wir so sind, wie wir sind.

Die Technologie verändert die Art und Weise, wie Geschichten erzählt werden. Eines Morgens in Sanjuanilla, während des

Abwaschs, berichtete das Radio von einem Mann namens José, der sich hundert Tage lang in den Bergen Asturiens isoliert hatte, um seine Erfahrungen zu filmen. Er hatte mehrere Kameras und eine Drohne dabei. Er filmte nicht nur das nächtliche Heulen der Wölfe, das Tänzeln der Rehe oder einen Marder, der fast in den Hühnerstall eingedrungen wäre, sondern auch sich selbst und wie er sich zur Einsamkeit bekannte. Hundert Tage können eine lange Zeit sein, und da er so etwas noch nie erlebt hatte, gab es einen Punkt, an dem er dringend eine Art Kontakt brauchte. Das Heimweh nach der Familie und die Maschinen, die ihm zur Verfügung standen, brachten ihn dazu, einen Plan auszuhecken.

Gemäß der Idee des Dokumentarfilms durfte José hundert Tage lang niemanden kontaktieren, deshalb hatte er mit seinem Sohn vereinbart, dass er das aufgezeichnete Material jede Woche in einem Schrank im Wald deponieren würde. Der Junge sammelte es ein und hinterlegte im Gegenzug neue Bänder, Ladegeräte und Chips, damit sein Vater weiter filmen konnte. Sie sahen sich nie. Bis José einen Weg fand, sich zu trösten und trotzdem sein Wort zu halten, indem er eines Morgens auf die Drohne zurückgriff, um seinem Sohn näher zu kommen, ohne dass dieser Verdacht schöpfte.

Ich sah den Dokumentarfilm während meines Aufenthalts in Barcelona, und seine Emotionalität und Schönheit brachten mich zum Nachdenken darüber, wie gut genutzter Einfallsreichtum es ermöglicht, die Natur mit einer neuen Poesie zu erzählen: durch die Kompatibilität der Maschine und des Baumes, wenn es zum Wohle beider ist. Ich frage mich, ob Thoreau[1] heute eine Drohne zu

---

1. Henry David Thoreau (1817-1862) war ein amerikanischer Schriftsteller und Philosoph, der von 1845 bis 1847 abgeschieden in einer Blockhütte auf einem Grundstück Ralph Waldo Emersons (bei Walden/Concord) lebte, und unter dem Titel Walden. *Or Life in the Woods* (*Walden. Oder das Leben in den Wäldern*) seine Erfahrungen beschrieb.

seiner Hütte mitnehmen würde. Es gibt siberianische Viehzüchter, die davon überzeugt sind, dass Drohnen ihren Kindern die Arbeit mit Schafen oder Kühen erleichtern werden, indem sie erkennen, welches Schaf trächtig oder krank ist oder ob eines sich verirrt hat.

Würde eine Drohne heute über diese Steppe fliegen, nähme sie ein labyrinthisches, erdiges Geflecht wahr, das mit einer Konstellation schwarzer Punkte übersät ist, die manchmal wie Staub aussehen. Und über El Cuervo schwebend vielleicht sogar einen verschlafenen dreizehnjährigen Jungen, der einen Stuhl auf der östlichen Veranda aufstellt und sich neben einen fast kahlköpfigen, bebrillten Mann setzt, der gerade sagt:

»Wir müssen wässern.«

Blockaden lösen

Ein Katzenjunges ist von seiner Mutter verstoßen worden und irrt durch die rostigen Gerätschaften, die zusammengedrängt in der Scheune stehen und liegen. Es hat ein tränendes Auge. Gael bringt ihm einen Topf mit Milch und einen weiteren mit Katzenfutterbällchen, an die es nicht herankommt, wenn wir vor ihm stehen. Es wartet, bis es allein ist, um alles zu verschütten und zu verstreuen. Man könnte meinen, es frisst nicht viel. Bei der Geburt urinieren und defäkieren Katzen nicht ohne die Hilfe ihrer Mutter. Ihre Abhängigkeit ist enorm, und dieses Kätzchen scheint zu klein, um diese Abwesenheit zu verkraften. Wir werden sehen.

Jeden Nachmittag, wenn die Sonne schwächer wird, stecken ein, zwei oder sogar drei Lämmer mit dem Kopf im Zaun. Zuerst dachte ich, dass auf der anderen Seite schmackhaftes Saatgut wächst, aber als wir heute Morgen bei strahlendem Sonnenschein über die Weide spazierten, lagen etwas abseits der Herde, die mit gesenkten Köpfen in der Hitze ausharrte, mehrere Schafe nebeneinander am Fuße des Zauns und genossen den spärlichen Schatten, den die eisernen Drehzapfen, die Drähte und eine schmale Reihe hoher Ähren werfen, die parallel zur Zaunlinie wachsen. Die Antwort lag also im Schatten: Mit dem Fortschreiten des Tages zieht die Sonne die Schatten auf die andere Seite des Zauns. Die unerfahrenen Lämmer kämpfen manchmal mit dem Draht, um weiter in den Genuss der kühlenden Stange zu kommen, stecken den Kopf hindurch und schaffen es dann nicht mehr, ihn herauszuziehen.

Die Beseitigung von Blockaden ist eine tägliche Aufgabe auf dem Land. Die Imker befreien die Bienenstöcke einmal im Jahr von Verstopfungen, um die Bienen zu retten, die manchmal so hektisch Honig produzieren, dass sie ihre eigenen Ausgänge blockieren und zu einem süßen Tod verurteilt sind. Durch das Entrinden der Bäume wird ihr Saftstrom erneuert. Durch das Scheren werden die Schafe von Gewicht und Hitze befreit, und wenn ihnen die Fransen zu weit ins Gesicht wachsen, wird durch das Scheren die Sehkraft wiederhergestellt, denn manche Schafe sind durch ihre eigene Wolle blind. Dies sind Beispiele dafür, wie Menschen mit ihrer Umwelt in einer Beziehung zusammenarbeiten, die, wenn sie ausgewogen ist, allen zugutekommen kann.

Hase in Purpur

Eva, die weiße Mastiffhündin, die ich kennengelernt habe, als sie zwei Monate alt war, steht mit gesenkten Ohren da.

»Wenn sie klein sind, muss man sie wie ein Kind erziehen«, sagt Miguels Sohn, der Gael das Innere des Stalls zeigt, in dem er die Lämmer von Siruelas Farm einsammelt, »Und neulich hat sie einen Klaps bekommen. Tu das nur, wenn sie einen Fehler begeht, sonst weiß sie nicht, wofür die Schläge sind.«

Gael teilt die Politik des Schlagens nicht, nickt aber höflich. An diesem Tag lernt er auch, dass man einen Esel an den Ohren packen muss, damit er stehenbleibt, oder dass die Asche in den Eimern im Hühner- und Truthahnstall den Tieren dazu dient, sich selbst zu entlausen.

Wenn ein Truthahn uns anzugreifen droht, breiten wir die Arme aus, bis er sich zurückzieht. Dann kehrt er in Begleitung von drei Kollegen zurück, die sich wie wütende Widder mit aufgerichteten Kämmen vor uns aufstellen. Dort halten sie sich, bis Gael ihnen vor unserer Abreise den Rücken zudreht und für sie mit dem Hintern wackelt.

»In jeder Schule sollte es ein Naturfach geben«, sagt Miguel sen. im *El Escorial*. Es ist Mittagszeit. Juan Antonio hat die Jalousien halb heruntergelassen, damit es etwas kühler wird. Wir trinken Bier und essen Torreznos – frittierten Bauchspeck. Für Gael gibt es ein Erfrischungsgetränk. Miguel jun. ist losgegangen, um die Ziegen zu füttern.

»Im Dorf«, sagt Miguel sen., »haben sie mich gefragt, wie viel ich euch für den Aufenthalt in El Cuervo berechne. Oder ob ich dich bezahle. Als ob ich mit dir im Geschäft wäre.«

Er schüttelt den Kopf.

»Ich könnte heulen ... wenn es ginge. Seit Josés Tod kann ich nicht mehr weinen. Neulich bin ich zu einem Freund gegangen und habe ihn gebeten, mir zwei Ohrfeigen zu geben, um zu sehen, ob mich das aus der Reserve lockt.«

Er schnalzt mit der Zunge.

»Rafael, haben dir die Truthähne geschmeckt?«, fragt er Gael.

»Sehr.«

»Würdest du hier leben wollen?«

Gael sieht mich mit dem neutralen Lächeln an, das er so gut beherrscht.

»Ich müsste mit meinem Vater sprechen.«

»Dein Vater, dein Vater! Du wirst bald ein Mann sein!«

Miguel lächelt. Er ruft den Namen eines Freundes, der ebenfalls in der Bar trinkt, fragt ihn nach der Arbeit und der andere kommentiert die Preise der Warenbörse. Er ist nicht sehr glücklich über diese An- und Verkaufsinstitution, die von einigen wenigen Landwirten kontrolliert wird. Sie warten, bis sie eine große Anzahl verkaufsbereiter Schafe haben und treiben dann die Ankaufspreise hoch. Miguel nickt und zuckt mit den Schultern.

»Du weißt«, sagt er, »dass ich meine Produktion anderswo verkaufen lasse. Die Leute von der Warenbörse wissen, was sie tun.«

Viele der Landwirte, die an der Spitze des Schafmarktes stehen, sind in alten Vorstellungen verankert. Das wird umso deutlicher, wenn man ihr Modell mit dem des Speiseölsektors vergleicht, wo die Landwirte verstanden haben, dass das Öl auch denjenigen zugutekommen muss, die es bearbeiten, weshalb sie Infrastrukturen geschaffen und Gesetze gefördert haben, um die von ihnen selbst erzeugten Lebensmittel zu verwalten. Das klingt einfach, ist es aber nicht. Aus diesem Grund betonen viele der Landwirte in La Siberia immer wieder, dass sie das Fleisch ihrer Lämmer nicht in der Region vertreiben können. Sie kontrollieren auch nicht den Verkauf von Vieh, das auf Lastwagen und Schiffe verladen wird, um in weit entfernten Geschäften zu landen.

»Und dann essen die Leute hier Fleisch von wer weiß woher«, sagt Miguel. »Schau dir das Lammfleisch in vielen Metzgereien an. Es kommt oft aus dem Ausland und man weiß nicht einmal, woher, weil es kein Rückverfolgungsetikett gibt.«

Er sagt, man müsse auf die Realität des ländlichen Raums aufmerksam machen, damit die Politiker auf dessen Bedürfnisse reagieren.

»Wir sind am Ersticken. Seit drei Jahren werden uns die Zuschüsse vorenthalten. Seit drei Jahren! Und ich spreche nicht nur von uns, sondern auch von vielen anderen Landwirten und Viehzüchtern, die ihre Betriebe ohne Hilfe nicht aufrechterhalten können.«

Miguel hatte das Ausmaß des Problems bis jetzt noch nicht deutlich benannt. »Das ist nicht nachhaltig. Es stimmt, dass es einige gibt, die von der Geschichte leben, und diesen sollte man die Subventionen entziehen und sie denen geben, die damit arbeiten werden, aber wie dem auch sei, der ländliche Raum braucht Subventionen.«

»Einige werden sie bekommen, nicht wahr?«, sage ich.

Miguel zieht eine Augenbraue hoch.

»Einige«, antwortet er und nimmt einen Zug. Er fasst die Zigarette mit zwei Fingern und zieht sie aus dem Mund. »Auf der einen Seite halten Politiker Reden über die Umwelt und so weiter, auf der anderen Seite werden diejenigen am meisten bestraft, die sich umweltbewusst verhalten. Nun, ich werde mich nicht zurücklehnen und tatenlos zusehen.«

Ich habe ihn erst vor einem halben Jahr kennengelernt, aber ich würde sagen, dass Miguel seit Josés Tod zu einem sehr viel aktiveren Aktivisten geworden ist. Wenn er in ein paar Wochen an einer Sitzung der »ländlichen« Gewerkschaft in Madrid teilnimmt, wird er mit einigen denkwürdigen Szenen zurückkommen. Er wird erzählen, wie er in die Stadt fuhr, um sich von einer Europaabgeordneten die Verwaltung der gemeinsamen Agrarpolitik durch Spanien erklären zu lassen:

Der Saal war voll, das Publikum unterstützte die Reden darüber, wohin die europäischen Gelder fließen und wie die zunehmend leeren Gebiete wieder mit jungen Landwirten, Schäfern und Viehzüchtern bevölkert werden können.

»Und dann habe ich gemerkt«, wird Miguel sagen, »dass es dort niemanden vom Land gab. Es waren alles Beamte. Menschen, die den Tag frei bekommen hatten, um den Raum zu füllen. Aber wo waren diejenigen, die sich wirklich für das interessierten, was dort diskutiert wurde?«

Er bat um das Wort: »Wie viele junge Viehzüchter gibt es

hier?« Ein junger Mann hob die Hand. »Wie viele Bäuerinnen gibt es?« Keine. »Wie viele Landwirte?« Keine. »Wie viele Viehzüchter?« Keine. Nachdem er die Zuhörer zu einem der jährlichen Weidenwechsel durch La Siberia eingeladen hatte – »damit Sie das Land kennenlernen, denn das Problem ist doch, dass Sie es nicht kennen« –, sprach er von dem schmalen Grat, auf dem er und viele seiner Hirten- und Viehzüchterkollegen leben, immer in Erwartung von Genehmigungen und Hilfen, die oft mehr mit Verwandtschaft und Sympathie zu tun haben als mit einer gut ausgeführten Arbeit. Als Beispiel nannte er die illegale Milch- und Käseproduktion von Marisa, die seine Tochter Azucena in Madrid verkauft, um mit dem Geld die wöchentlichen Ausgaben für das Leben in der Stadt zu bezahlen.

»Wissen Sie, was mit Marisas Milch und Käse passiert ist?«, sagte Miguel. »Jeden Tag bitten sie sie um mehr. Mehr Käse und mehr illegale Milch. Und niemand ist krank geworden, denn unsere Ziegen und Schafe sind gesund. Aber niemand gibt uns eine Genehmigung, sie zu verkaufen. Das ist alles, was wir wollen. Dass sie unsere Arbeit respektieren und uns keine Probleme machen, wenn wir etwas gut machen. Wenn es heute hier keine Hirten, Viehzüchter oder Landwirte gibt, dann liegt das daran, dass etwas nicht so funktioniert, wie es sollte.«

»Und warum waren keine Landbewohner bei dem Treffen anwesend?«, werde ich ihn fragen. »Warum verteidigen sie ihre Interessen nicht?«

Miguel wird mit der Zunge schnalzen und sein ernstestes Gesicht aufsetzen.

»Aus Angst, weshalb sonst? Es stehen viele Subventionen auf dem Spiel. Und viele von ihnen kommen nicht an, während es Menschen gibt, die gar keine Schafe besitzen und trotzdem bezahlt werden und bis zur Rente weiter Geld bekommen. Es besteht ein Mangel an Kontrolle. Auch ich bin auf Biosubventionen angewiesen. Und ich habe Schafe, Esel, Hühner und andere Dinge, aber ich habe sie seit drei Jahren nicht mehr bekommen. Es ist sehr schwierig, so weiterzumachen.«

Wie auch immer, Miguel ist Miguel. Zur Mittagszeit stand er von seinem Tisch auf und ging zum Tisch des EU-Kommissars.

»Wissen Sie, woher das Rindfleisch stammt, das Sie essen?«, fragte er.

»Nun, nein.«

»Wie kann das sein? Da sitzen wir nun, Leute, die wissen sollten, was sie essen, und reden darüber, was die Leute essen, und es stellt sich heraus, dass sie im Landwirtschaftsministerium ein Catering bestellen ... und niemand hier weiß, woher das Fleisch kommt? Es mag seltsam erscheinen, aber ich möchte wissen, woher das kommt, was ich esse.«

Ich werde lachen.

»Hast du das wirklich zu ihm gesagt?«

»Hey, wir beide kennen uns doch schon ein bisschen, oder?«

Zurück in La Serena, am Rand der kurvenreichen Straße hinter dem Masatrigo, haben die Kadaver der toten Füchse an Volumen verloren und sind mit dunklen Streifen der Verwesung übersät. Die Köpfe erscheinen nun unverhältnismäßig groß im Vergleich zu den schrumpfenden Körpern.

»Wird niemand sie entfernen?«

Miguel fährt weiter, ohne zu antworten. Der Himmel füllt sich mit Violett und Bernstein. Die Dämmerung hat eingesetzt.

An der Abzweigung nach El Cuervo beginnt die Schotterstraße. Der Pickup wirbelt die übliche Staubwolke auf, die uns kilometerweit ankündigt. Die Partikel dringen durch die Lüftungsöffnungen und sättigen das Innere des Fahrzeugs mit einem stechenden Geruch nach trockener Erde. Vor uns schwärmen Hunderte von Heuschrecken aus wie bei einer choreografierten Begrüßung, einige von ihnen prallen gegen die Karosserie oder landen für einige Sekunden auf der Windschutzscheibe.

»Mein Vater hat immer ein Sprichwort zu mir gesagt: ›Geh mit Schurken und Gaunern, aber nicht mit Ignoranten‹. Denn die Gauner lehren dich etwas ganz Entscheidendes: Entweder betrügen sie dich oder du sie.«

»Ein beschissenes Sprichwort«, antworte ich.

»Klar. Willst du noch eins? Gesetze sind dazu da, um gebrochen zu werden.«

»Das ist keine Redensart.«

»Aber es könnte eine sein. Bei dem Tempo, das wir vorlegen, wird das bald der Fall sein.«

Er kurbelt das Seitenfenster ein wenig herunter, nimmt eine Zigarette aus der Schachtel und zündet sie an.

»Es sind Denkweisen«, fügt er hinzu. »Mein Vater mochte La Serena nicht. Ich schon. Schau mal!«

Ein Hase läuft zwei Meter vor dem Fahrzeug her. Mehrmals macht er Anstalten, aufs offene Feld zu springen, aber die parallel zur Straße verlaufende Buschreihe lässt ihn zögern und er setzt seinen Lauf fort, im Zickzack gegen den zunehmend violetten Abendhimmel. Isidor von Sevilla assoziierte Purpur mit der Reinheit des Lichts, und Hasen sind ein Synonym für ein unberührtes Ökosystem, so dass wir theoretisch Zeugen eines Moments erhabener Jungfräulichkeit werden.

Manchmal kommt der Hase dem Auto so nahe, dass Miguel aus Angst, ihn zu überfahren, langsamer wird, während ich denke: »Nein, nicht schon wieder«. Sobald sich das Gebüsch lichtet, hoppelt der Hase in den Hafer und huscht davon.

»Meine Schwarzen überleben, weil sie nicht auffallen. Klingt seltsam, nicht wahr? Aber sie fallen nicht auf. Was sind schon fünfzehnhundert Schafe? Das ist nicht genug, um einen Wohnblock in deiner Stadt zu versorgen. Wenn sie auffallen würden ...«

»Diejenigen, die das Sagen haben, würden dich vernichten.«

Selbst wenn wir allein sind, spielen wir oft auf die Großgrundbesitzer an, die das Geschäft mit Schafen kontrollieren. Miguel nimmt einen tiefen Zug an seiner Zigarette, verzieht den Mund und schnalzt mit der Zunge, so dass er einen Rauchschwall ausstößt.

»Bevor sie mich vernichten, zünde ich ein paar Bauernhöfe an.«

Er nimmt noch einen Zug von seiner Zigarette. Als ich ihn vor Monaten fragte, ob er eine Schrotflinte besitze, antwortete er, er habe keine.

»Aber ich glaube auch nicht, dass das notwendig wäre. Selbst wenn du mich manchmal so reden hörst und ich nicht viel Bildung besitze, habe ich mein ganzes Leben in dieser Gegend verbracht, ich weiß, wie die Dinge funktionieren, und es gibt Menschen, die mich schätzen. Du hast es gesehen, nicht wahr?« Diesmal lässt er nach seiner klassischen Frage keine Lücke. »Manchmal sagen wir uns Dinge auf raue Weise, aber das ist nur eine Art zu reden. Am nächsten Tag trinkst du ein Glas mit wem auch immer. Man muss sich um die Menschen kümmern. Aber wenn es hässlich wird, ich meine wirklich hässlich, denk an eines: Ich habe sogar in der Hölle Freunde.«

Trotz gewisser Probleme teilen Miguel und seine Freunde ein Zusammengehörigkeitsgefühl, das mit dem Land und den Dürren, Seuchen und Epidemien zu tun hat, die sie überstanden haben und das sie zuversichtlich macht, dass sie gemeinsam noch mehr aushalten können.

In El Cuervo haben die Schafe irgendwie die Zäune umgangen und treiben sich im unteren Teil des Stalls herum. Innerhalb des ›menschlichen‹ Sektors.

»Da muss irgendwo ein loser Draht sein«, sagt Miguel, während wir auf sie zugehen und sie mit Rufen und Winken dazu bringen, sich neben dem großen Tor zu positionieren.

Sobald wir es öffnen, trottet die Herde zurück in die gelbe Weite.

Stiere singen nicht

Meine Mutter liebt es, dass Gael nun Hühner hütet und seine Kleidung nach Schaf stinkt. Ich glaube nicht, dass sie in all den Telefongesprächen, die sie seit unserer Ankunft in El Cuervo mit ihrem Enkel geführt hat, auch nur ein einziges Mal einen ihrer typischen Sätze gesagt hat: »Sei vorsichtig, mein Schatz.« Und wenn sie ihn einmal vor etwas warnt, entscheidet sie sich im kessen Tonfall für ein »Pass-ein-bisschen-auf« oder »Sei-nicht-so-mutig«.

Anschließend erklärt sie uns die aktuelle Situation meines Vaters. Die Tatsache, dass sie das Thema so spät aufgreift, ist eine gute Nachricht. Mein alter Herr erholt sich langsam, aber doch so gut, dass seine Stimme wieder an Kraft gewinnt. Dann kommt er selbst an den Hörer. Das gutturale Stimmchen der letzten Wochen hat er bereits überwunden, auch wenn man die Schwäche noch hört, die er bis September besiegen will, wenn die neue Saison des Chors beginnt, in dem er seit Jahren singt.

»Ich höre, du bist in Höchstform«, sage ich, weil Gael den Lautsprecher eingeschaltet hat. »Wie ein Stier.«

»Nein«, antwortete er, »Stiere singen nicht.«

»Und wenn man sie kastriert?«

Er war amüsiert.

Das Glück versuchen

Vierzehn Kinder haben sich nach einer Apokalypse, die die Luft verseucht, in einem Supermarkt verbarrikadiert. Je nach Blutgruppe kann man sterben, wenn man ins Freie geht. Das ist mehr oder weniger Gaels Zusammenfassung des Anfangs des Buches, in dem er jeden Nachmittag auf der Veranda liest. Die nicht-tödlichen Auswirkungen des Einatmens dieser Luft reichen von Verrücktheit über Halluzinationen bis hin zu beunruhigenden Hautblasen.

El Cuervo verströmt das Flair eines Schützengrabens. Die eklatante Abwesenheit von Wasser hat die Überschwemmungen im Winter und Frühjahr in eine Art Traum verwandelt. Gras ist nicht zu sehen, und obwohl die Früchte der ergiebigen Regenfälle das Vieh so sehr mästen, dass in diesem Jahr kaum jemand auf Vorratsfutter zurückgreifen wird, deuten das fehlende Grün und die Hitze darauf hin, dass der Spruch »das Land trocknet bei Regen aus« vielleicht sogar stimmt.

Die Fliegen sind eine ständige Plage, aber wenigstens sind sie langsamer als die am Mittelmeer. Sie reagieren spät auf einen Schlag, da sie nicht an die menschliche Beweglichkeit gewöhnt sind. Gael klappt das Buch plötzlich zu. Als er es wieder öffnet, ist eine Fliege plattgepresst.

»Mit Geschick fängt die Spinne die Fliege.«[1] Das habe ich mir im Winter gemerkt, Miguel lässt solche Sprüche von Zeit zu Zeit fallen. Wenn man ihm zuhört, würde niemand sagen, dass das Sprichwort in einer Krise steckt. Redensarten sind die Stimme der Gruppe, ein Mittel gegen die Einsamkeit und vor allem ein Dialog mit der Natur. Vielleicht ist das der Grund, warum sie eine so schlechte Zeit durchmachen. Die Sprüche »En abril aguas mil« – Im April tausendfach Regen – oder »Hasta el 40 de mayo no te quites el sayo« – Bis zum 40. Mai zieh dein Gewand nicht aus – haben sich in diesem Jahr bewahrheitet, aber viele Jahre lang war es nicht so. Der Riss in der Natur hat Sätze entwertet, die für die Ewigkeit gemacht zu sein schienen, und nun, da man entdeckt hat, dass weder das Wetter noch die Pflanzen oder die Tiere dem Sprichwort gemäß handeln, hat sich eine Verwirrung breitgemacht, die diejenigen beunruhigt, die sie noch benutzen. Dem Rest der Bevölkerung ist das Problem gar nicht bewusst, denn viele von ihnen können sich kaum noch an Bauernweisheiten erinnern und

1. Im Original »Con maña caza a la mosca la araña.«

fragen sich nicht einmal, warum. Aber einige halten immer noch durch. »Der Wolf ist der erste, der das schwarze Schaf sieht.«[1] »Dem schlechten Schaf wiegt schwer die Wolle, und dem schlechten Hirten wiegen schwer Hirtenstab und Tasche.«[2]

»Die beste Subvention, die es gibt, ist ein Hirte mit Initiative«, sagt Miguel oft, der ein hervorragender Übersetzer dieser »Sprache« ist.

Auf der Veranda vespern wir ein Glas frischer Milch und Roggenbrot mit Feigenmarmelade, die Lorenzo, Miguels Schwager, gemacht hat. Er lebt in einer selbst gebauten Holzhütte in einem Wald bei Siruela. Lorenzo kultiviert einen wilden Gemüsegarten, stellt seine Werkzeuge selbst her und schläft sogar an manchen Wintertagen im Freien. Er ist der Typ Mensch, der sich nicht daran erinnern kann, wann er das letzte Mal etwas gekauft hat.

»Wie läuft's im Supermarkt?«, frage ich Gael.

»Einer hat den Supermarkt verlassen, um sein Glück zu versuchen.«

»Und?«

»Seitdem hat niemand mehr etwas von ihm gehört.«

Sich strecken

Jeden Morgen sieht man auf der einen Seite der Ostveranda einen aufgewühlten Erdhügel und das Loch eines kleinen, frisch gegrabenen Tunnels. Wir haben den Ursprung nicht ausfindig gemacht, aber er muss in der Steppe liegen, von wo aus sich ein unerschrockener Gräber nachts auf die Suche nach zarten, gut gewässerten Wurzeln macht. Die erste Aufgabe des Tages besteht darin, die Erde wieder an ihren Platz zu bringen, während Gael noch schläft.

---

1. Im Original »A la oveja negra el lobo es la primera que ve.«
2. Im Original »A la ruin oveja la lana le pesa, y al ruin pastor el cayado y el zurrón.«

Dabei frage ich mich, um welches Tier es sich wohl handeln mag. Ich suche gerade nach der Harke, als ich die Verantwortlichen sehe.

Der Himmel ist noch immer mit Violett und Purpur gesättigt, und die Atmosphäre bewahrt eine gewisse nächtliche Frische, als drei Kaninchen einen Meter von der aufgewühlten Erde entfernt erstarren, genauso gebannt wie ich. Drei Sekunden später rennen sie in Richtung La Siberia davon.

Ich verfolge ihre Spuren eine Zeit lang. Von Zeit zu Zeit tauchen Heuschrecken im Gras auf, aber keine von ihnen springt. In der Morgenfrische verharren sie unbeweglich und völlig ausgestreckt, damit die Sonnenstrahlen ihre Gelenke so schnell wie möglich erwärmen, damit sie hüpfen und sich unter anderem vor Trappen und Drosseln retten oder Schafshufen ausweichen können, denen sie die ganze Nacht ausgesetzt waren, als der Temperaturabfall sie halb lähmte. Die Steppe wacht auf.

FRAUEN-RAP

Gegen halb zehn, während die Bauarbeiter das Stalldach reparierten und die Holzzäune festnagelten, machten Gael und ich uns auf den Weg zu einem Spaziergang. Acht Kilometer im Winter fühlen sich anders an als in der Hitze, erst recht in Extremadura, und da Gael darauf besteht, dass er im Urlaub ist und sich lieber nicht zu sehr quälen möchte, durchqueren wir die Ebene in Etappen. Die einzigen nützlichen Bezugspunkte sind die Bauernhöfe und die seltenen, vereinzelt und oftmals weit voneinander entfernt stehenden Bäume. Da die Farmen eingezäunt sind, haben wir uns angewöhnt, von Baum zu Baum zu gehen, in deren Schatten wir uns jeweils ausruhen können. Unter einer Pausenkrone visieren wir den nächsten Baum an, der in zwanzig Minuten bis zu einer halben Stunde Entfernung steht. Wenn wir dort ankommen, werden wir uns einen weiteren ausgucken und zu ihm laufen.

Die Bezeichnung *Baum* im Singular entspricht der Wirklichkeit im strengsten Sinne. Es handelt sich fast immer um eine Pappel oder einen Eukalyptus. Es gab eine Zeit, in der es Ginster und Steineichen gab, aber die Ausbreitung des Ackerbaus tötete sie ab, so dass die Steppe so wenig Schatten bot, dass einige Menschen Eukalyptusbäume pflanzten. El Cuervo hatte zwei, die es nicht mehr gibt, weil Miguel sie bei seiner Ankunft gefällt hat. Er will sie nicht einmal sehen, nicht nur, weil sie eingeschleppt sind, sondern auch, weil sie einerseits verhindern, dass andere Pflanzen um sie herum wachsen und andererseits, weil sie den Säuregehalt des Bodens erhöhen.

Manchmal gibt es Gruppen von zwei oder drei Bäumen, auf einem Bauernhof sahen wir fünf – allerdings sehr weit voneinander entfernt, ohne dass sie ein Wäldchen bildeten –, aber am häufigsten ist der solitäre Baum. Die Landschaft lädt dazu ein, sich zu fragen, warum die Bäume so isoliert wachsen und ob die Bauern sie als Grenzmarkierung behalten.

Aus einer dieser seltenen Ansammlungen von Pappeln – es gibt drei von ihnen, zwei weiße und eine schwarze – dringt ein dschungelartiger Lärm. Als wir die Straße überqueren, explodieren die Baumkronen und Hunderte von Staren fliegen in die Richtung, in die wir gehen. Die Vögel bilden eine kompakte Wolke, die manchmal ausfranst, aber nicht sehr. Sie fliegen parallel zu uns. Obwohl sie uns schnell überholen, machen sie bald einen Bogen, der sie dazu bringt, um 180 Grad zu drehen und auf die Pappeln zuzusteuern. Als sie über die Bäume fliegen, drehen sie erneut ab.

»Das tun sie für uns«, sagt Gael.

Als wir an dem Punkt vorbeikommen, an dem der Schwarm immer kehrtmacht, ziehen sich die Vögel in ihre Baumkronen zurück und fahren mit dem Getöse fort.

Bei unserem Anblick entfernen sich die Herden von den Zäunen und ziehen Staubspuren hinter sich her, die den Siena-Farbton mit Nebel überlagern und die Landschaft entfärben. Wir treffen auf einen schwarzen Fuchs, der bei unserem Anblick davonläuft. Er war in einen Knochenhaufen vertieft, den Gael sich ansieht, als ich weitergehe. Nach einer Weile holt er mich ein und sagt:

»Du gehst sehr seltsam.«

»Was meinst du mit ›sehr seltsam‹?«

»Ich weiß nicht, mit den Armen so, herabhängend. Ein bisschen wie ein Gorilla.«

Ich erinnere mich an meine ersten Tage und was ich über Juan Alfredo dachte.

»Du sagst immer, ich soll aufrecht gehen«, sagt der junge Spund.

Ich richte meinen Rücken und meine Schultern auf und versuche, mich an das zu halten, was ich normalerweise zu ihm sage.

»Gut so?«, fragte ich.

»Besser.«

Manchmal pfeift Gael den Schafen zu, in der Hoffnung, dass sie ihn mit ihrem Hirten verwechseln, und obwohl einige stehenbleiben und den Kopf heben, kommt keines. Mein Großvater hat meiner Mutter das Pfeifen beigebracht. Mein Sohn macht das auch. Ich nicht.

»Warum bist du von Zuhause weggegangen?«, fragt Gael eine Minute nach seinem letzten Pfiff.

Wir schwitzen. Bei jedem Schritt schlagen wir mit den Stöcken auf den Boden. Wir sprechen nun seit neun Jahren über dieses Thema, aber er sucht immer noch nach Erklärungen.

»Ich wollte anders leben«, antworte ich.

Diese Antwort genügt ihm nie. Ich denke, er möchte etwas Konkreteres und Definitives, weniger Abstraktes.

»Und deshalb musstest du so viel Schaden anrichten? Du hattest einen Sohn«, sagt mein Sohn, »und mit Mama hast du dich gut verstanden. Was du getan hast, war sehr egoistisch.«

Als Elsa und ich uns trennten, zog ich für acht Monate in das Haus eines Freundes. Dann fand ich die kleine Wohnung, die ich heute noch habe. Eine Zeitlang war mein Sohn eine Woche lang bei mir und eine Woche lang nicht. Dann kam Ilse und veränderte diese Aufteilung. Es ist schwer, nicht erneut darüber nachzudenken, wie sehr wir durch bestimmte Namen konditioniert und begleitet werden. Der Name meiner Mutter ist Eloísa. Ilse hat Katia adoptiert, ich habe sie dabei begleitet, und wir haben einen neuen Kern gebildet, der auf eine andere Weise funktioniert.

Jetzt ist die Zeit aufgeteilt in die Woche mit Gael und die Woche mit Ilse und Katia. Jeder von uns hat sein eigenes Haus, manchmal kommen wir zu viert zusammen, wir fahren in Urlaub und teilen eine Vorstellung von Familie, die vielleicht nicht populär ist, aber was macht das schon? Es stimmt, dass mein Sohn nach etwas fragt, das ihn bedrückt, und ihm eine exotische Geschichte zu erzählen, hilft nicht, seinen Kummer zu lindern. Aber mit jedem Gespräch kommen wir uns näher. Wir reden viel über das Gleiche, wiederholen (seine) Vorwürfe und Argumente, wenn auch immer ruhiger, selbst, wenn wir am Ende vielleicht noch ab und zu weinen. Wir sind in der Steppe, es ist Mittagszeit, und die Augen meines Sohnes werden feucht.

Ich sage ihm, dass wir uns in Menschen verlieben, aber auch in Ideen. Ich sage ihm, dass unser Leben sehr vom Zufall abhängt, davon, wann und wo man von Kräften angetrieben wird, die man für grundlegend hält, davon, wie sich der Kopf verändert. Ich sage ihm, dass das eigentliche Ziel der Erziehung, seiner Erziehung, darin besteht, ihm Anhaltspunkte zu geben, damit er spürt, wann er einen Schritt auf etwas zu machen sollte, das ihm Ruhe bringen könnte, wobei er akzeptieren muss, dass dieser Schritt mit Schmerzen verbunden sein kann. Er wird vierzehn Jahre alt. Er versteht das bereits.

Er antwortet, indem er über seine Mutter spricht, ihre Güte hervorhebt und betont, wie traurig er war, sie weinen zu sehen, besonders zweimal.

»Ich erinnere mich noch sehr gut an diese Zeit«, sagt er. »Ich war sehr traurig. Sehr traurig.«

Ich könnte ihm von dieser Zeit als der härtesten meines Lebens erzählen, aber es wäre erbärmlich, einen Wettbewerb des Leidens anzudeuten, und ich möchte ihn ja beruhigen, ohne in die gängige Vergeblichkeit von Sätzen wie »Wenn du erwachsen bist, wirst du einiges besser verstehen« zu verfallen, obwohl es letztendlich genau das ist, was ich ihm sage.

Wir schwitzen, ohne an die Sonne zu denken.

»Und was kam nach dieser dringend benötigten Veränderung?«, fragt er.

»Es geht mir gut. Ich glaube, deiner Mutter inzwischen auch.«

Als wir nach El Cuervo zurückkommen, sind die Maurer schon weg, also ziehen wir uns auf der Veranda aus. Aus dem Schlauch, der an den Behälter angeschlossen ist, spritzen die ersten Strahlen kochenden Wassers. Nach ein paar Sekunden wechselt es von heiß zu lauwarm, und so waschen wir uns mit Seife. Gael hat angefangen, einen Rap zu singen.

Noch immer

Miguel legt seinen Arm um den Oleander, als wäre es die Schulter eines Freundes, und sagt:

»Die sind wirklich gut. Sie werden mit allem fertig.«

Auf dem Rückweg von der Gärtnerei haben wir einige Oleanderstängel in ein Fass mit Wasser gelegt, bevor wir uns entscheiden, wo wir sie einpflanzen. Er bevorzugt diese Sträucher für El Cuervo, weil sie wenig Wasser benötigen, witterungsbeständig sind und den Tieren Schatten spenden, sobald sie wachsen, was bald der

Fall sein wird. Er schätzt Geranien sehr, und deshalb hat er mehrere Setzlinge gekauft, die wir jetzt in die Farb- und Tomatentöpfe einpflanzen, wo sie blühen werden.

»Los, jetzt heißt es gießen«, sagt er wie üblich. »Lasst den Schlauch eine Weile bei ihnen, bei dieser Hitze wollen sie mehr Wasser.«

Wir haben auch Bougainvillea, Feigenkaktus, Weihrauch, Minze, Basilikum und einige andere aromatische Kräuter gepflanzt, denn Miguel möchte, dass El Cuervo »nach Land riecht«.

Heute Morgen, nachdem wir die Töpfe geholt hatten, hielten wir zum Mittagessen vor einem Restaurant am Straßenrand. Miguel bestellte einen Teller mit Lammfleisch und bat ausdrücklich darum, die Beilage wegzulassen. Als das Gericht kam, wurde das Lamm von einer Portion Kartoffeln begleitet, die mit Knoblauch und Petersilie verrührt waren.

»Ich habe es ihm gesagt«, murmelte Miguel.

»Bitte ihn darum, es zu ändern.«

»Ist egal, jetzt ist es so.«

Das ist selten. Miguel mag es nicht, wenn ein Job schlecht gemacht wird.

»Wie ist das Lamm?«, frage ich ihn, den Spezialisten.

»Nicht schlecht.«

Beim Essen nimmt er oft die Serviette vor den Mund und kaut angestrengt. Gestern sah ich, dass sein Zahnfleisch besonders geschwollen war, und ich dachte, dass er zu viel raucht. Vor nicht allzu langer Zeit meinte er, dass er zum Zahnarzt gehen sollte.

»Stimmt etwas mit deinem Mund nicht?«

Er hebt die Augen über die Serviette.

»Die Beilage«, antwortet er. »Weißt du, was Beilagen sind? Denn ich habe schon oft gesehen, wie sie zubereitet werden. Mit Abfall. Wiederverwertung von Essensresten anderer Tische.«

»Dann iss es nicht.«

»Klar! Aber ich mag es nicht, Essen auf meinem Teller liegen zu lassen.«

So ist Miguel.

Nachdem wir die Pflanzen gegossen haben, gehen wir mit Gael nachsehen, wie es dem von seiner Mutter verstoßenen Kätzchen geht. Es hat immer noch nicht gefressen, und die Knochen unter seiner Haut werden beunruhigend deutlich. Die Wunde in seinem Auge hat sich ein wenig entzündet. Gael bringt ihm den Wassernapf, den wir gestern für ihn abgestellt haben, und der kleine Kater schlägt mit seiner Pfote in die Luft. Gael zieht sich einen Handschuh an und sagt, er werde bleiben und versuchen, das Tier davon zu überzeugen, dass es fressen muss.

Miguel raucht, während er auf den Pferch zeigt, in dem er die Hähne unterbringen wird. Er erklärt, wie er den Stall wiederverwenden, wie er einige Bienenstöcke bearbeiten will, und dass El Cuervo ein Ort sein soll, der an sich schon erklärt, was es mit schwarzen Schafen und Weidenwechsel auf sich hat. Er stellt sich vor, wie die Räume, die jetzt staubige Höhlen sind, einmal aussehen werden. Sogar in dem Bereich, den ich mit Gael bewohne, gibt es immer eine Schicht feinen Staub, der durch die Ritzen der Türen, die den Flur zwischen den beiden Veranden verbinden, hereinkriecht. Ich lasse sie den ganzen Tag über offen, um Zugluft zu erzeugen, denn wenn man die Wahl hat zwischen ein bisschen Staub oder stickiger Luft, dann ist die Sache klar.

»Was hast du da?«, fragt er, als er sieht, dass ich mich am Unterarm kratze.

Sechs Schwellungen von Spinnenbissen.

»Verdammt! Tut mir leid, aber ich tue, was ich kann. Ich konnte nicht aufräumen. Ich habe tausend Dinge im Kopf und wollte alles fertig machen, aber …«

Ich sage ihm, er solle sich keine Sorgen machen, wir hätten alles, was wir bräuchten, und El Cuervo sei jetzt genau das, was ich wolle.

»Marisa schimpft mit mir«, fährt er fort, »sie sagt, wie kann es sein, dass ich dich im Haus habe, so wie es ist. Aber du weißt, dass ...«

Ich weiß nur, dass wir gehofft hatten, dass irgendeine Institution oder Person in La Siberia sich für die Karawane von wandernden Künstlern begeistern würde, die wir uns im Frühjahr vorstellten, oder dass irgendein Mäzen sich für die Idee begeistern würde, ein Gebiet im Ausland bekannt zu machen, das sich der biologischen Landwirtschaft verschrieben hat, indem es so gesunde Herden wie diese Merino-Schafe hervorbringt, und dass er sich finanziell an der Organisation beteiligen würde, aber das ist nicht passiert. Aus irgendeinem Grund scheint es unangebracht, das schwarze Schaf zu sehr in den Vordergrund zu rücken. Miguel begnügt sich also mit dem, was er hat, denn für ihn ist klar, dass er die Karawane machen möchte. Es müssen Mahlzeiten und Übernachtungen organisiert, mit den Eigentümern der Region Rastplätze für die Herde vereinbart und die teilnehmenden Künstler zusammengerufen werden. Außerdem muss man sie dazu bringen, die kargen Bedingungen des Projekts zu akzeptieren ... Was ich weiß, ist, dass Miguel sich bemüht und dass es uns im Haus gutgehen wird.

»Jetzt mach dir mal keine Sorgen, Miguel. Es ist ein tolles Haus.«

»In Ordnung«, sagt er. »Lass mich wissen, wenn euch etwas fehlt. Sollen wir zu den Schafen gehen?«

Die Merino-Schafe grasen ein wenig weiter weg als sonst. Der hohe Sonnenstand lässt vermuten, dass wir ein wenig spät dran sind.

»Und damit du es weißt: Mit mir zusammen zu sein, ist schlecht für dich.«

Als ich ihn ansehe, hält er den Blick auf die Steppe gerichtet. »Ich will nicht, dass du Ärger bekommst, aber wenn du bei mir bist, werden dich einige Leute ablehnen. Jeden, der mir nahekommt, hält man für einen Umweltschützer.«

»Ja, das hast du mir schon gesagt, Miguel.«

»Sie sehen in mir einen Typen wie den, von dem du manchmal

sprichst, den vom Campingplatz. Wenn du dich hier ein bisschen um bestimmte Dinge kümmerst, hängen sie dir sofort ein Etikett an. Aber ist es schwer zu verstehen, dass auch Tiere ihre Bedürfnisse haben? Der Wolf? Wenn es hier Wölfe gäbe, würden sie die Jagd regulieren. Wenn ein Tier geboren wurde, dann aus einem bestimmten Grund. Es ist wie mit den Eseln, die jetzt nutzlos zu sein scheinen. Sollen wir sie also abschaffen? Ich bin nicht sentimental, na ja, vielleicht ein bisschen, aber das ist etwas anderes: Ich lebe mit Schafen, Eseln, Truthähnen, Hühnern, sie sind Teil meines Lebens und ich möchte sie gut behandeln. Weißt du, zu wem ich gehöre? Zu meiner Familie. Ohne meine Familie bin ich ein Niemand. Du hast es gesehen. Jetzt weißt du, wie wir arbeiten und wofür wir stehen, nicht wahr?«

Umweltschutz ist in dieser Gegend nicht beliebt, obwohl die Leute nicht genau wissen, worin er besteht. Miguel erklärt ihn anhand von Beispielen, wie neulich mit einem Nachbarn, der ihm vorwarf, er habe ein totes Lamm auf dem Feld liegen lassen.

»Was ist daran falsch, habe ich zu ihm gesagt. Die Aasgeier haben es gefressen. Dann werden die Bartgeier kommen, um die Reste zu vertilgen, und es wird keine Spur mehr übrig sein.

»Aber du hast das Lamm dort liegengelassen und das geht nicht«, antwortete der Nachbar.

»Denkst du etwa, ein Lamm den Geiern zu überlassen, ist schlimmer als der Haufen Seile, den du neulich in die Landschaft geworfen hast? Wer beseitigt das?«

Die Diskussion endete damit, dass der Nachbar Miguel zustimmte, der immerhin einen Wagen vom SANDACH[1] hat, auf

1. Abkürzung für »Subproductos de origen Animal No Destinados A Consumo Humano«, zu Deutsch: ›Hygienevorschriften für nicht für den menschlichen Verzehr bestimmte tierische Nebenprodukte‹, gemäß Verordnung (EG) Nr. 1069/2009 des Europäischen Parlaments und des Rates.

dem er die Kadaver zur Befriedigung der Geier vorschriftsmäßig ablegt.

»Aber das spielt keine Rolle«, sagt er. »Ich möchte diese Gespräche nicht mehr führen, denn das Thema ist einfach ... Wir führen noch immer solche Gespräche. Wir sind noch immer an diesem Punkt.«

Etwas, um das man sich kümmern kann

Ein weiterer Nachmittag – der Staub weht ins Haus, Spinnen hängen Zentimeter über dem Spülbecken und Küken piepsen auf der anderen Seite der Veranda. Gael isst sein Brot mit Feigenmarmelade auf und geht los, um nach dem verstoßenen Kätzchen zu schauen, während ich mich auf die Lichtung begebe, um nach möglichen Füchsen Ausschau zu halten. Der, den wir neulich gesehen haben, hat sich in meinem Kopf festgesetzt, ich will nicht, dass er uns Ärger macht.

Als ich das Gelb mit dem Fernglas absuche, taucht eine Großtrappe auf. Ein reiner Glücksfall, denn die ockerfarbenen Federn sind zwischen den Büscheln der Ähren und den Steinen kaum auszumachen. Ich hatte den Eindruck, dass sich einige Ähren bewegten, und ja, da ist sie. Was für lange Schnurrhaare sie hat, sie sieht aus wie ein Luchs mit Schnabel. Ihr stets gerader Hals verleiht ihrem schwankenden Gang etwas Würdevolles, und wenn sie ihren Schwanz wie einen Fächer ausbreitet, sieht sie so vornehm aus wie ein etwas fülliger Aristokrat. Sie ist so kokett, dass sie Gift frisst, um sich attraktiver zu machen, vor allem das Männchen, das, wenn es das Weibchen erobern will, giftige Insekten verspeist, die es als Einlauf benutzt, um sich zu reinigen und eine schlankere Figur zu erreichen. Die Großtrappe ist sehr widerstandsfähig gegen verschiedene giftige Substanzen geworden, wozu bestimmt auch beigetragen hat, dass sie Steppen durchstreift, die ständig gesprüht werden. In der Paarungszeit verschlingt das Männchen jede Menge Ölkäfer, schwarze Käfer mit roten Bändern, die reich an Cantharidin sind, das schon Menschen getötet hat, der Großtrappe aber dazu dient, sich von Parasiten, Nematoden und Bakterien zu befreien.

Und dann, wenn er schön sauber ist, kommt der Augenblick, dem Weibchen, das er verführen will, seine Kloake zu zeigen. Er breitet das prächtige Schwanzgefieder aus, das Weibchen späht in die Öffnung ihres möglichen Liebhabers, inspiziert sie, prüft dabei das makellose Weiß der Federn, die frei von ansteckenden Erregern sind, und antwortet, wenn alles hübsch glänzt, so etwas wie »Los geht's!«.

Die Großtrappe ist der schwerste Vogel, der fliegen kann. Wenn sie ein Kilo mehr wiegen würde, wäre sie flugunfähig, und das kann nach jedem Luzerne- oder Insektenschmaus passieren. Aufgrund ihrer Tarnfarbe und des Gewichts, das nötig ist, um die Flucht ergreifen zu können, fallen viele Trappen mit ihren Eiern Mähern und Traktoren zum Opfer. Die Maschinen, die El Cuervo durchkämmen, stehen fast einen Kilometer von der Farm entfernt noch immer still.

Gerade als ich seinen Namen rufen will, höre ich Gaels Stimme:

»Papa! Komm! Komm! Es geht ihm sehr schlecht!«, ruft er aus dem Stall, in dem wir das Kätzchen mit Schüsseln voller Milch und Trockenfutter isoliert haben, nachdem Miguel einen Blick auf ihn geworfen und beschlossen hatte, sich besonders um ihn zu kümmern.

Die Futterkügelchen sind verstreut, die Milch hat er nicht angerührt, und der Körper des Welpen stinkt nach seinen eigenen Exkrementen, sein Auge ist bereits eine riesige Eiterbeule, die ihn auf dieser Seite nichts mehr sehen lässt. Bei jedem Atemzug zittert sein ganzer Körper. Er kauert sich zusammen, legt sich fast hin, aber er findet die Kraft, schwache, kraftlose Pfotenhiebe auszuführen, als wir uns nähern.

»Nimm die Handschuhe«, sage ich zu Gael.

»Soll ich ihn ein wenig saubermachen?«

Gael nimmt das Kätzchen vorsichtig und hält es in seinen Händen, die er wie ein Bett ausgestreckt hat. Er besprüht es mit ein wenig warmem Wasser aus dem Schlauch. Als er es auf den warmen Boden der Veranda legt, klebt das nasse Fell an seinem gut sichtbaren Skelett. Die kleine Katze stößt einen gequälten Schrei aus.

»Er wird sterben«, sagt Gael.

Während der Kleine mit dem Tod ringt, streichelt mein Sohn seinen Rücken und seine Pfoten.

»Er soll wenigstens Ruhe haben«, sagt er.

Als die Katze verendet ist, nimmt Gael sie sanft zwischen seine Handschuhe.

»Ich werde sie begraben«, sagt er.

Ich könnte vorschlagen, ihn für andere Tiere liegen zu lassen, aber das ist genug der Realität für heute. Seine Gefasstheit lässt mich an all die Theorien denken, die dafür plädieren, Kinder vom Tod fernzuhalten, mit dem Argument, dass sie später noch genug Zeit haben würden, sich darüber Gedanken zu machen. Ich erinnere mich, wie ich im Alter von neun oder zehn Jahren stundenlang schluchzte, als mir klar wurde, dass eines Tages alles zu Ende sein würde. Meine Mutter brauchte Stunden, um mich zu beruhigen. Gael sieht das anders. Vielleicht, weil in meinem Haushalt – dem eines erwachsenen Mannes – Tod, Gewalt und Sex weniger tabuisiert sind. Ich möchte daran glauben, dass die Kinder angesichts des Schauspiels des Lebens mehr sehen und schnell verstehen. Ein echter Kontakt genügt ihnen.

Während Gael das Kätzchen begräbt, schaue ich nach der Herde. Wie üblich steckt ein Schaf im Zaun fest. Es ist sehr schwarz, weil es noch sehr jung ist. Ich packe es an einem Bein, drehe es, bis es in der Luft hängt, und als es in einer geraden Linie herauskommt, halte ich es fest, indem ich seinen Körper zwischen meine Beine klemme, während ich seinen Rücken und Widerrist in meinen Händen halte. Zuerst versucht es, wegzulaufen, aber als es merkt, dass es nicht kann, hält es still. Als ich mich vergewissert habe, dass es sich nicht mehr bewegt, schiebe ich ein Bein über die andere Seite seines Rückens und hocke mich, während ich es immer noch fest an mich drücke, hinunter, bis unsere Gesichter nur noch Zentimeter voneinander entfernt sind. Die Wolle bedeckt das ganze Tier, mit Ausnahme der Ohren, der Augenhöhlen und der Schnauze, die von schwarzer Haut bedeckt sind.

»Hallo«, sage ich.

Das Lamm riecht stark nach Feld und Wollschweiß. Es ist ein wunderschönes Tier. Mehrere Schafe der Herde beobachten uns aus hundert Metern Entfernung. Eines steht näher zu uns, es macht zweimal ein paar schnelle Schritte, als ob es sich nähern würde, zieht sich dann aber wieder zurück, dreht sich um sich selbst und sieht uns wieder an.

»Ist das deine Mutter?«

Ich stelle mir vor, wie meine siebenjährige Mutter mit einem Stock genau hier neben Palomo und Estrella steht. So viele Mütter, die alles bestimmen. Wir wollen glauben, dass wir uns an neuen Leitlinien orientieren, aber wir sind zum ewigen Kampf zwischen den Genen und dem Trugbild der Neuheit verdammt. Die Zeit vergeht, und die Unterschiede sind nicht so groß. Hirschherden werden immer noch von alten Hirschkühen angeführt. Das Känguru wird nach wie vor blind geboren, und wie sollte es überleben, wenn seine Mutter es nicht in ihrer Bauchtasche halten würde?

In meiner Kindheit hatte ich eine Hündin. Als meine Familie das Haus auf dem Land verkaufte, gaben wir die Hündin an einen Bauern, damit sie weiterhin außerhalb der Stadt leben konnte. Bobi wurde trächtig und brachte drei Welpen zur Welt. Dem Brauch gemäß behielt der Bauer einen, tötete die beiden anderen und begrub sie. Als wir wieder einmal nach Bobi fragten, erklärte der Bauer, die Hündin sei eines Tages verschwunden. Er habe nach ihr beim Grab der Welpen gesucht und sie unweit davon gefunden. Bobi hatte ihre Kleinen ausfindig gemacht, sie ausgegraben und an einen Ort geschleppt, wo sie über die beiden Kadaver wachte. Ein Fall wie dieser verleitet durchaus dazu, über die Würde von Tieren nachzudenken, sagte er.

Ich erzählte Miguel dieselbe Geschichte, als er von einer Mastiff-Hündin sprach, der man acht ihrer zehn Welpen weggenommen und an andere Hirten weitergegeben hatte. Mit den beiden verbliebenen versteckte sie sich daraufhin in der Weide. Man fand die drei hinter einer Eiche.

Vor ein paar Tagen rief ich meine Mutter an, um ihr eine Geschichte zu erzählen, die wir zuhause nicht kannten, obgleich sie mit der Familie zu tun hat. Sie wurde von einer Tante aus Garbayuela erzählt, die meine Mutter seit sechzig Jahren nicht mehr gesehen hat. Die Hauptfigur darin spielt La Mosca – die Fliege, meine Großmutter. In der Nachkriegszeit, als es für die Hirten schwierig war, Nahrung zu finden, ging meine Großmutter manchmal auf private Höfe, um Eicheln zu sammeln. Eines Tages sahen sie ein paar Mitglieder der Guardia Civil und verprügelten sie. Diese Geschichte hat La Mosca ihren Töchtern nie erzählt, vielleicht um nicht erklären zu müssen, dass sie nach der Schlägerei eine Fehlgeburt hatte.

Es gibt Gegenden in La Siberia, wo Pinienkerne das wichtigste Nahrungsmittel für die Erhaltung der Artenvielfalt bestimmter Ökosysteme sind. Die Bewohner dieser Regionen verbringen ganze Nachmittage und Abende plaudernd an einem Tisch, an dem sie Pinienkerne knacken und essen, so dass Pinienkerne dort als »siberianische Unterhaltung« bekannt sind. In der Extremadura ist die Eichel das Hauptnahrungsmittel. Sie befruchtet das Gebiet und ernährt Kraniche, Schweine und Schafe. Rund um Marmeladen, Liköre, Brote, Öle oder Kuchen aus Eicheln finden die besten Gespräche dieser Region statt. Meine Großmutter wurde also geschlagen und erlitt eine Fehlgeburt, weil sie auf der Suche nach einem siberianischen Gespräch war.

Meine Mutter hörte die Geschichte aus dem Mund ihrer eigenen Tante, die sie ihr fast schreiend erzählte, wobei sie sich zum Mikrophon meines Handys vorbeugte, das ich auf Freisprechen gestellt hatte, weil ich auch meine Mutter hören wollte. Bei diesen und vielen anderen Geschichten, die sie im Gepäck hat, sollte es mich nicht überraschen, dass es Eloísa schwerfällt, entspannte Scherze zu machen. Meine Mutter will fröhlich sein, das hat sie sich irgendwann einmal vorgenommen, und ihr ganzes Leben lang hat sie versucht, optimistisch zu bleiben, so, als ob sie versuchen wollte, diese Kindheit zu bewahren, die sie trotz allem als großartig ansieht. Später haben Komplikationen ihre Freude getrübt, aber da sie sie nicht aufgeben will, zwingt sie sich oft zu lächeln und zu singen und die Illusionen, an die sie sich noch erinnert, so lebendig wie möglich zu halten. Und der Empfänger dieser Begeisterung ist ihre Familie, denn ihre Selbsterziehung als Überlebende hat ihr dasselbe gezeigt wie Miguel: dass die Familie alles ist. Dass sie ohne ihre Familie nichts ist.

So ist es leichter zu verstehen, warum wir nach meiner Trennung zwei Jahre lang in Räumen zweideutiger Zuneigung umher wanderten, die uns ungewollt voneinander entfernten. Die Trennung brachte Vorstellungen durcheinander, die festzustehen schienen, aber mit der Zeit erkannte meine Mutter, dass meine Gefühle und mein Respekt für sie gleichgeblieben waren, und hier sind wir nun, hier bin ich und schreibe über unsere Liebe. Auch ich habe verstanden, dass meine Vorstellung von Freiheit den Samen ihres Beispiels und desjenigen meines Vaters enthält. Sie haben mir nie ihre Vorstellungen über meinen Werdegang aufgezwungen, sondern mich ermutigt, meine eigenen zu finden. Und dank meiner Freiheit bin ich mit wenig Geld durch die Welt gereist, stets im Vertrauen darauf, dass es viele Menschen gibt, die gern Geschichten über andere Geografien und Lebensweisen hören, Erzählungen, die sie vielleicht eines Tages dazu bringen, genau jenen Schritt zu tun, den sie eigentlich schon immer tun wollten.

Meine Mutter hat mich dazu erzogen, anders zu sein als sie und trotzdem ihre wichtigsten Werte hochzuhalten, was meiner Meinung nach ein großer Erfolg ist. Manchmal erleidet sie durch so viele Unterschiede einen Kurzschluss, aber trotz der Missverständnisse sind wir beide stolz aufeinander.

»Bitte um etwas, um das du dich kümmern kannst«, sage ich zu dem Lamm.

Etwas, um das man sich kümmern kann. Auf eine andere Art und Weise, als es anscheinend vorgesehen ist. Sich um ein Kind kümmern, ohne ein Stier-Mann zu sein. Ich würde sagen, dass einige meiner grundlegenden Handlungen darauf beruhen, dass ich eine Mutter sein wollte. Ich wollte mir eine Sensibilität aneignen, die ich bei anderen Vertretern meines Geschlechts nicht wahrgenommen habe. Unverblümt für ein anderes Leben verantwortlich zu sein. Ich nehme an, dass diese Wünsche eine Reaktion auf den Ultra-Macho-Blick waren, den ich mir in dem Umfeld, in dem ich aufgewachsen bin, angeeignet hatte, und ich akzeptierte sie.

Natürlich kenne ich sanfte Männer, die als konsequente Väter agieren, aber ich spreche von einer Autonomie, Elastizität und Sanftheit, die eher für Frauen charakteristisch ist. Von der Anerkennung einer Kraft, die ich besitzen möchte. Vielleicht ist es Neid oder übertriebener Ehrgeiz, wer weiß, aber ich glaube, dass ich irgendwann, ohne es zu wissen, Mutter werden wollte, und ich habe entsprechend gehandelt, um mich zu verwandeln.

»Was denkst du, Macaria?«, frage ich das schwarze Schaf, mein Gesicht vor seiner Schnauze. »Meinst du, ich habe es ein bisschen hinbekommen?«

»Papa!«, höre ich meinen Sohn, der hinter dem großen Tor steht und mich beobachtet. »Was machst du da?«

Eine Schlange im Haus

»Bahhh! Verflucht, ist die groß! Bahhh!«

Während ich Butter aufstreiche, schreit einer der Maurer auf der westlichen Veranda und zeigt auf den Ziegelhaufen, der fünf Meter von der Stelle entfernt ist, an der ich mein Frühstück einnehme.

»Eine so große Schlange!«, sagt er zu dem soeben eingetroffenen Kollegen und breitet seine Arme aus, als wolle er einen Bären umarmen. Zwei weitere Arbeiter kommen hinzu.

»Mindestens«, sage ich und will in meinen Toast beißen.

»Hast du sie gesehen?«

Ich habe gesehen, wie sie davongeglitten ist, und sie ist zweifellos sehr lang. Zwei Maurer schwingen Eisenstangen, mit denen sie beginnen, Ziegel zu entfernen, während ein anderer sie in die Luft wirft. Der Stapel wird schnell kleiner. Viele von ihnen zerbrechen, wenn sie gegen andere stoßen.

»Da! Da!«

Die Schlange windet sich im Zickzack und versucht, sich durch die Löcher in den Ziegeln zu schlängeln, auf die die Männer in dem Versuch einschlagen, sie zu treffen. Einer von ihnen durchbohrt den Schwanz der Schlange, der andere treibt seine Stange einige Zentimeter unterhalb des Kopfes in ihren Körper. Beide beginnen, ihre Waffen in die Schlange zu rammen, bis sie still liegenbleibt. Derjenige, der sie am Kopf hat, hebt die Stange an, und das Reptil hängt der Länge nach herab. Jemand zückt ein Maßband, um es zu messen: ein Meter zwanzig. Gael schläft trotz der Aufregung noch.

Als die Maurer wieder an die Arbeit gehen, bleibt einer von ihnen bei mir und sagt, sie hätte ins Haus gelangen können.

»Dass ihr immer die Türen offenlasst ...«

Er beginnt, Themen, die das Haus betreffen, anzusprechen. Er schimpft über die Arbeit, die El Cuervo verursacht.

»Miguel rief uns an, damit wir das Dach reparieren, aber wie du siehst, haben wir es noch nicht einmal angerührt. Er fing an, Dinge zu verlangen: die eisernen Gitter gegen Paletten auszutauschen, die Wände zu renovieren, auch im Stall arabische Fliesen zu verwenden.« Er zeigt mit dem Kopf Richtung Stall. »Und so geht es immer weiter.«

»Bezahlt er die Extra-Arbeit, die er verlangt?«

»Ja.«

»Umso besser, mehr Arbeit für euch, nicht wahr?«

»Sicher, aber ...« Er schnalzt mit der Zunge.

»Außerdem wird das, was ihr hier tut, das Anwesen schöner machen und ihm ein Flair verleihen, wie es die Häuser früher hatten.«

»Also, ich mache dann mal weiter.«

Von vorn

Kaninchen von vorn. Füchse von vorn. Rehe von vorn. Schafe von vorn. Alle diese Tiere haben sich frontal vor uns gestellt, bevor sie sich entschieden, wie sie handeln sollten. Die Schafe am Teich wissen, dass uns ein Zaun trennt, und dieses Mal weichen sie nicht zurück, aber plötzlich springen vom Teich her Heuschrecken auf die Straße. Es ist ein massenhafter, unkoordinierter Flug. Einige von ihnen prallen gegen uns, gegen das Büchlein, in dem ich mir Notizen mache. Ein gutes Stück des Weges gibt es Explosionen von

Heuschrecken zu unseren Füßen. Bei jedem Schritt hüpfen Dutzende der fliegenden Insekten auf, die sich zerstreuen wie Wasser, wenn ein Stiefel in eine Pfütze tritt.

Ich fahre mit der Zunge über meine heißen Lippen. Gael zieht sein T-Shirt aus und kommt meiner Aufforderung nach, sich mit Sonnencreme einzuschmieren. Unser Ziel ist die einsame Pappel inmitten eines weiteren gemähten Feldes. Zwei Stelzenläufer überfliegen uns krächzend in geringer Höhe, sie müssen Jungvögel in der Nähe haben. Wer weiß, ob einer von ihnen nicht ein Kuckuck ist. Sein Gesang ist in der Region schon seit Wochen nicht mehr zu hören, aber vor seinem Fortzug hat er sich darum gekümmert, seine Eier in die Nester anderer Vögel zu verteilen und ihnen die Aufzucht aufzubürden, was die meisten akzeptieren. Manche bemerken, dass sie ein eigenartiges Kind haben, und andere wissen womöglich sogar, dass der Kuckuck sie zum Narren gehalten hat. Aber letztendlich ist ein Ei Leben und aus irgendeinem Grund da.

Schweißgebadet erreichen wir den Schatten.

Unter der Baumkrone entfaltet sich eine kühlere Welt. Die Grenze zwischen Schatten- und Sonnenseite wird durch ein Licht markiert, das von gelb in schwarz übergeht. Es ist eine Oase von fünf Metern Durchmesser, in der das Leben anders verläuft. Auf Stroh und Blättern liegend, beobachten wir den Flug der Hornissen und den der Heuschrecken. Sie gleiten dahin und wackeln zittrig mit ihren beiden Hinterbeinen, als wüssten sie nicht, wohin mit diesen Gliedmaßen, die ihnen allerdings dazu dienen, sich an den Halmen oder am Schilf festzuhalten und abrupt zu stoppen. Es gibt riesige Disteln, die sich beim Aufprall einer Heuschrecke wie Schilf biegen und das Insekt wie ein Katapult in die Luft schleudern, wenn sie sich wieder aufrichten. Stöße und Abpraller gehören zur Routine dieser Steppenturner.

Das Zittern der Heuschrecke erinnert mich an die Hände von Juan González, der mir, als es noch kalt war, beibrachte,

Bienenstöcke mit Zuckerstangen zu füttern und die Bienen Vieh zu nennen. Deshalb nennen die Imker Weidenwechsel den Vorgang, bei dem eine Batterie Bienenstöcke auf einen Lastwagen geladen und zu den Sonnenblumenfeldern des Südens gebracht wird.

Juan fährt ein Fahrzeug, das nach Honig riecht wie Quiterio nach Harz, und darin nahm er mich eines Morgens zu dem Ort mit, an dem er achtundsiebzig der zweihundertdreiundzwanzig Bienenstöcke hat, die er verwaltet. In einem guten Jahr sind das etwa dreizehn Millionen Insekten. Es war so kalt, dass es draußen keine Bienen gab, obwohl die etwa dreißig Bienenfresser, die fünf Meter entfernt über uns hinwegflogen, auch eine Rolle spielten. Dieser Vogel, der sich auf Bienen spezialisiert hat, ist ein vielfarbiger Pfeil, doch obwohl seine Geschwindigkeit und Farben sehr beeindruckend sind, will Juan ihn gar nicht sehen.

Als wir vor den Bienenstöcken anhielten, zogen sich die Bienenfresser zurück. Juan verbrannte den Kuhmist in einem kleinen Henkeltopf, aus dem bald dichter Rauch aufstieg. Wir zogen unsere Anzüge und Helme an und begannen, Fluglöcher auszuräuchern, während wir die Bienenstöcke freilegten, um darin die Leckereien zu platzieren, die die Bienen bis zur Blütezeit stark halten sollten. Tausende von Bienen prallten summend gegen den seidigen weißen Anzug und gegen den Augenschutz, der nur wenige Zentimeter von meiner Nase entfernt war, während Juan erzählte, dass eine Arbeitsbiene in der Lage ist, sich bis zu acht Kilometer vom Bienenstock zu entfernen, während eine Drohne weniger als anderthalb Kilometer zurücklegen kann. Und dass Letztere, wenn sie iberisch sind, die Besonderheit aufweisen, schwarz zu sein.

»Schwarze Drohnen?«, fragte ich. »Iberische?«

»Sie haben versucht, die italienische Königin einzuführen, die blond ist. Es heißt, sie sei weniger aggressiv und produktiver, aber die schwarze Drohne hat sich durchgesetzt.«

Er fuhr fort, über solche Dinge zu sprechen und machte deutlich, er sei ein Fan der Sonnenblume und schätze Eukalyptusbäume, weil sie honigsüß seien. Aber wenn ich mich jetzt vor allem an seine Hände erinnere, dann deshalb, weil er, als wir in einer Art Landhaus, in dem es keine anderen Gäste gab, essen gingen, sagte, er sei Dichter und habe einen erblich bedingt schlechten Puls.

»Schau.«

Er hatte als ersten Gang eine Suppe bestellt, und der Löffel zitterte wie die Beine einer fliegenden Heuschrecke. Er sagte, das Zittern sei als Kind nicht so übertrieben gewesen, aber schon in der Schule habe sein Puls ihm nicht gehorcht.

»Ich hasste das Schreiben«, sagte Juan, »ich hasste meine hässliche Handschrift.«

Wie viele Einwohner von Fuenlabrada de los Montes begann er schon in jungen Jahren mit der Imkerei. Zwei zitternde Hände unter Millionen von Stacheln. Bienen hassen heftige Bewegungen. Über die Jahre haben die Bienen gelernt, seine Bewegungen als normal zu akzeptieren. Mit seinen tanzenden Händen entwickelte er eine bahnbrechende Methode für den Transport von Bienenstöcken auf Lastwagen, und Jahre, nachdem er Witwer geworden war, beschloss er, einen Brief an eine Frau zu schreiben, die ihm gefiel. In seiner eigenen Handschrift.

»Die Frau sagte, sie wolle nichts von mir. Aber ich hatte einen Brief geschrieben.«

Das ermutigte ihn, die ganze ungeschriebene Zeit zurückzugewinnen, und inzwischen hat er bereits einen Gedichtband herausgebracht, der nicht in den Buchhandlungen verkauft wird, aber er stammt direkt aus seinen Händen und gibt ihm ein gutes Gefühl. Juan hat verstanden, dass Kunst nicht dazu dient, zu unterhalten oder zu faszinieren, sondern dass sie uns lehrt, Formen des Glücks zu erahnen. Wie schrecklich es auch sein mag. Formen des Glücks. Kunst und Natur sind sich in dieser Hinsicht sehr ähnlich. Es dürfte kein Zufall sein, dass viele der besten Naturschriftsteller, die wir heute lesen, das Leben am Rande der Gesellschaft ausgiebig kennengelernt und mit ihren Erfahrungen ein integratives Denken entwickelt haben, das auf diesen beiden Konzepten – Kunst und Natur – beruht, die vielleicht die größte Freiheit bieten. Kranke, Einsiedler, Homosexuelle, Visionäre ... Menschen, die zwar an den Rand der Gesellschaft gedrängt wurden, aber in der Kunst und in der Natur einen festen Mittelpunkt fanden.

Wie lange sitzen wir schon unter der Pappel?

Wir machen einen Stockwurf-Wettbewerb, indem wir sie wie Speere schleudern. Gaels Stock ist etwas kleiner, aber wenn er ihn wirft, fliegt er so weit wie meiner.

»Wir sind gleichauf«, sagt er.

»Nein, du bist stärker.«

»Meiner ist leichter.«

»Und ich bin größer.«

Gael macht sich ein Armband, indem er Grashalme flicht, die er zwischen Blättern sammelt. Sie sind mit dem Guano von Vögeln befleckt, die wir nicht gesehen haben. Auch der Stamm der Pappel ist mit weißlichen Exkrementen besprenkelt. Wenn das so weitergeht, was der Fall sein wird, wird der Baum genauso verrotten wie die fünf Pappeln, die etwa eine Meile von El Cuervo entfernt stehen. Drei von ihnen haben ihre Kronen fast verloren, in denen jetzt Störche nisten, mehrere Äste sind abgesplittert und sogar einige der Stämme beginnen rissig zu werden, weil die Säure sie angegriffen hat. Der Mangel an Bäumen führt auch dazu, dass alle Schafe auf der Suche nach Schatten unter denselben Kronen rasten. Die übermäßige Belastung mit organischen Stoffen aus ihren Ausscheidungen trägt zur Verschlechterung des Bodens und damit der Wurzeln bei und beschert den meisten der wenigen Bäume, die in dieser Weite noch zu sehen sind, ein kurzes Leben.

Wenn sie verschwinden, wird es bald keine lebenden Schatten

mehr auf der Steppe geben, außer jenen, die die Tiere selbst werfen, und folglich werden auch viele von ihnen zu verschwinden beginnen. Sollten wir eingreifen? Wenn dieser Baum heute seinen Körper für meinen Sohn und mich hingestellt hat, wäre es nur recht und billig, sich zu revanchieren. Es geht um Leben und Tod, und wir können mehr tun als für das Kätzchen. Handeln ist wichtig. Ich glaube nicht an die Magie der Raben oder an rituelle Opfer, aber meine Mutter hat mir beigebracht, darauf zu vertrauen, dass es eine Schwingung gibt, die die Welt in Bewegung hält und über jene wacht, die füreinander sorgen.

Als ich vierzehn war, erlitt meine Großmutter einen Schlaganfall, der ihre Sprache und die Art und Weise, wie sie Ideen ordnete, beeinträchtigte. Oft verwechselte sie die Namen der Dinge, und wenn sie zum Beispiel Brot wollte, fragte sie nach einem Teilchen. Wenn sie ihren Fehler bemerkte, wurde sie wütend. Da sie sich auch nicht gut artikulieren konnte und ihr manchmal sogar die Stimme versagte, kaufte meine Mutter ihr ein Glöckchen, das sie an einer Schnur neben dem Bett befestigte, damit sie im Notfall läuten konnte.

Ein Jahr nach dem Schlaganfall fiel meine Großmutter ins Koma. Meine Mutter erzählte mir, dass sie mehrere Tage lang regungslos im Krankenhaus lag. Eines Nachts öffnete sie plötzlich die Augen und murmelte etwas, das Eloísa, die am Fußende des Bettes saß, nicht verstand.

»Was hast du gesagt, Mamá?« fragte meine Mutter.

»Und der Papa?«

»Der Papa ist tot.«

»Nein. Er ist bei dir.«

Meine Großmutter setzte sich mit ausgebreiteten Armen auf und umarmte eine Gestalt, die nur sie sehen konnte. Dann legte sie sich hin und fiel wieder ins Koma. Wenige Stunden später starb sie.

»Sie ist mit meinem Vater mitgegangen«, sagt meine Mutter mit einer Gänsehaut, denn sie hatte gesehen, wie ihre Mutter aus dem Koma aufwachte, und deshalb glaubt sie an Kräfte, die uns zusammenhalten und uns über das hinausführen, was wir sehen. Wenn sie davon erzählt, kribbelt auch meine Haut.

Meine Mutter ist nicht zur Schule gegangen, aber sie ist eine großartige Geschichtenerzählerin, die immer die richtigen Worte und das richtige Gefühl für das findet, was sie erzählen möchte, und sie wendet das Prinzip der Familie Cabello an: »Was ich nicht weiß, darüber rede ich nicht.«

Viele siberianische Helden

Der Themenpark wird nicht gebaut werden. Miguel hat diese Nachricht zusammen mit ein paar Feigen aus Garbayuela und zwei Broten, die in einem alten Holzofen gebacken wurden, mitgebracht. Es hat den Ruf, das beste Brot der Region zu sein. Das kanadische Unternehmen, das den Park bauen wollte, hat sich zurückgezogen, nachdem es die Investitionen berechnet hatte, die erforderlich gewesen wären, um La Siberia mit den Infrastrukturen auszustatten, die einen guten Touristenstrom garantiert hätten.

Es gibt Dinge, die aufgrund ihres eigenen Gewichts herabfallen. Und dann gibt es die Feige, die mit uralter Zuverlässigkeit heranreift. Miguel ist wie eine Feige, wenn auch nicht gerade süß.

»Sieh sie dir an.« Wir stehen vor der Herde. »Das Merino hat vielleicht keinen Hintern, aber das ist das Einzige, was ihm fehlt.«

Die schwarzen Schafe stehen verstreut in einer Landschaft, die mit ihnen eine noch urtümlichere Aura erhält. Sie sind die Hauptdarsteller einer denkwürdigen Rettungsaktion.

In diesen Monaten der siberianischen Gespräche habe ich einige Menschen auf dem Lande gefragt, an welche Momente sie sich mit besonderer Freude oder Zufriedenheit erinnern. Juan

Alfredo erinnerte sich an den Tag, an dem er ein Schaf aus einem Brunnen zog. Der Tierarzt, den eine Wölfin säugte, erzählte, wie er einem Lamm und einem Esel doch noch zur Geburt verhalf, als es bereits so schien, dass sie beide sterben würden. Amado Franco befreite ein Reh aus Drähten und erinnerte sich auch an die Ohrfeige, die ihm sein Vater als Kind gab, nachdem er einen Spatz mit Kügelchen getötet hatte. »Wirst du ihn essen?«, fragte ihn sein Vater. »Hat er dir wehgetan? Töte nie wieder ein Tier, wenn es nicht aus einem dieser beiden Gründe geschieht.« Christine Germain, Quiterio, Enric Font, Àngels Baldellou, Benigno Varillas … Álvaro Der-vom-Camping hat so viel zu erzählen, dass er es vorzog, darauf hinzuweisen, wie wichtig es ist, einen Stock zu haben, und erklärte, wie er ihn letzten Monat benutzte, um den Gänsegeier zu befreien, der in ein Dickicht gefallen war.

Einer nach dem anderen erzählten sie von ihren Rettungsaktionen, und während sie sprachen, lächelten sie.

Bis vor einigen Jahrzehnten bestand der Reiz darin, Orte aufzusuchen, wo noch niemand war, und zu tun, was noch niemand erreicht hatte. Das Neue verführte um des Neuen willen, und alles war durchtränkt von vulgären Errungenschaften. Aber einige Leute haben erkannt, dass die beste Neuheit im Alten liegt, so wie die Dinge laufen. Zweifellos ist es dringend notwendig, sich daran zu erinnern, wie viel Schönheit im Alten steckt, das von der Zeit mit einer Patina aus Luft, Staub und natürlicher Erosion überzogen wurde. Der Wunsch, das zu bewahren, was andere entdeckt oder geformt haben, sollte ausgeweitet werden und eine Zeit der Rettung einläuten.

Wir wissen jetzt, wo Papúa, Brazzaville und Garbayuela liegen, so dass nicht mehr der Ort ungewiss ist, sondern die vielen Leben, die ihn bewohnen. Leben, die oft in Gefahr sind. Und ein Ort wird nicht dadurch gerettet, dass man ihn erreicht hat. Es ist notwendig zu handeln. Wir müssen den Geier, die Raubmöwe, den Frosch und die Krähe retten, und dazu müssen wir eine andere Menschlichkeit offenbaren. Wir müssen verstehen, dass das Besondere die Dehesa ist, auf die die Schafe im Herbst zurückkehren werden, und deshalb müssen wir sie pflegen, als ob sie neu wäre. Denn jetzt besteht das Verdienst im Bleiben. Das Finden hat keine Priorität mehr. Der Fund kann schön, aufregend und befriedigend sein. Vorrangig ist jedoch die Rettung.

Wo soll man anfangen? Cileks Resonanzregel besagt, dass es besser ist, sich an einen Ort zu begeben, der in einem selbst widerklingt, als an ein großes Pilgerzentrum. Auf diese Weise hat Miguel das Merino-Schaf anstelle des Javanischen Nashorns gerettet, und ich bin hier bei ihm und stelle mir vor, wie gut es wäre, eine Ära der kleinen Rettungen einzuleiten, ein heroisches Zeitalter, um der Vorhersage derjenigen entgegenzuwirken, die das Eremozän, das Zeitalter der Einsamkeit, voraussagen – sie meinen das des Menschen, der sich, wenn er die Haltung des letzten Jahrhunderts beibehält, wegen der Auslöschung der übrigen Arten allein auf der Erde wiederfinden wird.

Brot

Zum Abendessen gab es Brot mit Aufstrich auf der Westveranda. Das Brot von Garbayuela ist ungleich dick, mit riesigen, harten Krusten, die wie Krallen aus dem Laib herausragen, unmöglich in Scheiben zu schneiden und völlig ungeeignet für Sandwiches, aber knusprig und krümelig. Es ist wie Brot schlechthin – so einzigartig, dass ich es mir nur allein vorstellen kann, ohne Tomate, Öl oder Wurst. Brot. Jahrelang buk mein Großvater zu Hause in seinem Ofen Brot. Er steckte es in seinen Rucksack und ging mit meiner Mutter auf die Weide. Wenn man so isst, ist es sicher einfacher, Brot als Brot zu bezeichnen.

Gael packt einen Baby-Salamander am Schwanz, der ihm einfach vom Körper abfällt. Er starrt auf den unbedeutenden Knorpel zwischen seinen Fingern, als das Reptil durch ein Loch im Vordach schlüpft.

»Macht nichts, er wächst ja nach«, entschuldigt er sich selbst.

Nach ein paar Scheiben Wassermelone machen wir uns auf den Weg in die Steppe, nur mit einer Stirnlampe, die ich nicht einschalte, weil das Licht des fast vollen Mondes und der Sterne ausreicht. Am Wegrand leuchtet eine Spinne wie die Netzhaut eines Schafes.

»Das ist toll«, murmelt Gael, während der Boden unter unseren Schritten knirscht.

Die Dunkelheit ist so milchig, dass wir die Ränder der imposanten schwarzen Decke, die sich auf die Steppe gelegt hat, erahnen können. Von der Straße aus betrachtet und in dieser Nacht erscheint die Ödnis noch größer. In der Ferne ertönt eine Detonation. Wir gehen an der Silhouette einer Pappel vorbei, während ein unsichtbarer Vogel krächzt und eine Herde Schafe sichtbar wird, die weiß sind wie alle Schafe außerhalb von El Cuervo. Sogar nachts sind sie weiß, dieser Himmel erlaubt es ihnen. Ich würde mir wünschen, dass ein Wolkenmeer kommt, um sie zu verdunkeln, so dass ich mir für einen Moment La Serena, La Siberia, die ganze Erde voller schwarzer Schafe vorstellen kann. Warum ist das unmöglich? Es gibt schnelle Veränderungen und erstaunliche Adoptionen, wie z. B. indische Mütter, die Otterbabys gesäugt haben. Die Frage ist, warum jemand so etwas tut. Die Antwort lautet wohl: Liebe. »Nur wer liebt, fliegt«, schrieb Miguel Hernández[1], und vielleicht ist das das Ziel. Sich auf das Unerwartete einzulassen, um in größere Höhen aufzusteigen.

---

1. Miguel Hernández Gilabert (1910-1942) war ein spanischer Dichter und Dramatiker.

Ich frage mich, wie sich mein Sohn in einigen Jahren an diese Tage erinnern wird. Es ist einiges passiert, aber nichts allzu Hektisches. Wir haben mit einer Langsamkeit gelebt, die ihn manchmal verärgerte. Aber egal. Ja, die Erinnerung hält die heißen Momente frisch, aber die Wärme, die die Erinnerung braucht, kommt von Orten, denen wir oft keine Aufmerksamkeit schenken. Das Feuer der Welt sprüht Funken auf das Holzscheit, das wir sind. Echte Feuerherde erreichen sofort das Ausmaß von Flammen, die in Sekundenschnelle herunterbrennen, während einige diskrete Stellen sich entzünden und bis zum Ende glühen werden. Die Eindrücke der Dehesa und der Steppe. Das erste Mal, dass du eine Eule singen hörst. Der Geruch der Wolle, die ein lebendes Schaf bedeckt. Dein Vater mit einem Stock in der Steppe.

Gael pfeift und ein Schaf antwortet. Dann kommt ein weiteres hinzu. Bald blöken mehrere.

»Wie geht es euch?«, fragt er sie und ahmt damit die Frage nach, die ich ihnen normalerweise stelle. Die weißen Schafe antworten.

Die Steppe fällt fast einen Kilometer lang leicht ab, und wir gehen weiter, während wir dem Knistern der Erde und kleinen Geräuschen im Hafer lauschen. Die Heuschrecken sind zu dieser Stunde noch nicht auf den Beinen. Auf der Spitze eines leichten Abhangs zeichnet sich wieder eine Herde ab. Die Schafe sind weiter verstreut als tagsüber, sie brauchen keinen Schutz vor der Sonne, aber sie wenden uns die Köpfe zu. Eines von ihnen hebt sich perfekt vor dem fast vollen Mond ab. Obwohl es zweifellos weiß ist, hat der Kontrast mit dem Trabanten seine Farbe verändert. Als die Macaria zwei Fremde herankommen sieht, verfällt sie in einen Trab über die große, blasse Scheibe, der die anderen anspornt, und alle beginnen, in einer Reihe am Mond vorbeizuziehen, als wollten sie auf ihrem Weg in den Schlaf gezählt und besungen werden.

Die Zeichnung

»Zeichne mir ein Lamm«, bitte ich meinen Sohn, als wir nach Hause kommen.

Ich fragte ihn mit den gleichen Worten wie der Kleine Prinz in seinem Buch, das heißt, ich habe es im Stil von Miguels Ermahnungen getan.

»Was?«

»Bitte zeichne mir ein Lamm.«

»Ich kann nicht gut zeichnen.«

»Was heißt nicht gut? Zeichne so, wie du kannst.«

»Wenn das Mysterium uns überwältigt, können wir uns nicht verweigern«, heißt es in dem Buch, und mein Sohn gehorcht dem Mysterium.

Gael zeichnet ein Lamm mit einem kräftigen Körper, sehr dicken Beinen, einem steifen, ziemlich langen Schwanz und einem aufrechten, katzenhaften Kopf. Es erinnert an eine große Wildkatze oder einen Leoparden, aber auch an ein Schaf. Die Figur ist bereits umrissen. Wenn er anfängt, den Bleistift im Körper zu bewegen und dunkle Streifen übereinander zu legen, die sich immer mehr verdichten, macht mich das sehr glücklich.

Sanjuanilla – Barcelona, 2018

EPILOG

Im Herbst übersäten Hunderte von Weißstörchen und Dutzende von Schwarzstörchen tagelang die Ufer des Orellana-Stausees, bevor sie nach Norden zogen; Gael ging wieder zur Schule; die Hirschbrunft beherrschte La Siberia, und Miguel warb für die Schwarze Karawane. Achthundert Schafe dieser Farbe, acht Künstler, ein Schäfer aus Huelva, Miguel, seine Familie und einige gute Freunde nahmen an einem kleinen fünftägigen Weidenwechsel teil – Kenner nennen diese kleine Transhumanz auch ›Trasterminancia‹ –, die uns von den Sommerweiden von El Cuervo zu den Wiesen von Sancti-Spíritus führte.

»Morgen im Nebel, Spaziergang am Nachmittag«, sagte Miguel am ersten Morgen und betrachtete den Nebel, durch den Kuhglocken und Blöken drang. Im Einklang mit dem Sprichwort klarte der Himmel im Laufe der Stunden auf und wurde zu einem Tag, der ebenso unvergesslich werden sollte wie die folgenden.

An einem der Tage dann blieb die Herde zwischen zwei Tälern stecken und die Schafe verstreuten sich so weit, dass wir befürchteten, sie zu verlieren. Wir schrien, gestikulierten und rannten verzweifelt, um sie zusammenzutreiben, während sie uns wie Wasser den Berg hinauf entglitten und jemand »Schneller, Lozano!«, rief, damit Lozano, einer der Gelegenheitshirten, jeden Fluchtweg verschloss. Der Ruf »Schneller, Lozano!« ist als amüsantes Symbol für die Intensität und das Wunder einer Erfahrung geblieben, die viel schwieriger und anspruchsvoller war, als es zunächst schien.

Am Abend waren wir ebenso müde wie strahlend, reichten einander Pflaster für die Fußwunden oder wärmten unsere Hände an

Tellern mit Milchsuppe. Die Künstler nahmen unentgeltlich teil, weil ihnen die Idee gefiel, angezogen von der Erfahrung und dem Wunsch, etwas zu vermitteln, von dem sie spürten, dass es sich lohnen würde.

Mario Torrecillas hat zwei kurze Animationsfilme vor Ort gedreht. Wenn sie nicht gerade ein verirrtes Lamm auf dem Arm trugen, schossen Gema Arrugaeta und Carles Mercader Fotos aus jedem Winkel. Carla Berrocal skizzierte Illustrationen, ohne die Herde zu verlieren, während Ángel Mateo Charris sich ein zukünftiges Gemälde vorstellte; er wollte keine Notizen machen, sondern es nur visualisieren. Agustín Villaronga hat viel in Zeitlupe gefilmt, um einen Kurzfilm zu drehen. Carla Boserman hat zum ersten Mal Tiere gezeichnet, natürlich Schafe. Und ich schrieb weiter, wenn auch weniger als in den übrigen Jahreszeiten, und versuchte, Miguel zu helfen, der sehr darauf bedacht war, dass all diese Künstler sich wohlfühlten und erlebten, »wie es auf dem Land ist«. Am letzten Abend, nach dem Abendessen, kam Miguel auf mich zu und sagte:

»Und? Gut?«

»Perfekt.«

»Mehr Dinge.«

DANKSAGUNGEN

Santiaga Agudo, Florencio Álvarez, Renato Álvarez, Rosa María Araújo, Gema Arrugaeta, Sergio Asensio, Teresa Bailach, Regino Barranquero, Javier de Benito, Carla Berrocal, Juan Antonio Bermejo, Susana Bertomeu, Carla Boserman, Anna Caballé, Emilio José Caballero, Pilar Caballero, Francisco Calderón (Meister des keltischen Castro und der Holzkohle, wie du deine Leidenschaft verbreitest), José Manuel Calderón, Paché Cano (wie viele Spargel und Felder und Freude und Pferde), El Cazador, José Luis Cazorla, Faustina Cendrero, Julia Cendrero, Julián Cendrero (mit dir fing alles an), Mercedes Cendrero (dein Haus wie eine Oase mit picón), Pedro Cendrero, Casi Chamorro, Rosario Chamorro, Juan Antonio Dávila, Alberto Díaz, Quiterio Díez Madroñero, Juan Donato, Fidela Dorado, Lorenzo Expósito, Luis Fernández, Amado Franco (Schatzhüter), Chus García, Jesús Manuel García Luengo (sie erscheinen nach jedem Storchennest), José Gavilán, Christine Germain, Juan González, Juan González Camarero, Paqui Hernán, Hilario, Nico Jiménez, Lourdes Lancho, Sebastiana Lázaro, Manuel Lozano, Paula Llull, Eva López, José Manuel Luis, Alberto Luque, María Lynch, Antonio Madrid, María Antonia Mansilla, Marce, Joan Marcet, Nuria Martínez, Ángel Mateo Charris, Carles Mercader, María Merino, Miguel Merino, Fran Millán, Felipe Molina, Juan José Moralo, Laura Muñoz, Cinta Ortiz, Juan Antonio Ortiz, Manuel Ortiz, Montse Pastor (danke, danke, danke), Marina Penalva, Javier Pérez de Albéniz, Antonio Prieto, David Purull, María Ramírez Lázaro, Andrés Rodríguez (es war ein Privileg, Andrés, ich werde Sanjuanilla nie vergessen), Paco Rodríguez, Paqui Rodríguez, Raquel

Rodríguez (ohne dich wäre es nicht möglich gewesen, denkwürdige Orte zu sehen), Andrea Sánchez, Ángel Sánchez, Antonio Sandoval, Almudena Sánchez, Jordi Sargatal, Juan Serna, Jordi Serrallonga, Miguel Ángel Simón, Mario Torrecillas, Chema Traverso, Juan Fernando Trejo, Glòria Tous (die beste Wolle für Ihren Schal), Benigno Varillas, Guillermo Vega, Agustí Villaronga.

Und am Anfang das Vertrauen und die Ermutigung von Elena Ramírez. Unverzichtbar für diesen »Wandel«.

Dieses Buch wurde auch dank anderer Personen möglich, die bereits im Text vorkommen, meine großartigen Führer in La Siberia. Ich möchte mich erneut an sie erinnern, denn ihre Namen zu schreiben, ist ein bisschen so, als würde ich dorthin zurückkehren. Sie alle sind Synonyme für Liebe, Kraft und Hoffnung, und deshalb wiederhole ich sie so gerne: Juan Alfredo Villarejo, Álvaro Sánchez und Miguel Cabello. Und Marisa Bravo, Miguel Cabello Bravo, Raúl Cabello Bravo, Fran Cabello Bravo und Azucena Cabello Bravo. Menschen, die versuchen, wirklich etwas zu verändern.

secession

secession